Bettina Szrama

Trull

ein Kämpferherz

Trull

ein Kämpferherz

Roman

Bettina Szrama

Bettina Szrama

Impressum

Texte:	© Copyright by Bettina Szrama
Umschlag:	© Copyright by Wine van Velzen
Druck:	epubli - ein Service der neopubli GmbH, Berlin

Dieses Buch ist ein Roman. Alle darin geschilderten Ereignisse sind frei erfunden. In besonderem Maße gilt das für Handlungen und Äußerungen der auftretenden oder erwähnten Personen, auch wenn einige von ihnen nicht der Fantasie der Autorin entsprungen sind. Darüber hinaus sind Ähnlichkeiten mit lebenden oder toten Personen rein zufällig.

Wenn dir dein Hund das liebste ist;

so glaube nicht, es wäre Sünde,

dein Hund bleibt dir im Sturme treu,

der Mensch nicht mal im Winde

Max

Wenn die Zeit gekommen ist, wo die Abende wieder länger werden, die Apfelbäume vor dem Haus ihre Blätter verlieren und ein böiger, kalter Ostwind heulend um die Ecken pfeift, hole ich meine alte, längst vergessene Schreibmaschine hervor und versuche meinen Träumen und Erinnerungen Gestalt zu verleihen. Aber wenn ich dann beim warmen Schein des prasselnden Kaminfeuers hinter meinem Schreibtisch sitze und das leere Papier nachdenklich betrachte, während die Maschine leise zu rattern beginnt, dauert es meistens nicht lang, bis ich lieben Besuch bekomme, der leise tapsend die knarrende Holztreppe heraufkommt und nicht abwarten kann, bis ich „Herein" sage. Er vergewissert sich kurz, ob die Geräusche aus meinem Zimmer auch wirklich von mir stammen, bevor er geräuschvoll eintritt. Es ist mein Boxerhund „Max", der sich in solchen Momenten schrecklich langweilt und sich von mir vernachlässigt fühlt. Er ist aber deswegen kein Tyrann oder gar verwöhnt, wie man es oft bei Hunden von Singles beobachten kann. Ganz im Gegenteil. Er ist ein so lieber putziger Kerl, dass ich, obwohl ich mich bei der Arbeit nur ungern stören lasse, jedes Mal eine Ausnahme mache und meine Schreibarbeit unterbreche. Dabei wundere ich mich immer wieder aufs Neue, wie er es immer noch schafft, mit der Behändigkeit eines jungen Hundes die schweren Eichentüren meines alten Fachwerkhauses zu öffnen. Denn mittlerweile kommt er, obwohl ich in ihm immer noch den kleinen, niedlichen Boxer sehe, den ich vor zehn Jahren rechtmäßig von einem Züchter erworben hatte, in die

Jahre. Sein einst rotes Fell wird weiß und seine früher so munteren Bewegungen ruhiger und gesetzter.

Ich lebe allein in meinem Haus, weit entfernt vom Großstadtlärm. Und obwohl ich die Ruhe und Einsamkeit liebe, habe ich doch im Laufe der Zeit die Gesellschaft meines treuen Boxerhundes schätzen gelernt. Dabei kann ich mich noch genau erinnern, wie ich in jungen Jahren immer einen großen Bogen um diese kraftvollen Respekt einflößenden Hunde gemacht habe. Nach meinen Beobachtungen musste ich feststellen, dass es vielen Hundeliebhabern und Nichtliebhabern, die mit dieser Rasse noch nicht vertraut waren, ebenso erging. Schließlich gab es damals zu wenig Literatur über Boxer und nach den irreführenden Geschichten, die des Öfteren über sie im Umlauf waren, hielt auch ich die Furchtlosigkeit und Kampfbereitschaft dieser liebenswürdigen Hunde anfangs für Aggressivität. Aber ich muss zugeben, dass ich sehr bald eines Besseren belehrt wurde. Denn als alter Hundenarr umgab ich mich schon von frühester Jugend an mit Hunden, die ich über alles liebte, aber keiner von ihnen konnte sich mit dem Max vergleichen, der sie an Liebenswürdigkeit, Mut und Treue zu seinem Herrn bei Weitem übertrifft. Ich möchte damit die Qualitäten anderer Hunderassen keinesfalls in den Schatten stellen, muss aber dazu sagen, dass ich, seitdem ich einen Boxer besitze, abends wesentlich ruhiger einschlafe und Spaziergänge im Dunkeln für mich keine Gefahr mehr bedeuten. Denn so freundlich er sich auch mir und meinen Bekannten gegenüber verhält, gehört er doch abstammungsmäßig einer uralten, zu den Doggen zählenden Kampfhunderasse an und ist für jeden Fremden, der sich mir mit schlechten Absichten nähert, ein durchaus ernst zu nehmender Gegner. Dabei ist es nicht nur sein Mut und Beschützerinstinkt, den ich so sehr an ihm schätze. Es ist die bedingungslose Freundschaft, die er mir entgegenbringt, die weder von Falschheit noch von Hinterlist geprägt ist. Man muss nur in diese großen, klaren Hundeaugen blicken, die einen erstaunt, manchmal fragend oder pfiffig ansehen, schon ist man seinem unwiderstehlichen Charme für immer ausgeliefert. Und diesen besitzt Max zweifelsohne. Denn wenn er es geschafft hat, mich bei meiner Schreibarbeit zu unterbrechen, setzt er meistens alles daran, um meine gesamte Aufmerksamkeit auf sich zu lenken. Sein kräftiger, etwas gedrungener Körper hopst dann in freudig tänzelnden Bewegungen um mich herum, während der kurzen, samtweichen Schnauze abwechselnd grunzende, brummende oder schniefende Laute entweichen, die gleichfalls der Bemühung um meine Aufmerksamkeit dienen.

Damit sind seine sprachlichen Ressourcen aber noch lange nicht erschöpft. Reagiere ich nämlich nicht gleich auf seine eigenwillige Zeichensprache, hockt er sich artig vor mich hin und macht eine Schippe. Er rutscht dann ganz dicht an mich heran, hebt seinen hübschen, ausdrucksvollen Kopf, rollt die weiche Oberlippe etwas ein, sodass man ein ganz kleines bisschen von dem starken, kräftigen Gebiss sieht, und schiebt die Unterlippe zu einer Schnute nach oben. Von so viel Charme und Zuneigung überwältigt, muss ich einfach seinen Kopf in meine Hände nehmen, wobei es mir doch einige Mühe bereitet, ihm nicht einfach einen dicken Kuss auf die kleine feuchte Nase zu drücken und ihn danach zärtlich zwischen den Ohren zu kraulen. Wenn er sich in seiner ganzen Größe aufrichtet, seine kräftigen Pfoten auf meine Knie stützt und seinen Kopf sekundenlang auf meiner Schulter ruhen lässt, ist dies für mich mehr als nur ein Beweis seiner unerschütterlichen Treue zu mir. Manchmal ist er dabei abgesehen von dem leisen Schniefen ganz still, und ich werde das Gefühl nicht los, dass wir beide in diesen Momenten das Gleiche denken, nämlich an die armen vierbeinigen Kreaturen, die kein Zuhause haben und die streunend gerade irgendwo auf den Straßen umherirren. Fällt dann rein zufällig mein Blick auf den in Öl gemalten Boxer an der Wand über mir, eines jener bedauernswerten Geschöpfe, dessen Lebensweg von menschlichen Grausamkeiten nicht verschont geblieben war, beginnt meine alte Schreibmaschine wie von selbst zu tippen.

Die Gedanken beginnen zu fließen, und während Max sich schnarchend zu meinen Füßen legt und meine Augen wie magnetisch von dem muskulösen Hund auf dem Bild angezogen werden, befinde ich mich gedanklich bereits in einer ganz anderen Welt, nämlich der des Boxers Trull, die mit ihrer Profitgier, ihrer Kälte und Härte selbst vor den Tieren nicht haltmacht. Und ich hoffe, dass ich mit dem vorliegenden Roman einen kleinen Beitrag dazu leisten kann, dass Tierquälerei irgendwann einmal ein Ende finden wird. Nämlich dann, wenn Menschen bereit dazu sind, zu verstehen, dass auch die kleinste Kreatur auf Erden ein Stück ihrer selbst ist, die sie lieben und achten sollten, weil niemand ohne den anderen auf unserem schönen Planeten existieren kann.

Melissa und das Leben auf dem Reiterhof

Es war im Spätherbst, mitten im November, an einem Tag, an dem das Wetter sich noch im Zweifel befand, ob es sich nun für den Herbst oder bereits für den Winter entscheiden sollte. Sturm und Eisregen wechselten mit Sonnenschein und Gewitter. Die alten, knorrigen Eichen entlang der Straßen bogen sich ächzend unter der Last der entfesselten Naturkräfte. Die letzten Herbstblätter wirbelten durch die Luft, bevor sie sanft auf die spiegelglatte Fahrbahn fielen. An solch einem Tag, an dem man nicht einmal einen Hund vor die Tür jagen würde und niemand gern freiwillig den wärmenden Herd verließ, kamen die polnischen Gastarbeiter.

Es gab nur eine einzige Straße, die ihr Ziel – eine kleine ländliche Gemeinde im Norden – mit der nahe gelegenen Stadt verband. Alle, die aus irgendeinem Grund dorthin wollten, sei es, um sich von der Enge und dem Mief der Großstadt auf dem Lande an der frischen Luft zu erholen oder um sich beim Bauern in der Ernte ein paar Euro dazuzuverdienen, mussten diese Hauptstraße entlang, ob sie nun direkt von der Stadt oder der Autobahn kamen. Jene kleine bäuerliche Gemeinde, auf die der graue polnische Fiat an diesem ungemütlichen Morgen zusteuerte, lag am Ende eines ausgedehnten Waldgebietes. Dieses war aufgrund seiner wald- und wasserreichen Umgebung mit der klaren, sauberen Luft gleichfalls ein Anziehungspunkt für Touristen und Naturfreunde. Hier herrschte kein Lärm, keine krankmachende

Hektik, hier gab es keine stinkenden Müllhalden und keine rauchenden Schornsteine. Stattdessen roch es nach Rindern, frischem Heu und nach Pferden.Vor allem nach Pferden, denn davon gab es in dem kleinen ländlichen Ort mehr als genug. Die wenigen Menschen des Bauerndorfes lebten von den Pferden. Die Tiere bedeuteten für sie Arbeit, Brot und Lebensinhalt. Das Zentrum, um das sich das gesamte dörfliche Geschehen drehte, war der Reiterhof. Er lag friedlich eingebettet zwischen alten Fachwerkhäusern auf einer von saftigen Wiesen umgebenen Anhöhe und war für jeden, der die Straße entlang kam, schon von Weitem zu sehen. Deshalb passierte es manchmal, dass polnische Durchreisende vor den Stallungen anhielten, um Handel zu betreiben oder nach Arbeit zu fragen. Im Sommer in der Erntezeit waren sie sogar eine willkommene Hilfe, da sie für wenig Geld ordentlich arbeiteten. Wenn sie dann nach mehreren Wochen in ihre polnische Heimat zurückfuhren, konnten sie sich mit dem verdienten Geld eine bescheidene Existenz aufbauen. Aber es gab auch welche unter ihnen, die die grenznahe Lage des Dorfes ausnutzten, um durch ungesetzlichen Handel schneller zu dem begehrten Geld zu kommen.

Solch einer nun – er nannte sich Jaroslaw - steuerte sein Fahrzeug zielstrebig auf eines der Ziegelgebäude zu, an dessen Ende eine junge Frau wartend vor einem Holzzaun stand, der irgendwann einmal grün gestrichen worden war und inzwischen an mehreren Stellen abblätterte. Die Frau hob die behandschuhte Rechte, als sie den Fiat bemerkte. Jaroslaw lenkte seinen Wagen bis dicht an die Winkende heran und brachte das Fahrzeug vor einer riesigen Pfütze zum Stehen.

Melissa Kronberg, eine junge Frau in den Dreißigern, erwartete den Polen bereits sehnsüchtig. Sie war weder schön, noch war sie hässlich, weil sie den ganzen Tag in Männerkleidung umherlief. Auch an diesem Morgen stand sie in hohen Schaftstiefeln, abgewetzten Reithosen und einem weiten Regenumhang aus Gummi vor ihrer Gartentür. Die langen blonden Haare hatte sie unter einer viel zu großen Schirmmütze versteckt. Von ihrer Weiblichkeit war außer den grünen Augen, die in dem verfrorenen Gesicht fast grotesk wirkten, nicht viel zu erkennen. Sie lebte hier in Gesellschaft von fünfzig Pferden und einer Dackelhündin, gemeinsam mit ihrem Mann Karl in einem zu einer kleinen Wohnung ausgebauten Pferdestall gleich neben der Reithalle.

Melissas Leben war nicht leicht verlaufen, seitdem sie vor zehn Jahren den oberflächlichen Bauernsohn Karl Kronbach geheiratet hatte, mit dem sie sich später in dieser einsamen, aber reizvollen Gegend niederließ, um sich eine Existenz aufzubauen. Da sie beide Pferde liebten, pachteten sie gemeinsam einen Reiterhof und verhalfen ihm in den zehn Jahren ihres Schaffens zu einem guten Namen. Denn Melissa, in geschäftlichen Dingen äußerst geschickt, hatte alsbald die Leitung des Hofes übernommen. Während sie die zahlreichen, noch nicht sattelfesten jungen Reiter in die schwierige Kunst des Reitens einwies, wirtschaftete ihr Mann Karl mit viel handwerklichem Geschick in den Ställen. Ganz nebenbei kam er dabei als Springreiter zu reiterlichen Erfolgen. Aber wie das Schicksal so spielt, machte das Unglück auch vor ihrer Tür nicht halt. Eines Tages stürzte Karl beim Springtraining. Das Pferd verletzte Karls rechtes Bein so schwer, dass er es um ein Haar verlor. Doch die Kunst der Wissenschaft machte das Unmögliche möglich. Die Ärzte flickten ihm die Knochen wieder zusammen, aber mit dem Reiten war es von diesem Augenblick an vorbei. Seitdem hinkte er leicht und verrichtete nur noch die Stallarbeit. So kam irgendwann der Tag, an dem ihm diese eintönige Arbeit über den Kopf wuchs. Die Pferde, die er einst geliebt hatte, wurden ihm verhasst, und er begann mit dem Schicksal zu hadern. Er gab Melissa die Schuld für seine viel zu früh beendete Reiterkarriere und suchte Vergessen im Alkohol. Immer öfters sah man ihn in den Kneipen, umgeben von Männern mit einer dicken Brieftasche. Diese gut betuchten Möchtegernmachos fühlten sich auf Rennbahnen und Tierauktionen genauso zu Hause wie in zwielichtigen Bars und Nachtklubs. Karl fühlte sich unter ihnen heimischer als bei Melissa auf dem Reiterhof und entwickelte mit der Zeit Eigenschaften, die Melissa zutiefst verunsicherten. Es war, als verändere sich sein Wesen von Grund auf. Herzlosigkeit und Selbstsucht triumphierten über dem wenigen Guten in ihm und begannen seinen Charakter in erschreckender Weise zu verändern.

Karl pfiff auf Melissa und das, was sie sich gemeinsam geschaffen hatten. Lieber identifizierte er sich mit seinen gut gekleideten Freunden, die immer nach der neuesten Mode frisiert waren und sich gern mit einem selbstgefälligen Lächeln auf den glatt rasierten Gesichtern präsentierten. Um ihnen zu gefallen, prahlte er mit Dingen, die er nie erreicht hatte, mit denen er sich aber gern schmückte. So wurde er schnell, ohne es zu bemerken zur leichten Beute für ihre dunklen Geschäfte. Der Pferdehandel blühte und Karl mit seinen guten Verbindungen zu Züchtern und Händlern war genau der richtige Mann für sie.

Melissa bemerkte zwar die Veränderungen, die mit Karl vor sich gingen, sie ahnte aber noch nichts von dessen krimineller Ader. In so mancher einsam durchwachten Nacht entsann sie sich der vergeblichen Warnungen ihrer Familie vor dieser unseligen Verbindung und eine nie gekannte Angst bemächtigte sich ihr. Denn Karl kümmerte sich um nichts mehr, weder im Haus noch auf dem Hof. Immer öfter kam er erst im Morgengrauen betrunken nach Hause und schlief bis zum Mittag seinen Rausch aus. Eine Bombe hätte ihm in solchen Momenten nichts anhaben können. Er wachte einfach nicht auf. So blieb ihr nichts anderes übrig, als die Arbeit auf dem Hof und im Haus allein nur mithilfe der polnischen Arbeiter zu verrichten. Dabei geschah es, dass ihr runder Körper mit der Zeit immer magerer und sie nachts immer öfter von Albträumen geplagt wurde. Manchmal wachte sie schweißgebadet auf und sah sich bettelnd und krank, ohne Heim bei Eis und Kälte durch leere Straßen irren. In solchen Augenblicken kam sie sich allein und verlassen vor und sie dachte darüber nach, wie es wohl gekommen wäre, hätten sie ein Kind gehabt. Aber da sie beide zu der Sorte Menschen gehörten, die dem Irrtum unterlagen, das Glück nur auf dem Rücken der Pferde zu finden, gehörte ein Kind nicht in ihre Zukunftsplanung. Ein Kind hätte ein Heim gebraucht, Wärme und Geborgenheit. Sie aber folgten ihrer Bestimmung, Pferde zu reiten, zu züchten und zu pflegen, eine Aufgabe, die ihre ganze Hingabe erforderte.

Ihre Ehe war für Melissa längst zur Hölle geworden. Denn Karl war gerade dabei, den Hof und ihr Leben zugrunde zu richten. Die Liebe, die es einmal zwischen ihnen gegeben hatte, war längst am Biertisch zerbrochen und begann nun in Hass und Gleichgültigkeit umzuschlagen. Nur die gemeinsame Furcht vor einem Leben allein, ohne den anderen in dieser kalten, erbarmungslosen Welt ließ diese beiden so unterschiedlichen Menschen zusammen ausharren.

Eines Tages nun, als Karl nüchtern war, was hin und wieder vorkam, überraschte er sie damit, dass er sich einen Hund zulegen wolle. Melissa reagierte nicht sonderlich darauf. Zu gut kannte sie ihren Karl. Was sollte er auch mit einem Hund anfangen, er, der die Verantwortungslosigkeit in Person war. Sie war fest davon überzeugt, dass diese neue Idee wie so vieles andere im Sande verlaufen würde. Umso erstaunter war sie, als Jaroslaw aus dem Wagen ausstieg und mit einem Pappkarton geheimnisvoll lächelnd auf sie zukam. Er ging des Sturmes wegen leicht gebückt und überreichte ihr das Behältnis mit den Worten: „Große Überraschung. Frau werden staunen!“

Melissa nahm ihm höflich die Kiste ab und wünschte ihm, obwohl sie ihn nicht sonderlich mochte, einen guten Morgen. Während sie ihn fragte, ob er eine gute Fahrt gehabt hätte, bat sie ihn ins Haus. Sie liefen beide durch den Garten auf einen terrassenförmigen Anbau zu, in dem sich unzählige Schuhe und Stiefel türmten.

In der Küche stellte Melissa den Karton auf einem Eichentisch ab und wandte sich mit einem fragenden Ausdruck auf dem Gesicht erneut Jaroslaw zu. Der Pole, der sich einmal kräftig schüttelte, bevor er die weite Kapuze seines Regenmantels abnahm, schmunzelte erneut geheimnisvoll und begann vorsichtig den Karton zu öffnen. Dieser war nicht verschnürt, sondern mit einem durchlöcherten Deckel verschlossen. Als er die Abdeckung entfernte, kam ein kleiner, winziger Hund zum Vorschein. Er saß artig auf einem wollenen Tuch und blickte erstaunt aus großen, dunklen Augen zu Melissa hoch. Ein kleiner Teufel mit einem tiefschwarzen, faltigen Gesicht, an dem links und rechts traurig zwei kleine, braune Ohren herabhingen.

„Was ist denn das für ein komischer Kauz?“, fragte Melissa belustigt den Polen und trat einen Schritt zurück, um den seltsamen Inhalt genauer betrachten zu können. In diesem Augenblick, noch bevor Jaroslaw zu einer Erklärung ansetzen konnte, erschien Karl geräuschvoll in der Tür, eingebettet in eine Wolke aus Alkohol und Zigarettendunst. Er schwankte leicht und zögerte einen Moment, um die Situation im Raum richtig zu erfassen. Dann stürzte er sich auf den verdutzten Polen und zog ihn anstelle einer Begrüßung an seine Brust. „Polanski, mein Freund!“, rief er in überschwänglichem Eifer, „wo warst du denn solange? Wir haben dich schon vermisst!“ Er presste den kleineren Jaroslaw an sich, bis diesem sprichwörtlich die Luft ausging. Als sein Blick dabei zufällig auf die Kiste fiel, kannte seine Freude keine Grenzen mehr. Er ergriff den Hund im Genick und hielt ihn in Augenhöhe weit von sich, während er ihn bestaunte.

„Es ist ein Boxer", gab der Pole stolz seine Erklärung ab, und Karl bejahte es fachmännisch. Der Welpe erschrak und pinkelte ihm mitten ins Gesicht. Melissa war vor Schreck wie versteinert. Doch Karl amüsierte sich wider Erwarten über die Angst des Kleinen und lachte, bis der Kleine aufgeregt zu schniefen begann und ihm die kleinen spitzen Zähne zeigte. Zur Strafe wurde er wieder in die Schachtel gesteckt und Karl fragte Melissa, die der Szene mit gemischten Gefühlen gefolgt war: „Hat er schon gesagt, was er dafür haben will?" Zu dem Polen gewandt sagte er die Finger zum besseren Verständnis zu Hilfe nehmend: „Wie viel?" Doch Jaroslaw wollte ihn nicht verstehen, und so fügte Karl energischer hinzu: „Na, was kostet der Köter?"

Spätestens jetzt kehrte das verschmitzte Lachen in das runde Gesicht zurück und der Pole entgegnete freudig: „Oh, Jaroslaw verstehen. Hund fast geschenkt. Karl haben beim letzten Mal gesagt, wollen guten, starken Hund, aber billig. Jaroslaw haben guten und starken Hund besorgt. In Polen Hund billig, nur vierhundert Euro."

„Für vierhundert muss das Tier aber von einem Züchter sein und Papiere besitzen", mischte sich Melissa in das Gespräch ein.

Doch Jaroslaw schüttelte den blonden Schopf. „Habe nur das hier", worauf er ein weißes, zerknittertes, mehrmals gefaltetes Stück Papier aus seiner Hosentasche zog. Es war die unleserliche Bescheinigung irgendeines polnischen Tierarztes.

Empört entgegnete Melissa: „Was sollen wir denn damit?", und reichte es zweifelnd an Karl weiter, der umständlich in den Taschen seiner Lederjacke nach dem Portemonnaie suchte. Für ihn war nur der Preis ausschlaggebend. Ein deutscher Boxer war teuer, viel zu teuer für ihn, um sich einen solchen Hund auf normalem Wege zu besorgen. Als er die Geldbörse endlich gefunden hatte, nahm Melissa sie an sich und beharrte nun energisch auf die Herkunft des Boxers. Am Ende behauptete sie sogar, der Hund sei gestohlen.

Damit hatte sie Jaroslaw empfindlich in seiner Ehre getroffen. Das Gesicht des Polen verfärbte sich, er setzte eine empörte Miene auf und meinte händeringend: „Pole nicht Hund gestohlen. Haben Hund von Züchter rechtmäßig auf Tiermarkt erworben. Jaroslaw mit Wort dafür bürgen. Das sogar besonderer Hund. Echt russischer Boxer. Vater Champion auf Ausstellung und großer Kämpfer mit viel Herz."

Das Letztere war genau das, was Karl hören wollte. Er holte flugs aus dem Wandschrank drei Gläser nebst einer Flasche Weinbrand, goss etwas von der süßlich braunen Flüssigkeit in die Gläser, klopfte Jaroslaw beruhigend auf die Schulter und meinte: „Mein Freund, ich weiß doch, dass du keine Hunde stiehlst. War doch nur ein Scherz von Melissa. Weiber sind nun mal so. Ich freue mich über das Tier und darüber, dass du an mich gedacht hast. Deshalb trinken wir jetzt auch einen darauf."

Einen Augenblick später prosteten sie sich zu, während der Welpe verschüchtert in seiner Kiste hockte und abwechselnd von einem zum anderen blickte. Angelockt von seinem ängstlichen Schniefen erschien auf der Schwelle des Wohnzimmers eine kleine langhaarige Dackelhündin. Neugierig trippelte sie näher, umkreiste Melissa schwanzwedelnd, bevor sie sich mit ihren kurzen Pfötchen auf dem Stuhl abstützte und aufgeregt am Karton zu schnüffeln begann. Melissa, von der Szene gerührt, setzte die Kiste mit dem Boxer auf den Küchenfußboden ab. Sie kannte ihre Cori und wusste, dass sie den Kleinen freundlich aufnehmen würde. Die Hündin begann auch sofort mit dem Boxer zu spielen. Doch sie war zu groß für das winzige Kerlchen und überrannte ihn mit voller Kraft, sodass er aus der Kiste purzelte und ängstlich fiepend hinter Melissas Füßen Schutz suchte. Die beiden mit dem Alkohol beschäftigten Männer schienen den Boxer vergessen zu haben. Sie leerten lautstark ein Glas nach dem anderen und Karl, einer alten Gewohnheit zufolge, besorgte rasch eine zweite Flasche.

Indessen brachte Melissa den verängstigten Hund vor Cori auf ihrem Arm in Sicherheit. Sie hatte noch nie einen Boxerwelpen gesehen und begann ihn, während sie der Unterhaltung der beiden Männer leicht angewidert folgte, genauer in Augenschein zu nehmen. Er war eigentlich ein ganz gewöhnlicher kleiner Boxerhund. Abgesehen von den dunklen, glänzenden Augen, die neugierig jede ihrer Bewegungen verfolgten und viel Ähnlichkeit mit großen, sprechenden Kinderaugen hatten, stellte sie nichts Besonderes an ihm fest. Der Boxerwelpe hatte einen runden, breiten Kopf mit einer kurzen, kräftigen Schnauze, die durch die von der Stirn über das Maul verlaufenden Falten einer Ziehharmonika glich. Sein kurzes, gelbes, von dunklen Strichen durchzogenes Fell fühlte sich samtig weich an, und auf der breit angesetzten Brust prangte ein kleiner weißer Fleck. Anstelle der Rute saß ein kurzer Stummelschwanz und die dicken, tollpatschigen Pfoten waren die gleichen wie bei allen Welpen. Ein Kenner dieser Rasse allerdings hätte an einigen Feinheiten schnell den Hund von hohem Adel und außergewöhnlicher Schönheit erkannt.

Melissas Blick blieb wieder an Karl hängen, dem die langen rotblonden Haare ins verschwitzte Gesicht hingen und dessen Augen vom Alkoholgenuss zu schielen begannen. Leise zweifelnd fragte sie sich, was dieser Mann, der am frühen Vormittag schon auf den Beinen wankte, wohl mit einem Hund wie diesem wollte. Auch sie hatte des Öfteren schon mit dem Gedanken gespielt, sich einen vierbeinigen Wächter für das einsam gelegene Gehöft anzuschaffen. Doch bisher blieb neben ihren Pferden zu wenig Zeit für andere Dinge. So ein Tier brauchte ihrer Meinung nach wenigstens ebenso viel Aufmerksamkeit und Zuwendung wie ein Kind. Ein Hund bedeutete Verantwortung für sie, und genau das konnte Karl ihm nicht geben. So wie sie Karl kannte, würde er über kurz oder lang die Betreuung des Boxers ihr überlassen. Bei einer Weigerung ihrerseits würde der Welpe entweder auf der Straße landen oder, wenn er viel Glück hatte im Tierheim. Sie entsann sich an eine Zeit, als Karl schon einmal einen Hund ins Haus gebracht hatte. Es war ein Mischling, den er eines Abends ausgehungert und verschüchtert in einer Ecke im Pferdestall gefunden hatte. Eine kurze Zeit wurde er von ihnen beiden liebevoll umsorgt und bemuttert. Doch als Karl bemerkte, dass der Hund sich Melissa anschloss, wollte er ihn wieder loswerden und überzeugte sie davon, dass es sich doch nur um eine alte kranke Hündin handle, die man nicht leiden lassen dürfe und die deshalb getötet werden müsse. Eines Morgens dann nahm Karl die widerstrebende Hündin mit auf die Jagd und verschloss sie im Kofferraum seines Autos. Melissa sah sie nie wieder. Erst viel später erfuhr sie von Freunden, dass Karl den kleinen Hund im Wald an einen Baum gebunden und erschossen hatte. Sie hatte das Tier geliebt und nie den Eindruck gewonnen, dass das muntere Hündchen alt und schwach gewesen wäre, aber sie hatte Karl gegenüber auch keine Einwände vorgebracht und ihren sinnlosen Tod zugelassen. Nun machte sie sich deswegen seit Jahren Vorwürfe und scheute sich deshalb vor der Verantwortung, wieder einen Hund zu übernehmen. Das Klirren von Glas brachte Melissa in die Wirklichkeit zurück.

Karl hatte mit Jaroslaw die Flasche geleert und sie in den Abfalleimer geworfen. Nun drückte er dem sich wortreich verabschiedenden Polen das Geld in die Hand und tätschelte ihm zum Abschied die Wange. „Das werde ich dir nie vergessen, mein Freund“, hörte Melissa ihn angetrunken säuseln, während Jaroslaw vor der Tür rasch den Motor startete. Der Pole schien sehr zufrieden über das abgeschlossene Geschäft, bei dem er dreihundert Euro gut gemacht hatte. Verschmitzt lächelte er in sich hinein, als er mit heulendem Motor vom Hof rauschte.

Eduard schüttelte den grauen Kopf und beugte sich tiefer über den winzigen Körper, der im Neonlicht auf dem glatten, schalenförmigen Blechtisch ausgestreckt vor ihm lag. Dass es wieder einmal Nacht war, wo seine Hilfe benötigt wurde, verärgerte ihn leicht. Auch ein Tierarzt brauchte seinen Schlaf, schließlich war sein Tag anstrengend gewesen, und wo, wenn nicht im Schlaf, ließen sich die verbrauchten Kräfte wieder auftanken? Für Melissa hatte er sich durchgerungen und den Hörer nicht aufgelegt. Er kannte sie schon seit zehn Jahren, als sie damals mit ihrem ersten kranken Pferd zu ihm gekommen war und vermochte ihr seitdem keinen Wunsch mehr abzuschlagen. Jetzt stand sie an der kahlen weißen Wand neben dem Glasschränkchen mit den Pülverchen und Mixturen und kaute nervös auf einem Taschentuch. Ein Seitenblick bestätigte ihm, was er schon wusste. Seit ihrem letzten Besuch war sie noch magerer und noch um einen Schein blasser geworden. Das grelle Licht des kleinen Behandlungszimmers hob ihre eckigen Konturen noch schärfer hervor. Sie hielt den Blick gesenkt und schien nachzudenken. Feuchte Schlieren auf ihrem Gesicht verrieten, dass sie geweint hatte.

Während er den kleinen Boxer mit der bereits bläulich verfärbten Zunge mit einem Stethoskop untersuchte und behutsam das zitternde, heiße Bäuchlein befühlte, stellte er sich Melissa mit einem glücklichen Lächeln auf dem Gesicht vor. Denn so hatte er sie noch in Erinnerung, als er ihr das erste Mal begegnet war. Eine hübsche junge Frau mit einem gewinnenden Lächeln und einem Blick in grüne Augen, dem ein Mann so leicht nicht widerstehen konnte. Sie sprühte damals förmlich vor Energie, und alle im Ort waren der Meinung, mit dieser Frau einen Gewinn gemacht zu haben. Mit dem Welpen hatte sie Glück, dass er zusätzlich eine Kleintierpraxis betrieb. Er hatte sich nach dem Studium auf Großtiere in der Landwirtschaft spezialisiert. Dass vorwiegend Pferde einmal das Geschäft seines Lebens sein würden, davon hätte er früher nicht zu träumen gewagt, ebenso wenig, dass sich zwischen ihm und Melissa einmal eine tiefe Freundschaft entwickelte. Nach zehn Jahren Praxis in ihrer Nachbarschaft führte er heute eine kleine, aber gut gehende Klinik mit Gehilfen und weiteren Tierärzten. Anfangs bereiteten ihm die verschiedenen Krankheiten der Pferde Kopfzerbrechen, die sehr oft denen ihrer Besitzer ähnelten. Irgendwann gewöhnte er sich aber daran, neben Koliken und Lahmheit auch psychische Störungen wie Koppen, Weben oder Husten und Fettsucht zu behandeln. Durch Melissa war er im Ort zu einem beliebten Tierarzt aufgestiegen. Ihr hatte er viel zu verdanken. Deshalb machte er sich auch ernsthaft Sorgen um sie. Denn er mochte die hilfsbereite und bei jedem beliebte Melissa, und das nicht nur als Geschäftspartnerin. Er war Junggeselle, seine Arbeit hatte es ihm bisher nicht erlaubt, eine Partnerschaft einzugehen, da er für die Vierbeiner Tag und Nacht präsent sein musste. Zudem fehlte ihm hier auf dem Land die Gelegenheit, eine Frau fürs Leben zu finden. Dennoch hatte er sich in Melissa verliebt. Irgendwann war es einfach passiert und sie ahnte nicht einmal etwas davon. Nun musste er seine Gefühle vor ihr verbergen, was ihm heute Nacht besonders schwerfiel. Schließlich war sie eine verheiratete Frau und ausgerechnet mit einem der schlimmsten Trinker aus dem Ort liiert. Allein der Gedanke daran schmerzte höllisch. Am liebsten hätte er sich den Kerl zur Brust genommen. Wahrscheinlich wusste sie nicht einmal, was Karl so hinter ihrem Rücken trieb, obwohl es die Spatzen von den Dächern pfiffen.

Zu gern hätte er sie in seine Arme genommen und ihr die Geborgenheit gegeben, die sie so dringend brauchte. Aber er wusste nicht, wie er es anstellen sollte. In der letzten Zeit war kaum noch ein Herankommen an sie. Sie igelte sich ein mit ihrem Schmerz und alles war Karls Schuld. Schon damals hätte sie sich von ihm trennen sollen, damals, als das Unglück passierte, als er gerufen wurde, um Achill zu erschießen. Eigentlich war ihm der Möchtegernmacho schon immer suspekt gewesen. Einer, der einem beim Sprechen nicht in die Augen sah, hatte etwas zu verbergen. Im nüchternen Zustand sprach Karl wenig. Das lag an seiner fehlenden Intelligenz. Karl brüllte lieber. Doch wenn der Alkohol ihm die Zunge löste, dann redete er wie ein Wasserfall und meistens von sich. Dann hörte man von ihm, was er für enorme Kräfte besaß, wie gut er reiten konnte, dass ihm alles zu Füßen läge und er alles erreichen könnte, wenn er nur wollte. Karl war ein Aufschneider. Gott sei Dank beeindruckte sein Größenwahn nur seinesgleichen. Allerdings verfolgte Eduard mit wachsender Besorgnis Karls zunehmende Brutalität Tieren gegenüber. Wäre es nach ihm gegangen, hätte er Karl schon längst die Verantwortung für die Tiere entzogen. Wie oft war es vorgekommen, dass er als Tierarzt gerufen wurde, wenn Karl wieder eins seiner Springpferde gezüchtigt hatte. Karl hatte es als erfolgreicher Springreiter weit gebracht, das musste er ihm zugestehen. Auch er selbst hatte sich schon im Springreiten versucht, aber eben nur hobbymäßig, nicht für

Geld und nicht so aussichtsreich wie Melissas Mann. Dafür waren seine Ausbildungsmethoden humaner. Verweigerten seine Pferde das Springen, grübelte er über die Ursachen nach. Karl dagegen fand Peitsche und Knüppel angebrachter. Fingerdicke Platzwunden und geschwollene Augen waren die Folgen. Achill, der als Sportpferd zu alt geworden war und die Leistung nicht mehr brachte, schlug Karl solange mit dicken Holzstangen gegen die empfindlichen Vorderbeine, bis das Pferd sich vor Schmerzen zu Tode stürzte. Dieser Pferdeschinder hätte sich das Genick brechen müssen, nicht das Pferd, fand Eduard, während er vorsichtig eine Spritze aufzog und Melissa leise aufforderte: „Ich werde ihm jetzt Blut abnehmen, kannst du den Hund festhalten?“

Melissa schrak aus ihren Grübeleien hoch und folgte rasch seiner Aufforderung. Sie erschien ihm unkonzentriert und nervös. Unter seinem prüfenden Blick umschloss sie den winzigen Körper sanft mit den Händen und sprach beruhigend auf den Boxer ein.

Eduard band ihm mit einem Gummischlauch die Pfote ab, um das Blut in der nur schwer sichtbaren Ader zu stauen. „Er ist sehr klein“, meinte er, vorsichtig die Spritze ansetzend. „Woher hast du ihn?“

„Er gehört nicht mir“, antwortete Melissa.

Der kritische Blick aus seinen grauen Augen hinter der goldenen Brille signalisierte, dass er längst erraten hatte, wessen Hund er gerade behandelte.

„Seine Chancen stehen schlecht“, stellte er kopfschüttelnd fest. „Er ist einfach zu jung. Das arme Geschöpf zählt höchstens sechs Wochen. Stimmt doch ...?“, fragte er, ohne aufzublicken und Melissa nickte, während er das Blut aus der Spritze in ein Reagenzglas füllte. „Ich kann ihm Blut abnehmen, ihn röntgen, im Notfall auch operieren. Aber was nützt uns das, wenn er zu schwach ist, nicht stark genug, um das alles durchzustehen.“

„Was hat er denn?“, fragte Melissa nun besorgt. „So ein Durchfall wird doch nicht gleich tödlich sein.“

In diesem Falle ja“, erklärte Eduard ihr mit ernster Miene. „Es ist Staupe. Diese gefährliche Krankheit steht schon ein normaler Welpe nicht durch, geschweige denn einer mit sechs Wochen.” Ohne ihre Antwort abzuwarten, lief er den Blechtisch mit dem Welpen vor sich herschiebend, durch die angrenzende Glastür zum Röntgengerät. „Binde dir die Schürze um“, forderte er sie im Laufen auf und griff nach der Bleischürze an der Wand. Die Schürze sollte ihr Schutz vor den Röntgenstrahlen geben. „Ich werde ihn jetzt röntgen.“

Der Welpe lag bewegungslos und schwer atmend unter dem Gerät, als sich Eduard in den angrenzenden Nebenraum begab, von wo aus er Melissa beruhigend zunickte, bevor er die Knöpfe am Schaltpult betätigte. Es dauerte nur ein paar Sekunden, bis er zurückkam und die Schürze wieder abnahm: „Wir müssen uns einen Moment gedulden, die Aufnahme braucht etwas Zeit“, erklärte er und wies sie an, mit dem Boxer auf dem Stuhl vor der Tür zu warten.

Währenddessen hörte Melissa ihn nebenan reden: „Solche Fälle häufen sich in der letzten Zeit. Es werden immer mehr Hunde illegal eingeführt. Sie sind billiger und kommen aus Vermehrungszuchten. Sie haben oft einen langen schrecklichen Transport hinter sich."

„Der Pole hat ihn mitgebracht", rechtfertigte Melissa sich. Durch seine Worte bekam sie ein schlechtes Gewissen. Voller Mitleid strich sie dem Boxer über das kurze Fell. Der Kleine atmete heftig und stoßweise. Sie hätte so gern eine Verbindung zu ihm aufgebaut. Aber irgendwie wollte ihr das nicht gelingen. Es war Karls Boxer. Er hatte sich, um ihn zu kümmern.

„Der Jaroslaw?", rief Eduard erstaunt.

Melissa nickte bestätigend mit dem Kopf.

„Da brauche ich mich nicht über das Gift in seinem Blut zu wundern. Weißt du, dass sie die Hunde mit Drogen ruhigstellen, wenn sie sie über die Grenze bringen?" Eduard schloss die Tür hinter sich und kam zu ihr. Er setzte sich neben sie und strich dem Welpen auf ihrem Arm über das kleine Köpfchen.

Erstaunt drehte Melissa ihm das Gesicht zu. „Nein, von all dem wusste ich nichts. Überhaupt, hätte mir gestern jemand gesagt, dass ich heute Nacht mit einem todkranken Welpen auf dem Arm hier bei dir sitzen würde, hätte ich ihn glatt für verrückt erklärt. Es ist nicht einmal mein Hund."

„Siehst du, so schnell geht das. Manchmal kommt man schneller zu einem kranken Hund wie zu einem Kind", versuchte er zu scherzen, um sie nicht noch mehr zu ängstigen. Sie hatte schon genug Sorgen. Vorsichtig nahm er Melissa den Welpen aus dem Arm und bettete ihn in den kleinen Drahtkäfig, den er vorhin mitgebracht und neben dem Stuhl abgestellt hatte. Dann griff er nach dem Ständer in der Ecke, hängte eine Flasche mit einer wässrigen Flüssigkeit auf und führte eine Nadel in eine der kleinen Pfoten ein. Einen Augenblick wartete er, bis sich die Flüssigkeit tropfenweise über den durchsichtigen Schlauch in die Nadel entleerte. „Du musst ihn ein paar Tage bei mir lassen. Vielleicht bekomme ich ihn mit dem Tropf durch", murmelte er gedankenverloren und deckte den Kleinen mit einer wärmenden Decke zu, während er die alte Decke, die stark nach Erbrochenem roch, entfernte.

Einen Augenblick später wandte er sich wieder Melissa zu, die jeden seiner Schritte besorgt verfolgt hatte. „Wieso konnte die Krankheit eigentlich so rasch fortschreiten? Warum bist du nicht gleich mit ihm zu mir gekommen?", fragte er. Doch die Schatten auf ihrem müden Gesicht und die hängenden Schultern ließen ihn seine Frage vergessen. Er verschwand mit einer Entschuldigung ins Nebenzimmer und kam nach ein paar Minuten mit zwei großen Tassen dampfenden Tees zurück. Aufmerksam reichte er ihr Milch und Zucker aus einer silbernen Dose. „Du magst doch Tee?", fragte er.

Melissa nickte dankbar und genoss schweigend die wohltuende Wärme. Nach ein paar Minuten fühlte sie sich besser. Nachdenklich rührte sie in ihrer Tasse, während sie leise, ohne ihn anzusehen, seine Frage beantwortete: „Der Boxer lebt seit drei Tagen bei uns. Es ist Karls Hund, du hast es ja schon erraten. Den ersten Tag war er noch putzmunter, krabbelte überall neugierig umher und Karl nahm ihn mit in den Pferdestall, um ihn so an sich zu gewöhnen. Er war so stolz auf seine neue Errungenschaft, dass er den Kleinen überall herumzeigte. Er nahm ihn sogar ganz entgegen seiner Gewohnheit am Abend mit ins Bett, weil der Kleine so winselte und es so kalt bei uns war. Du weißt ja, die Heizung funktioniert wieder einmal nicht. Zu Fressen hatten wir auch nichts für den kleinen Welpen, denn es war Sonntag, als Jaroslaw ihn brachte. Wie gewöhnlich hatte Karl keine Vorbereitungen getroffen. Solche Dinge gehörten nach seiner Ansicht zu meinen Aufgaben. So gaben wir ihm Brot und Kondensmilch, als er um etwas zu Fressen bettelte. Er hat alles in sich hinein geschlungen. Richtig ausgehungert war er. Am Ende des zweiten Tages wurde der Welpe zusehend ruhiger und verkroch sich im Körbchen unter seiner Decke. Aber Karl nahm ihn am nächsten Morgen wieder mit zur Arbeit in den Stall. Es regnete in Strömen. Mein Verdacht, dass ihm das schaden würde, hat sich noch am selben Tag bestätigt."

Melissa unterbrach ihre Erzählung, um einen Schluck zu trinken, damit der Tee nicht kalt würde. „Zu Mittag zeigte der Kleine bereits erste Symptome einer Krankheit. Der Welpe war so hilflos, und ich war es auch. Er schrie unentwegt und erinnerte mich an ein sterbendes Kalb. Sein kleiner Kopf bog sich bei jedem Schrei nach hinten. Die schmerzvollen Töne aus seiner röchelnden Kehle wurden immer qualvoller. Ich habe versucht, dich zu erreichen, aber du warst unterwegs zu einer schwierigen Operation. So habe ich versucht, seine Schmerzen mit Tee und Wärme zu lindern. Nach der Mittagspause nahm Karl den Hund nicht mit. Als ich ihn wegen des Welpen anrief, erkannte ich sofort, dass er nicht mehr nüchtern war. Trotzdem versuchte ich ihn zu überzeugen, dass der Hund tierärztliche Hilfe brauchte. Nach mehrmaligen vergeblichen Anrufen kam er endlich, aber nicht um dem Tier die rettende Behandlung zukommen zu lassen, sondern um ihn auf seinem Kneipengang mitzunehmen. Ich habe mich Karl in den Weg gestellt, ihn beschworen, es nicht zu tun, an sein Gewissen appelliert, aber alles war umsonst. Er steckte den kranken Boxer in die Innentasche seiner Jacke und lief mit ihm hinaus in den Regen. Gegen Mitternacht kam Karl endlich nach Hause. An der Art, wie er zur Tür hereinkam und wie oft er Anlauf nehmen musste, um die Holztreppe zu seinem Schlafzimmer zu erklimmen, wurde mir klar, wie sinnlos betrunken er wieder war. Als es nach einer Weile still wurde, schlich ich mich auf Zehenspitzen über den Flur. Durch einen Spalt sah ich ihn in Reithosen und Stiefeln mit wirrem Haar und geöffneten Mund in den zerwühlten Kissen liegen. Er schnarchte auf dem Rücken, breitbeinig, und zu seinen Füßen lag der Hund. Als ich mich Karl vorsichtig näherte, bemerkte ich, dass der Boxer sich bewegte. Also lebte er noch. Ich zog mich rasch an, bettete den Kleinen in eine bequeme Kiste, holte das Fahrrad aus dem Schuppen — und den Rest, den kennst du ja."

„Das ist ja eine krasse Geschichte. Der Kleine hat ja schon eine Menge in seinem kurzen Leben erlebt", meinte Eduard und tätschelte ergriffen ihre kalte Hand, bevor er sich erhob und zu seinem Monitor schlurfte. „Die Aufnahme bestätigt, was ich bereits sagte. Es besteht kaum Hoffnung“, stellte er mit kritischem Blick fest. „Aber für dich will ich versuchen, sein Leben retten. Ich weiß nicht, ob ich es schaffe neben meiner Arbeit. Billig wird es jedenfalls für Karl nicht. Er wird mir die Mühe gut honorieren müssen. Und wenn ich den Welpen durchbringe ...“, sagte er, Melissa vom Türrahmen aus fest ins Auge fassend, „versprichst du mir deine häuslichen Probleme zu regeln. Setz endlich deinen verantwortungslosen Mann vor die Tür. Gib ihm den Laufpass, Melissa! Du bist noch jung und wirst dich neu verlieben. Karl ruiniert dich nicht nur finanziell. Er ist dabei, dich zu zerstören. Von diesen kleinen todkranken Welpen“, er wies auf den Boxer, „wirst du eines Tages mehr Liebe bekommen als von deinem verantwortungslosen Ehemann. Dieser kleine Hund hier ist ein Kämpfer, dein Mann hingegen ein haltloser Mensch, der sich selbst längst aufgegeben hat und den Menschen, die ihn lieben, die Schuld dafür gibt. Ihm ist es egal, was aus dir wird. Der Boxer aber wird dir ein Leben lang treu bleiben. Ich kenne diese stolze Rasse. Ein Boxer wird sich eher töten lassen, als seinen Herrn zu verraten.“

Endlich war es aus ihm heraus. Eduard holte hörbar Luft und trat mutiger geworden einen Schritt auf sie zu. Als sich ihre Blicke trafen, nahm er allen Mut zusammen und zog Melissa sanft in seine Arme. „Du bist ebenso stark wie dieser Hund, du kannst noch einmal von vorn anfangen“, beschwor er sie leise, „und, wenn du Hilfe brauchst, ich helfe dir dabei.“ Wie gern hätte er ihren traurigen Mund mit einem Kuss verschlossen. Doch in ihren Augen und an ihrer Reaktion erkannte er, dass sie noch nicht bereit dafür war. Denn Melissa machte sich steif und entzog sich ihm sanft. Etwas verlegen zog sie sich die Kapuze ihres Regenmantels über den Kopf und meinte mit einem verunglückten Lächeln: „Kommt Zeit, kommt Rat. Versuche dein Glück mit dem Welpen. Ich komme ihn jeden Tag besuchen." Noch bevor Eduard etwas entgegnen konnte, hatte sie es plötzlich furchtbar eilig, die Tierklinik zu verlassen.

Der Tierarzt bekam seine Gefühle rasch wieder unter Kontrolle und begleitete Melissa bis zur Tür. Auf der Treppe gab er ihr zum Abschied die Hand und sagte, während er ihre Finger einen Moment warm umschloss: „Wenn ich es schaffen sollte, den Welpen am Leben zu erhalten, bist du dran, dich um ihn zu kümmern. Das wird kein einfacher Weg. Du wirst sehr viel Zeit und Liebe für ihn aufbringen müssen. Fühlst du dich dem in deiner jetzigen Situation gewachsen?", fragte er sie besorgt. Melissa nickte kurz und als er sah, dass es noch immer in Strömen regnete, schlug er ihr vor, sie in seinem Wagen nach Hause zu bringen. Doch Melissa schüttelte ihren blonden Schopf mit dem Pferdeschwanz. „Aber Herr Doktor ... Ich bin doch schon groß", entgegnete sie lächelnd, fast schon ein wenig burschikos und bestieg sich tief in ihrem Cape verkriechend das Fahrrad.

Die Tierklinik befand sich nicht weit vom Reiterhof entfernt. Hinter einem kurzen Feldweg an einer Wegbiegung konnte Melissa bereits die lang gestreckten in Hufeisenform angelegten Pferdeställe sehen. Es hatte aufgehört zu regnen und so stieg sie vom Fahrrad. Eduards Worte hatten sie aufgewühlt. Sie waren nicht leicht aus dem Kopf zu bekommen und deshalb beschloss sie, den Rest des Weges, das Rad durch die Wiesen zu schieben. Sie musste nachdenken. Der Boden war matschig und gab unter jedem ihrer Schritte ein glucksendes Geräusch von sich. Modergeruch hing in der Luft. Aus den feuchten Wiesen und von den mit Gras und Zwergholz bewachsenen Hängen unterhalb des Reiterhofes stieg jetzt ein dunstiger Hauch feuchten Nebels empor. Ein wunderbarer Friede lag mit einmal über der Landschaft, was Melissa veranlasste, unter einer Trauerweide stehen zu bleiben, um die wohltuende Stille in sich aufzusaugen. Mit geblähten Nasenflügeln atmete sie tief den feuchten Geruch der Wiesen ein. In der Natur fand sie Kraft zu überleben. Einen Moment lang lehnte sie ihren Kopf gegen den borkigen Stamm. Dann schlang sie ihre Arme um die alte Weide in der Hoffnung, dass die Kraft des Baumes auf sie überging. Sie brauchte Kraft, viel Kraft. Vor allem aber brauchte sie Geborgenheit und einen klaren Weg. Beides hatte sie verloren. Eduards Worte fielen ihr ein, und sie dachte an den Hund, der jetzt mit dem Tod kämpfte, an ihr eigenes hartes Leben. Am Tag, wenn die Arbeit ihr Abwechslung bot, fühlte sie sich kräftig genug, allen Widrigkeiten zu trotzen. Aber nachts in der Dunkelheit fühlte sie sich so hilflos und allein, dann kehrten die Ängste zurück.

Sie war alt genug, um zu erkennen, wenn ein Mann um sie warb. Eduards Gefühle zu ihr ließen sie nicht kalt. Allerdings war sie ein gebranntes Kind. Jeder Blick, jede Geste Eduards verriet ihr, wie sehr er sich eine Verbindung mit ihr wünschte. Du bist jung genug, um noch einmal von vorn anzufangen, hatte er zu ihr gesagt. Aber konnte sie mit fünfunddreißig das Vergangene vergessen für einen Neuanfang mit einem anderen Mann? Schließlich hatte sie Träume und Ziele, die sie einmal gedachte, gemeinsam mit Karl zu verwirklichen. Aber die Hoffnung, dass Karl jemals zu ihr zurückfinden würde, schwand, wenn sie auf ihren abgearbeiteten Körper blickte, auf ihre schwieligen Hände und die schweren Füße, die immer noch in den schmutzigen Reitstiefeln steckten, nicht zu vergessen die Alltagssorgen, die ihr längst über den Kopf wuchsen. Konnte ein Mann wie Eduard sie so lieben? Was hatte sie bisher vom Leben gesehen, außer ihren Pferden und ihrem versoffenen Ehemann? Nein, sie fühlte sich noch nicht bereit dazu. Jetzt noch nicht. Der Panzer um ihren Körper, der ihre Seele vor Verletzungen schützen sollte, war schon viel zu sehr verhärtet. Aber jedes menschliche Herz, steckte es auch in einer noch so harten Schale, sehnt sich nach Liebe und Wärme und nach etwas, für was es sich lohnte zu leben. Ein eigenes Kind, diesen Wunsch hatte sie längst aufgegeben, aber Eduard hatte recht. So ein kleines Wesen, dass ihre ganze Liebe und Zuwendung brauchte, könnte ihr helfen, auf ihren Weg zurückzufinden. So wünschte sie sich in dieser Nacht, dass der kleine Boxer am Leben bleiben möge. Sie versprach sich ihn zu pflegen und hegen und insbesondere vor Karl zu schützen. Durch dieses hilflose Wesen würde ihr einsames Leben wieder einen Sinn bekommen. Und da der Hund noch keinen Namen hatte, taufte sie ihn Trull, ein Name so geheimnisvoll wie ihre Umgebung, geboren im modrigen Sumpf, getragen vom Rauschen der Weiden und umweht von einem Hauch klebrigen Pilzgeruchs. Ein kleiner Kobold, ein Produkt dieser Nacht, das ihrer übersteigerten Fantasie entsprang.

Sechs Monate waren seit jener Nacht vergangen. Mittlerweile hatte der Winter mit Eis und Schneegestöber seinen Einzug gehalten. Dicke weiße Schneeflocken fielen nun anstelle von Regen vom Himmel und hüllten die kleine Gemeinde in ein weißes Kleid. Klirrender Frost hatte über Nacht die letzten Regentropfen in Eis verwandelt und den Dächern einen gläsernen Kranz aus durchsichtigen Eiszapfen verpasst. Bizarre Eisblumengemälde zierten die Fensterscheiben, und die Menschen hüllten sich tiefer in ihre Wintermäntel. Auch Melissa zog den wollenen Schal fester um ihren Hals und fuhr in die flauschigen, mit Lammfell gefütterten Fäustlinge. Sie hatte den Pferdeschlitten aus der Scheune geholt und ihren Rappen Sokrates davor gespannt. Während des Anschirrens tätschelte sie ihm wie immer den edel geschwungenen Hals und flüsterte ihm Kosewörter ins Ohr. Sie liebte diesen alternden, aus dem Rennsport ausgeschiedenen Vollblüter, den sie einst vor seinem letzten Gang zum Schlachter gerettet hatte. Auf dem Reiterhof führte der Hengst seitdem ein zufriedenes Leben als Reitpferd, das ihr diese Tat mit unumstößlicher Treue vergalt und ihr unter dem Sattel wie im Gespann bald unentbehrlich geworden war. Da die vereisten Straßen ein Fahren mit dem Jeep unmöglich machte, sollte er sie heute zur Tierklinik bringen. Denn der Tag, wo sie den Boxer als geheilt nach Hause holen durfte, war endlich gekommen. Es war viel Zeit verstrichen, viel zu lange für so einen kleinen, kranken Hund. Wochenlang hatte das Tier nichts zu sich nehmen wollen und jegliche zugeführte Nahrung wieder erbrochen. Melissa hatte sich oft gefragt, wann Eduard es aufgeben würde, den Welpen rund um die Uhr zu betreuen.

Aber Eduard hatte durchgehalten, genau wie sein Schützling. Er hatte es für sie getan. Für Melissa war er bereit, noch viel mehr zu tun. Was war da schon so kleiner Welpe, der ihm von der Schippe springen wollte. Dennoch war er letztendlich gerührt von der Zähigkeit des Hundes. Eigentlich war es der Boxer, der ihn dazu ermutigt hatte, mit ihm gemeinsam durchzuhalten. Eduards Arbeitstag war viel zu hart, um sich auch noch die Nächte um die Ohren zu schlagen. Doch der Kleine verdiente seinen Respekt. Er hatte es fertiggebracht, über Wochen Wasser und Nahrung zu verweigern, ohne zu sterben. Der Augenblick, als der Welpe endlich etwas Lachsfleisch von seinen Fingern fraß, war für Eduard das größte Geschenk, das er für seine Mühe zurückbekam. Kranken Tieren zu helfen, war seine Aufgabe. Aber mit diesem Hund war Eduard beinahe an seine Grenzen gestoßen und so war es nicht verwunderlich, dass ihm die Tränen in die Augen schossen, als der Kleine ihm zum ersten Mal auf wackligen Beinen entgegenkam. An diesem Wintermorgen war es dann endlich so weit, dass er den Tropf entfernen konnte und er Melissa am Telefon mit der Nachricht überraschte, der Hund wäre jetzt über den Berg, nun sei es an ihr, weiterzumachen.

Melissa kletterte auf den Kutschbock und schnalzte laut mit der Zunge. Der Rappe zog an und fiel sofort in einen leichten Trab. Da es immer noch schneite und so knackig kalt war, dass sich sogar um Sokrates Nüstern ein silberner Reif bildete, nahm sie vorsichtshalber ein warm ausgepolstertes Körbchen und ein paar warme Wolldecken mit. Vor der Tierklinik angekommen, sprang sie behände vom Bock, hängte Sokrates einen Beutel mit geschnittenen Mohrrüben um das Maul und lief flink über den Hof zu Eduards Sprechzimmer. Seit dem Tag, an dem sie den Welpen in die Tierklinik gebracht hatte, hatte sie ihn nicht wieder gesehen. Denn Eduard hatte es vorgezogen, das todkranke Tier abends mit nach Hause zu nehmen. Den Boxer Tag und Nacht in seiner Nähe zu haben, schien ihm die sicherste Heilmethode. Zwar erkundigte sich Melissa täglich über seine Genesungsfortschritte, in ihrem Gedächtnis aber war er immer noch der niedliche Boxerwelpe.

Jetzt wich sie erschrocken vor dem Häufchen Knochen zurück, das sie aus einem Drahtkäfig heraus aus übergroßen Augen anstarrte. Nichts erinnerte mehr an den Welpen von einst. Sein Fell war stumpf und verklebt, an manchen Stellen schimmerte die rohe Haut hindurch und die Knochen unter der pergamentartigen Haut zeichneten sich so stark ab, dass ihr davor schauderte, ihn zu berühren. Letztendlich war es der kleine Boxer, der das Eis brach und sie etwas wacklig auf seinen dünnen, eingepflasterten Beinchen mit freudig zuckendem Hinterteil begrüßte. Gerührt von der Geste des Hundes rief sie ihn leise bei seinem Namen. Einen Moment starrte er sie mit großen fragenden Augen an, bevor er freudig winselte und sein kleiner magerer Körper noch heftiger zuckte. Melissa wechselte mit Eduard einen Blick. Er nickte ihr aufmunternd zu. Vorsichtig, um dem Tier nicht wehzutun, strich sie ihm mit den Fingerspitzen behutsam über das Köpfchen, das nicht viel größer als eine Zitrone erschien. „Trull“, murmelte sie mit feuchten Augen. „Willst du mit mir kommen?“

Eduard kämpfte mit seinen Gefühlen, als die Boxernase darauf zärtlich gegen Melissas Hand stieß. Am liebsten hätte er um beide, die Frau und den Hund schützend seine Arme gelegt. Aber ganz wie ein Mann verbarg er seine Emotionen vor ihr und rang sich ein Lächeln ab: „Siehst du. Nun bist du gefragt“, sagte er leise zu ihr. „Trull hat sein Frauchen gerade gewählt. Nun liegt es an dir, ihn weiter aufzupäppeln, damit aus ihm einmal ein starker Boxer wird.“ Um das Gesagte zu unterstreichen, reichte er ihr eine Tasche mit Babyfläschchen, Saugern und allerlei Medikamenten.

Abermals bekam Melissa Probleme, den Kleinen anzufassen, in der Angst, sie könnte diesem Häufchen Elend Schaden zufügen. Doch wieder war es der Boxer, der von selbst in das mitgebrachte Körbchen hopste und sie mit großen runden Augen ansah, als wollte er ihr sagen, „komm, lass uns endlich gehen!“

Auf dem Reiterhof angekommen ging sie sofort ans Werk, um alles, was Eduard ihr auf einem Zettel aufgeschrieben hatte, zu beherzigen. Das Wichtigste, was der Kleine brauchte, waren Liebe und Wärme. Liebe konnte sie ihm sehr viel geben, denn davon hatte sie genug. Die Wärme bekam er von Cori, deren eingeschlafene Muttergefühle bei seinem hilflosen Anblick sofort erwachten. Großzügig gewährte sie ihm einen Platz an ihrer warmen Bauchseite und leckte ihn nach jeder Mahlzeit trocken, wie eine richtige Mutter ihren Welpen. Doch mit dem Fressen lief es nicht so einfach, wie Melissa es sich vorgestellt hatte. Der Boxer wollte den Sauger nicht nehmen, der so scheußlich nach Gummi schmeckte, und entwickelte dabei Kräfte, die Melissa dem mageren Körper gar nicht zugetraut hätte. Zum Schluss waren sein Fell und das Schnäuzchen jedes Mal ganz nass von der verspritzten Milch. Die lebenswichtige Nahrung bereitete Melissa dem Welpen aus einem Trockenpräparat auf dem Herd zu. Oft musste sie dazu Eduards Rat einholen, denn von Karl konnte sie keine Hilfe erwarten. Der hatte den Boxer längst abgeschrieben. Für ihre Bemühungen fand er nur ein abfälliges Grinsen. Für ihn zählte lediglich, was sich in Geld oder Schnaps umsetzen ließ. Melissa konnte sich nur an ein einziges Mal erinnern, dass Karl so etwas wie Reue gezeigt hatte, nämlich an dem Tag, nachdem sie den todkranken Hund zu Eduard in die Klinik gebracht hatte. Er erschien am Morgen darauf barfüßig und im Unterhemd an ihrem Bett, um sich bei ihr zu entschuldigen. Noch deutlich sah sie die Szene vor sich, wie Karl mit erhobenem Zeigefinger schwor, dass er nie wieder ein Glas trinken würde, wenn er damit das Geschehene ungeschehen machen könnte. Sie hätte ihm so gern geglaubt. Doch schon am selben Abend wurde er wortbrüchig. Sturzbetrunken erwischte sie ihn zwischen seinen Freunden, den großmäuligen Möchtegernreitern, am Stammtisch im „Goldenen Reiter“, wo er, Jaroslaw im Arm, grölend, sein Glas Bier auf ihr aller Wohl leerte.

Spät in der Nacht, als längst kein Bier mehr ausgeschenkt wurde, nahm Karl sich den Polen zur Seite, um eines neuen

Hundes wegen mit ihm zu verhandeln. Irgendjemand von seinen Zechern hatte ihm den Floh ins Ohr gesetzt, dass er mit einem starken Hund an seiner Seite sein Image aufbessern konnte.

Der Pole bedauerte das Missgeschick mit dem Boxer und versprach Karl, wenn er das nächste Mal nach Deutschland käme, einen neuen und robusteren Hund mitzubringen. Vielleicht dachte er dabei an das leicht und schnell verdiente Geld und ihm fiel sofort der nur vierzig Zentimeter große Pitbull ein, den er auf seiner letzten Suche nach einem Hund zufällig in einem russischen Dorf, wo man Hunde nach Karls Geschmack billig erwerben konnte, im Ring einer Pit hatte kämpfen sehen. Normalerweise umging Jaroslaw solche grausamen Spektakel bei seinen Hundeeinkäufen, weil er sie widerlich fand. Doch damals stoppte er seinen Fiat, weil seine Aufmerksamkeit von dem Gegner des Pitbulls angezogen wurde. Die in einem Halbkreis auf dem Boden hockenden Russen waren gerade dabei, hohe Wetten auf das Tier abzuschließen. Der Rüde, seiner Meinung nach eine Mischung zwischen Boxer und Bulldogge, wurde gerade von einem Russen asiatischer Abstammung in die „Pit" geführt. Im Gegensatz zu seinem Gegenüber strahlte der kräftige Hund eine überlegene Ruhe aus. Mit großen runden, fast gutmütigen Augen blickte er erstaunt um sich, als wäre er sich nicht sicher, dass er wirklich gegen den kleinen Pitbull kämpfen sollte, bevor er sich mit weit vom Körper abgestellten Beinen und einem tiefen Grollen seinem Gegner zuwandte. Anscheinend galt der Boxer als ein erfahrener Kämpfer. Allein sein muskulöser Körper verriet es. Er war mit unzähligen

Narben förmlich übersät. Speichel tropfte ihm aus dem mächtigen, quadratischen Fang, wobei deutlich zu sehen war, dass ihm ein großes Stück Lippe über den gefährlichen Eckzähnen fehlte. Auf der oberen Kopfhälfte prangte anstelle des kupierten Ohres ein tiefes frisches Loch, an dem ein Batzen verkrustetes Blut klebte. Anstatt Mitleid mit dem verletzten Hund zu haben, schien sein Zustand die Zuschauer in wahre Begeisterungsstürme zu versetzen. Sie bezeugten auf diese Weise ihre Sympathie für dieses außergewöhnliche, kampferfahrene Tier. Auch Jaroslaw war von der Tatsache, zwischen ausgewählten Kampfhunden einen Boxer kämpfen zu sehen, ebenso fasziniert wie die Russen und hatte schnell herausgefunden, dass das ungewöhnliche Tier durch eine bestimmte Kampftechnik so etwas wie eine Berühmtheit in dieser Gegend war.

Durch sein reges Interesse an dem Hund war Jaroslaw der kleinere, ebenso muskulöse Gegner des Boxers völlig entgangen. Erst, als sie die Hunde ineinander verbissen und Jaroslaw dem blutigen Kampf gebannt zusah, wurde ihm klar, was für eine gefährliche Kampfmaschine die Menschen mit dem Pitbull in den Ring brachten, der dem mutigen Boxer von Anbeginn an in Wendigkeit und Beißkraft überlegen schien und der seinen Gegner nach einem kurzen, verzweifelten Kampf zur Strecke brachte. Die aufgebrachten Russen, die ihre Wetten an den Besitzer des Pitbulls verloren hatten, attackierten nun wütend den Mann. Der Verlierer versuchte, seinen toten Hund vor den Fußtritten zu schützen und bugsierte ihn umständlich in den bereitstehenden Jeep, worin eine Boxerhündin mit ihren Welpen wartete. Um einen Welpen dieses legendären Boxers für Karl zu ergattern, fuhr Jaroslaw dem Welpenbesitzer heimlich hinterher zu einem Schwarzmarkt, wo die Tiere billig verhökert wurden, weil sie für die Pit nun keiner mehr haben wollte.

Erst viel später holte Jaroslaw sein Gewissen ein. Denn hätte er damals geahnt, dass dem Boxer einmal ein ähnliches Schicksal bevorstünde, dann hätte er Karl bestimmt keinen solchen Welpen besorgt. Aber Karl hatte ihm versprochen, jeden Preis für einen guten Hund zu zahlen. Und Geld ist nun mal stärker als das eigene Gewissen. Deshalb fuhr er auch am darauffolgenden Morgen in aller Herrgottsfrühe los, um für Karl einen Pitbull zu besorgen.

Auf dem Reiterhof blieb natürlich kein Geheimnis unentdeckt. Vor allem nicht am Biertisch, wo Karl mit seinem ungewöhnlichen Hundefimmel angab, nachdem er von Jaroslaw erfahren hatte, um was für einen Nachfahren es sich bei dem Kadaver, wie er den Boxerwelpen nannte, handelte.

Melissa hatte von dem Komplott gehört und stellte Karl zur Rede. Nachdem der Boxer wieder Einzug bei ihnen gehalten hatte, wollte sie ihn vor Karl beschützen. Wütend hatte sie mit dem Fuß aufgestampft und ihm ihre Abneigung gegen einen Kampfhund in das vom Alkohol zerstörte Gesicht geschrien. In ihrer Erregung schwor sie ihm sogar aus der gemeinsamen Wohnung auszuziehen, wenn über diese Schwelle ein weiterer Hund von ihm käme.

Karl hatte sich ihr Geschrei ruhig angehört und dann zynisch, fast schon boshaft geantwortet, dass sie, wenn sie es unbedingt so eilig habe, ja sofort ausziehen könne. Aber schnell sah er ein, dass er einen Fehler begangen hatte. Denn dann hätte er den Reiterhof allein weiter bewirtschaften müssen. Pferde füttern, Stroh stapeln, Ställe ausmisten, die Gebäude instand halten und sich mit den Reitschülern herumärgern. Solche Arbeiten waren so gar nicht in seinem Sinn. Vor allem, wie hätte er am Biertisch vor seinesgleichen dagestanden? Wie hätte er fortan sein Bier bezahlen sollen? Seine Augen flackerten. Deutlich stand die Angst in ihnen, dass sie das Gesagte wahr machen könnte. Denn Melissa war stark, das wusste er. Sie war es, die ihm das Dach über dem Kopf sicherte.

Auf einmal wurde er ganz still. Ziemlich kleinlaut verzog er sich mit einer Zigarette und einem Bier nach nebenan auf das Sofa, auf dem er so oft betrunken nächtigte. Allein in der Wohnstube legte er die Beine hoch, schaltete den Fernseher ein und starrte nachdenklich zu den dunklen Holzbalken an der grauweißen Decke. Der Boxer, den Melissa nun bemutterte, war ihm völlig egal. Sein Schicksal interessierte ihn nicht, vorerst nicht. Er war der Meinung, dass die Ratte sowieso keine Chance hätte, jemals ein richtiger Hund zu werden. Es war schon in Ordnung, dass das Weib ihn jetzt bemutterte. Dann kam sie nicht auf dumme Gedanken ...

Trull

Ein Jahr im Leben eines Hundes ist kurz. Nachdem der Frühling zum zweiten Mal den Winter ablöste, war der kleine Welpe unter Melissas Fürsorge zu einem stattlichen Jungrüden herangewachsen. Er zählte nun eineinhalb Jahre, ein schönes Alter für einen Rüden wie Trull. Denn er befand sich an der Grenze zwischen dem Erwachsenwerden und einer noch unbeschwerten Jugend. Noch war er tapsig und unbeholfen, aber bereits stark und kräftig wie ein junger Baum. Melissas Liebe und Eduards Medizin hatten seinen Körper gestählt und sein Wesen geprägt. Hatte es auch anfangs den Anschein, er wolle nicht wachsen - Eduard befürchtete schon, dass die Krankheit ihre Spuren hinterlassen und Trull im Wachstum hinter Hunden seines Alters zurückbleiben würde – so war er jetzt als Jungrüde bereits breiter und robuster als Gleichaltrige. Die Leute, die auf dem Reiterhof aus und eingingen, ob Reiter hoch zu Ross, Bauern oder ganz einfach nur neugierige Besucher, blieben oft vor dem gestromten Rüden mit dem ausdrucksvollen, tiefschwarzen Gesicht stehen, um ihn zu bestaunen.

Trull liebte es, wenn man ihm Aufmerksamkeit schenkte. Er hatte die Menschen lieben gelernt und unterschied sie nur nach Fremden und Rudelmitgliedern. Trulls Rudel waren die Menschen und Tiere, die ständig auf dem Hof ein und ausgingen. Ihnen begegnete er freudig und mit Vertrauen. Dabei hatte er die Erfahrung gemacht, dass die Zweibeiner immer irgendwelche Leckerbissen bei sich hatten, die er ihnen dann bettelnd mit aufforderndem Schmatzen abgaunerte. Er vermochte sich aber auch würdevoll zu präsentieren, ganz nach Boxernatur. Besonders wenn Fremde Zutritt zum Reiterhof verlangten. Dann erhob er sich ruhig und besonnen von dem Platz, auf dem er gerade verweilte. Er reckte sich, ließ die kräftigen Muskeln spielen, schüttelte den ausdrucksvollen Kopf und ließ die Ohren klatschten, bis die weichen, tiefschwarzen Lippen völlig aus der Form gerieten, um gleich darauf leise grollend zu warnen: ‚Hier bin ich der Chef!'

Der Inbegriff all seiner Sehnsüchte blieb jedoch Melissa, der einzige Mensch auf dem Hof, dem er bedingungslos die Liebe seines ganzen Hundeherzens schenkte. Er hatte es sich zur Aufgabe gemacht, sie niemals aus den Augen zu lassen. So folgte er ihr wie ein Schatten. Begegnete man Melissa hoch zu Ross, beim Ausmisten im Stall oder in der Reitbahn als geduldige Lehrerin, so stand Trull stets neben ihr. Er entwickelte dabei ein Zeitgefühl, das die beste Uhr außer Gefecht setzte. Frühmorgens beim ersten Hahnenschrei saß er bereits wartend vor ihrem Bett, um sie mit seiner weichen Schnauze zärtlich zum morgendlichen Rundgang durch die Ställe zu wecken. Dabei ging er behutsamer vor als ein Mensch. Hatte sich Melissa dann nach mehreren feuchten Hundeküssen lachend erhoben, um sich die Reitsachen anzuziehen und noch schnell einen Kaffee zu brühen, nutzte Trull die Gelegenheit, um zusammengerollt zu ihren Füßen noch einige Minuten Schlaf nachzuholen. Dabei schnarchte er so laut, dass er sogar gelegentlich die Musik aus dem Radio übertönte. Aber spätestens dann, wenn Melissa die langen Reitstiefel anzog, war er wieder hellwach, um Cori mit fröhlichem Gebell zu wecken. Cori nahm in seinem Herzen Platz Nummer zwei ein. Sie war ihm fast so lieb wie Melissa. Schließlich hatte er nicht vergessen, dass er in ihrem langen, seidigen Haarkleid einmal Wärme und Geborgenheit gefunden hatte. Er war ein intelligenter Hund. Das spiegelte sich besonders in seiner Spielweise wider. Anfangs war Cori diejenige, die ihre gemeinsamen Spiele vorschrieb. Doch nun, nachdem er sie mindestens um zwei Dackelgrößen überragte, war sie vorsichtiger geworden und keifte ihn giftig an, wenn er sich ihr linkisch näherte. Dies hielt ihn aber nicht davon ab, sich flach vor ihr auf den Boden zu legen, um sich dabei auffordernd unter Grunzen und Schlabbern von einer Seite zur anderen zu rollen, während seine glänzenden Augen unentwegt lockten ‚Spiel mit mir!' Zeigte Cori ihm zu lange die kalte Schulter und beachtete ihn nicht, wurde er pfiffig und begann sie zu necken, indem er sie so lange an den langen Ohrbehängen oder am buschigen Schwanz zog, bis es ihr zu viel wurde und sie sich ihm keifend zuwandte. Aber gerade dieses Keifen war es, das ihn immer wieder dazu brachte, seine Freundin in das Hinterteil zu zwicken. Natürlich tat dies ihrer tierischen Freundschaft keinen Abbruch, und jedermann, der ihnen auf ihren ausgedehnten Spaziergängen begegnete, lächelte über das ungleiche Pärchen: den kräftigen, tollpatschigen Boxer mit dem schelmischen Ausdruck im Gesicht und den kleinen, rothaarigen Dackel mit seinen kurzen, dicken Pfoten, der hoppelnd neben dem Großen Schritt zu halten versuchte. Cori lehrte ihn, Mauselöcher aufzustöbern, Maulwurfshügel auszuheben und hinter zeternden Krähen herzulaufen. Denn die Dackeldame war ein guter Jagdhund mit einer vorzüglichen Spürnase, die alles daran setzte, ihren Ziehsohn in die Geheimnisse der Mäuse-, Hamster- und Kaninchenjagd einzuführen. Trull folgte dabei aufmerksam jedem ihrer Schritte. Oft konnte man sie beide vereint, die Köpfe bis zum Hals in der feuchten Erde, nach einem Maulwurf oder einer Maus graben sehen.

Kreuzte zufälligerweise eine Katze ihren Weg, dann wehe dem armen Tier, wenn es nicht schnell genug einen Baum fand. Sie stoben dann wie von der Tarantel gestochen hinterher. Der eine japsend, der andere quiekend wie ein Ferkel, eine Staubwolke hinter sich lassend. Nur eine Katze ließen sie beide in Ruhe. Diese besaß uneingeschränkte Rechte auf dem gesamten Gehöft und galt als emsige Mäusefängerin. Deshalb wurde sie auch von Melissa in Ehren gehalten. Mieze war irgendwann einfach da gewesen. Halb verhungert und stark beschmutzt hatte sie im Keller gesessen, wobei sich niemand erklären konnte, wie sie dahin gekommen war. Melissa hatte das abgemagerte Kätzchen vorsichtig mit Wasser vom Öl befreit, bis ihr Fell wieder glänzte und ihr dann zu fressen gegeben. Seitdem blieb die Katze bei ihr, hörte auf den Namen Mieze und verteidigte ihre Wohnrechte mit saftigen Ohrfeigen. Sie war diejenige, die immer zuerst am Futter war, um sich die besten Happen auszusuchen. Die Hunde warteten derweil in gebührendem Abstand.

Melissa nutzte jede freie Minute, um mit ihren Tieren zusammen zu sein. Auf ihren gemeinsamen Spaziergängen blieb sie oft schmunzelnd am Feldrand stehen und sah Trull zu, wie er mit kraftvollen Sprüngen über die Äcker setzte, um inmitten eines aufgeschreckten Krähenschwarms zu landen. Das Leben bedeutete für ihn ein großes Spiel, das es zu entdecken galt und in dem er der possierliche Mittelpunkt war. Er genoss sein Dasein in völliger Freiheit, ohne Leinenzwang und befehlenden Worten, was sein Selbstvertrauen ungemein förderte. Den kleinsten Wunsch versuchte er Melissa an den Augen abzulesen, und auch nur der leiseste unausgesprochene Befehl ließ ihn sofort sein Spiel unterbrechen, um freudig zu ihr zurückzukehren. Gleichzeitig versah er seit einiger Zeit jeden Baum und jeden Getreidesack mit seinem Markenzeichen, womit er allen anderen Rüden der Umgebung kundtat, dass er jetzt der uneingeschränkte Herrscher auf dem Hof war. Denn es gab viele Hunde auf dem Reiterhof, fast so viele wie Pferde. Jeder stolze Pferdebesitzer besaß einen Hund. Dabei waren die verschiedensten Rassen vertreten. Wer noch keinen Beagle oder Basset gesehen hatte oder nicht wusste, wie niedlich und aufgeweckt ein Yorkshireterrier sein konnte, geschweige denn von der Schnelligkeit eines Windspiels überzeugt war, der brauchte seine Schritte nur zum Reiterhof zu lenken.

Da Trull gutmütig und vertrauensselig war, genoss er ihre Freundschaft und wurde von großen wie von kleinen Hunden akzeptiert, sodass es selten zu Raufereien untereinander kam. Er, dessen Vorfahren die starken Stiere bei der Nase packten und zu Boden drückten, ließ sich sogar zu Spielen mit den Pferden herab. Geduckt umkreiste er sie, täuschte Scheinangriffe vor oder stupste sie einfach nur freundschaftlich mit der Nase an das weiche Maul, während sie ihn neugierig mit großen Augen von oben herab betrachteten.

Nur einem gegenüber verhielt er sich zurückhaltend — Karl. Obwohl Karl zum Haushalt gehörte und mit Trull sogar manchmal, wenn er nüchtern war ‚Beißen' Trulls Lieblingsspiel, spielte, wurde seine Freude immer wieder von Karls kaltem, prüfenden Blick getrübt. Vielleicht ahnte Trull, was hinter Karls Stirn vor sich ging, seitdem er mit wachsendem Interesse die Entwicklung des Hundes genauer verfolgte.

Es dämmerte bereits, als die kleine Reitergruppe den schmalen Trampelpfad durch die Wiesen einschlug, um im flotten Trab ihrem Ziel, dem Reiterhof, zuzustreben. Die Reiter, verschwitzt und glücklich, die Pferde mit leisem, freudigem Schnauben – so freute sich jeder, ob Mensch oder Tier, auf einen würdigen Abschluss dieses sonnigen Frühlingstages, der mit einem Geländeritt durch die waldreiche Umgebung begonnen hatte. Die Pferde erwartete ein sauberer, mit frischem Stroh eingestreuter Stall sowie Hafer, Heu und Mohrrüben. Die Reiter dagegen schwelgten in der Hoffnung auf ein gemütliches Beisammensein im Reiterstübchen.

Begleitet wurde die Gruppe von einer Meute Hunde, die ihnen spielend vorauseilten. Einer, in dem unschwer die Dackelhündin Cori zu erkennen war, hoppelte allein in gebührendem Abstand hinter den Pferden her. Sie hechelte mit geöffnetem Fang, unter ihren kurzen, weit ausholenden Beinchen dröhnte der Erdboden. Ab und zu löste sich ein dunkler Boxer aus der Meute und blieb stehen, um nach der Hündin Ausschau zu halten. Die Reiter lachten jedes Mal, wenn er mit ungeduldigen Sprüngen zurück zu dem Dackel hopste, ihm ungehalten in die Ohren kläffte oder ihn einfach nur ratlos anstupste, um sogleich wieder mit linkischen Hopsern seinen Gefährten nachzusetzen. Dort angekommen drängelte er sich sofort spielerisch zwischen einen großen, grauschwarzen Schäferhund und eine gelbe hinkende Schäferhündin. Ihr rechter Hinterlauf hing kraftlos an ihrem Körper herab und schliff auf der Erde. Aber trotz ihres Gebrechens, das von einem Autounfall herrührte, hielt sie im Laufen tapfer mit, ließ sich willig von dem Boxer in die Seite stupsen. Der Rüde Marco, dem alle Hunde vom Reiterhof seiner Würde und seines Alters wegen mit Respekt begegneten, duldete die spielerische Rüpelei des Jungrüden bei seiner Gefährtin und forderte ihn mit ein paar täppischen Sprüngen zu weiteren Spielen auf. Es war ein Bild voller Kraft und Harmonie, als die Drei gemeinsam nebeneinander über die vom abendlichen Nebel eingehüllten Wiesen liefen.

Vor dem Tor des Reiterhofes sprangen die ersten Reiter aus den Sätteln und riefen die Hunde. Gehorsam gesellte sich Trull zu Cori, die langsam herangehoppelt kam. Beide folgten Sokrates bis zu dem breiten Holztor, wo der Rappe brav stehen blieb und Melissa schwungvoll absaß. Eduard im eleganten Reitkostüm, die ergrauten Haare unter einer schwarzen, von der Sonne verblichenen Reitkappe, mit leicht gebräuntem Teint und strahlenden Augen, sprang neben Melissa aus dem Sattel. Während er seinen Braunen absattelte, fraß dieser genüsslich die bunten Stiefmütterchen aus den Steinbottichen vor dem Stalleingang. Trull schaute ihm mit gesenkter Nase neugierig zu, bis er sich vor ihm aufbaute und ihn herausfordernd ankläffte. Den etwas trägen Wallach störte das nicht. Er fraß seelenruhig weiter, ohne von dem aufgeblasenen Störenfried Notiz zu nehmen.

Eduard, den Sattel auf dem Arm, blieb schmunzelnd stehen. „Was für ein prächtiger Boxer aus ihm geworden ist“, meinte er anerkennend zu Melissa und begann Trull mit schnalzenden Zungengeräuschen zu locken.

Melissas lachte: „Vorsicht! Tierärzte in Reitsachen mag er zum Fressen gern.“ Sie wandte Eduard ihr vor Anstrengung hochrotes Gesicht zu, den linken Vorderhuf des nervös tänzelnden Sokrates fest in ihrer Hand, während sie versuchte, ihn von dem losen Eisen zu befreien.

Scherzhaft drohte Eduard ihr mit erhobenem Finger, warf flink den Sattel über ein Holzgeländer und griff hilfsbereit nach Sokrates Halfter. „Lass mich dir helfen“, sagte er und nahm ihr das Stemmeisen aus der Hand. Ganz der geübte Fachmann entfernte er das Eisen mit einem Griff und wollte gerade damit beginnen, den Huf mit einem Hufmesser zu begradigen, als der Rappe nervös schnaubte und Anstalten machte, in die Luft zu steigen. Eduard ließ den Huf los, sah sich um und stellte beunruhigt fest: „Ich sage es ja immer, Tiere wittern das Unheil bereits, da denken wir noch gar nicht daran.“

„Wie kommst du denn darauf?“, fragte Melissa, während sie Sokrates beruhigend den Hals tätschelte.

„Dann sieh mal da vorn, was für eine Überraschung dort auf uns wartet!”

Verdutzt folgte sie seinem Arm, der in die Richtung des Reitplatzes wies. Nur wenige Meter von ihnen entfernt entdeckte sie Karl in der Begleitung eines Fremden.

Karl, die Zigarette im Mundwinkel, lässig gegen einen Balken am Holzzaun gelehnt, schien mit dem Mann in ein angeregtes Gespräch vertieft. Was ihr dabei Anlass zur Sorge gab, war der glatthaarige weiße Hund zwischen den Beinen des Fremden. Ihre innere Stimme sagte ihr, dass der Hund hier nicht hergehörte und dass es Ärger geben würde. Sie sollte sich nicht getäuscht haben, denn Karl blickte plötzlich auffällig lange zum Stall herüber und verabschiedete sich danach hastig von dem Mann. Er verschwand in Richtung Reiterklause, ohne sich noch einmal nach dem Fremden umzuwenden, der daraufhin langsam auf sie zu schlenderte, den weißen Hund an seiner Seite.

Melissa widmete sich wieder ihrem Pferd. Dem Fremden schenkte sie keinen Blick. Längst hatte sie sich mit Karls schrägem Geschäftssinn und seinem zwielichtigen Umgang abgefunden. Mit seinen Kumpanen wollte sie nichts zu tun haben. Sie nahm Sokrates am Zügel, rief nach den Hunden und war gerade im Begriff, den Hengst in den Stall zu bringen, als der Unbekannte plötzlich mit raschen Schritten auf sie zukam. Den Hund führte er jetzt angeleint an der Hand.

Beim Näherkommen erkannte sie in dem untersetzten, mittelgroßen Tier mit dem starken, birnenförmigen Kopf unschwer den Kampfhund. Die kurzen, rosigen Ohren sowie die schrägen, ebenfalls von einem rosigen Schimmer umgebenen Augen gaben dem weißen Koloss das Aussehen eines kleinen Schweinchens. Sein Herr passte zu ihm. Er trug einen eleganten Anzug nach der neuesten Mode geschnitten mit lächerlichen grellbunten Farben. Unterhalb seiner hochgeschlagenen Ärmel hoben sich Teile einer Tätowierung von der hellen Haut ab. Sein bleiches, glatt rasiertes Gesicht und die leicht schielenden Augen unter dem weißblonden Bürstenhaarschnitt standen im grotesken Gegensatz zu der friedlich bäuerlichen Umgebung.

Trull an ihrer Seite sah in jedem Hund einen neuen Spielkameraden und erwartete den Bullterrier neugierig beäugend. Melissa dagegen deutete das warnende Knurren des Kampfhundes und dessen breitbeinigen Gang als Gefahr für ihren gutmütigen Boxer. In weiser Voraussicht einer möglichen Auseinandersetzung griffen ihre Finger nach Trulls Hundehalsband. Der junge Boxer blickte vertrauensvoll zu ihr auf und drückte sich noch fester an ihre Stiefel. Sein Hinterleib wackelte freudig, während er es gar nicht erwarten konnte, dass der seltsame Hund ihn zum Spiel aufforderte. Melissas Misstrauen wuchs und sie tauschte mit Eduard einen besorgten Blick, bevor sie sich dazu entschloss, den Fremden höflich nach seinem Begehren zu fragen.

Die Augen des Mannes musterten sie aufdringlich von Kopf bis Fuß, bevor er sie einen leisen Pfiff ausstoßend, süßlich lächelnd nach Reitstunden für sich fragte. Irgendwie nahm Melissa ihm seine Frage nicht ab und zog die Brauen hoch. Dieser Mann verfolgte ein ganz anderes Anliegen. In der Hoffnung, ihn rasch wieder loszuwerden, suchte sie nach den richtigen Worten, ohne ihn zu beleidigen. Als sie zu einer Antwort ansetzte, bekam sie Hilfe von Eduard. Er hatte das Auftreten des Fremden vom Waschplatz aus, wo er seinem Braunen die Hufe säuberte, ebenso misstrauisch verfolgt. Von dort tönte es jetzt in Melissas Richtung: „Eine Reitausbildung können Sie hier auf dem Hof bekommen. Aber wir wollen keinen Ärger. Deshalb lassen Sie beim nächsten Mal Ihren Hund zu Hause. Hunde dieser Rasse sind hier nicht erwünscht!“

Der Mann ignorierte seine Worte lediglich mit einem zweifelhaften Lächeln, bevor er sich sofort wieder Melissa zuwandte. Als Frau war ihr so etwas wie ein sechster Sinn gegeben. Doch als Verantwortliche waren ihr die Hände gebunden, um den Fremden einfach vom Hof zu weisen. Den Mann und vor allem seinen Hund nicht aus den Augen lassend, winkte sie Eduard zu sich. Den Tierarzt an ihrer Seite zu wissen, gab ihr etwas Zuversicht. Als der Fremde sich mit seinem Hund beschäftigte, zog sie Eduard am Jackenaufschlag näher zu sich heran und flüsterte ihm unauffällig zu: „Er ist doch ein Reitgast. Was soll ich machen, ich brauche jeden Reiter. Auch wenn er mir nicht gefällt. Ihn abzuweisen, könnte sich negativ herumsprechen.“

„Er hätte doch Karl um Reitstunden bitten können. Schick ihn weg. Irgendetwas stimmt nicht mit ihm, da bin ich mir sicher“, mahnte er sie, während er angestrengt überlegte, wo er den Typ schon einmal gesehen hatte. Nach einem abschätzenden Blick auf den Mann flüsterte er Melissa ins Ohr: „Wenn ich mich nicht irre, ist er ein stadtbekannter Kampfhundezüchter, der mit Tieren wie mit Drogen gleichermaßen handelt und dir ganz bestimmt Ärger einhandelt. Aus irgendeinem Grund hat ihn uns Karl hergeschickt. Von dem kommt nie etwas Gutes. Sieh dich vor!“

Eduards Worte überzeugten sie. Das tänzelnde Pferd an ihrer Seite drängte in den Stall, wo die Futterschüsseln klapperten und sie zog es längst in die Reiterklause, wo die anderen Reiter sie bereits erwarteten, um den schönen Reittag gemütlich ausklingen zu lassen. Also wollte sie sich nicht länger aufhalten lassen und in der Hoffnung, dass sie den Fremden vielleicht nie wieder sehen würde, antwortete sie kurz: „Kommen Sie morgen früh in Reitsachen, dann werden wir schon ein Pferd für sie finden!"

Doch der Mann blieb ihr die Antwort schuldig und vertrat ihr den Weg. „Einen schönen Hund haben Sie da", lobte er Trull, den ihre Hand am Halsband noch immer daran hinderte, auf den Bullterrier zuzulaufen. Seine Finger kraulten jetzt den wulstigen Nacken seines Hundes, während er leise etwas zu ihm sagte.

Melissa zuckte mit den Schultern. „Was geht Sie mein Hund an?", murmelte sie zu sich und drehte ihm den Rücken zu. Im Begriff, den Rappen in den Stall zu führen, damit er endlich seinen verdienten Hafer bekäme, fuhr sie jedoch durch einen Warnruf Eduards wieder herum.

„Achtung, Melissa, halte Trull fest!"

Sie verstand die Warnung nicht und drehte sich verwirrt nach ihm um. Doch da keilte Sokrates bereits nach ihr aus und beförderte sie an die Wand … Sie sah Eduard mit einer Mistgabel in der Hand und den Hund des Fremden mit einem gefährlichen Grollen in der Kehle auf sie zufliegen. Es nützte ihr nichts, dass sie sich instinktiv über Trull warf, der Bullterrier landete genau da, wo er hinwollte — im Genick des Boxers.

Trull, auf den Angriff unvorbereitet und noch viel zu jung für solche Auseinandersetzungen, zog es vor, sich zu unterwerfen. Aber der im Kämpfen erfahrene Bullterrier ließ nicht locker und verbiss sich unter gurgelnden Tönen tief in Trulls Schulter. Er zerrte und riss an seinem Fleisch, bis das Blut herunterlief und Melissa hilflos und in Angst um ihren Boxer aufschrie: „So stehen Sie doch nicht so blöd herum, nehmen Sie Ihren Hund zurück!"

Eduard, die Forke auf den Bullterrier gerichtet, brüllte sie an: „Lass Trull los, Melissa! Er kann sich selbst helfen!"

In ihrer Not beherzigte sie seinen Rat, denn Sokrates geriet in Panik, er schnaubte ängstlich und stieg kerzengerade in die Luft.

Mit dem Boxer ging inzwischen eine Veränderung vor sich. Der Schmerz, die unverhoffte Freiheit und die Hartnäckigkeit seines Gegners ließen ihn wohl erkennen, wie ernst seine Lage war und dass dies nichts mehr mit einem Spiel zu tun hatte. Er richtete sich hoch auf, die Beine weit von sich gespreizt, um das Gewicht des Gegners abzufangen. Schaum flog umher, die Reißzähne blitzten. Im gleichen Augenblick begann er sich wie ein Kreisel zu drehen, um die schmerzhafte Last loszuwerden. Dann schlug er die Zähne in die ungeschützte Seite des Gegners.

Als der Fremde, der dem Kampf bislang mit einem zufriedenen Grinsen auf dem Gesicht gefolgt war, diese Wende sah, entschloss er sich einzugreifen. Vielleicht auch deshalb, weil Eduard jetzt wütend die Spitzen der Forke auf ihn richtete. „Ich steche deinen Hund ab, wenn du ihn nicht augenblicklich zurückpfeifst!“, drohte er ihm aufgebracht und machte Anstalten, seine Drohung wahr zu machen.

Ein kurzer, kräftiger Griff ins Halsband, ein Klicken des Leinenschlosses sowie ein scharfer Befehl seines Herrn genügten nun, um den Bullterrier an der Leine wieder zur Ordnung zu rufen.

Nicht aber Trull. In ihm schien etwas erwacht zu sein, was bis dahin tief in ihm geschlummert hatte. Er zitterte am ganzen Körper, sein dunkles Fell war vom Kopf bis zum Stummelschwanz wie bei einer Bürste aufgestellt. Dadurch erschien er für seinen Gegner größer und kräftiger. Zugleich gebärdete er sich nun unter Eduards Hand wie ein Rasender. Erst als Melissa ihn an die Leine nahm und ihn in eine leere Box sperrte, beruhigte er sich langsam wieder.

Der Fremde schien sein Ziel erreicht zu haben. Ohne ein Wort oder eine Entschuldigung schlenderte er leise vor sich hin pfeifend, seinem Hund blutend und widerstrebend wegführend zu seinem Sportwagen. Zurück blieben verblüffte Schaulustige und Melissa, der es über so viel Unverschämtheit die Sprache verschlug.

Anders Eduard. Der hatte den Fremden mit ein paar Schritten eingeholt und hinderte ihn wütend am Einsteigen. Ohne Vorwarnung packte er den Unverschämten am Kragen und knurrte drohend: „Was sollte das Schauspiel, Mann? Dir ist wohl nicht bewusst, dass das Konsequenzen für dich hat! Gib es zu, du Lump, dich hat Karl geschickt!“

Der Fremde zuckte nur abweisend mit den Schultern, schob höhnisch grinsend seine Hand zurück und meinte: „So etwas nennt man Pech, Herr Doktor. Das sind nun mal zwei Rüden, die sich messen wollten. Ihr Boxer wird erwachsen. Diese Rasse ist dafür bekannt, sich untereinander zu raufen. Was also wollen Sie von mir?“

„Dir am liebsten eins in die freche Schnauze hauen!“, zischte Eduard noch leiser und sah sich nach Melissa um, die neugierig mit Cori auf dem Arm näherkam. „Ich habe gesehen, wie du heimlich an der Leine herumgefummelt hast. Gib es zu, du hast die Rauferei mit Absicht herbeigeführt!“

Seine Worte bewirkten, dass dem Fremden der Boden unter den Füßen nun doch zu heiß wurde. Er verlor sein Grinsen und begab sich rasch ins Auto zu seinem Hund. Während er hektisch den Motor anließ, schimpfte er: „Euer Köter hat meinen Hund angemacht, ich habe es ganz deutlich gesehen. Und da das Schloss am Halsband defekt ist, hat es sich eben gelöst. Ich soll schuld sein... Euer Boxer befindet sich in einem Alter, wo er den Kampf sucht und noch suchen wird. Dass er sich zu verteidigen weiß, hat er ja eben bewiesen. Und wenn meiner ihn zerrissen hätte ...? Na und, halb so schlimm! Ich bin schließlich versichert, dann hättet ihr euch von dem Versicherungsgeld eben einen Neuen angeschafft. Ein Köter ist doch wie der andere“, rechtfertigte er sich und bot Eduard, sich im Wagen sicher fühlend, eine Zigarette aus einer silbernen Zigarettendose an.

„Verschwinden Sie mit Ihrem Hund ganz schnell und lassen Sie sich ja nie wieder hier sehen, sonst haue ich Ihnen doch noch eine in die Fresse!“, vergaß Eduard seine gute Erziehung, wütend über das erneute überhebliche Grinsen auf dem Gesicht des Fremden. Er vermochte sich kaum noch zu beherrschen. Am liebsten hätte er diesen Angeber mitsamt seinem Hund mit einem kräftigen Tritt vom Hof gejagt. Melissa versuchte ihn zu beruhigen. Sie hätte nie vermutet, dass der stets beherrschte und freundliche Eduard eine solche Seite zutage brachte. Doch er wies ihre Hand zurück und stellte ärgerlich fest: „Das hast du sicher deinem Mann zu verdanken. Du bist einfach zu gutgläubig.“

Ohne den Fremden weiter zu beachten, der mit quietschenden Reifen den Hof verließ, drehte er sich um und begab sich mit großen Schritten zu seinem Pferd, das er in der Aufregung angebunden auf der Stallgasse zurückgelassen hatte und ihn nun mit einem ungeduldigen Wiehern begrüßte.

„Was hast du damit gemeint, dass ich das meinem Mann zu verdanken habe?“, fragte Melissa, die ihm gefolgt war.

„Hast du denn noch nicht begriffen, was hier gespielt wird?“, knurrte Eduard immer noch erregt. Er löste den Strick vom Haken und lief mit dem Pferd an der Hand vor ihr her zur Pferdebox.

„Nein.“

„Gut, dann sag ich es dir.“ Er stand jetzt mit dem Rücken zu ihr in der Box und schnallte die Pferdedecke fest, die er seinem Braunen übergeworfen hatte. „Ich vermute, dass dein Mann einem Spleen nachrennt, nämlich einen Kampfhund für die neu auflebende Hundekampfszene zu erwerben. Mit einem kampferprobten Hund kann er viel Geld verdienen und sich vor seinen Kumpanen noch mehr brüsten. Wer weiß, wer ihm diesen Floh ins Ohr gesetzt hat. Sicher hat er deshalb diesen Lackaffen mit seinem Bullterrier auf Trull angesetzt, um ihn zu testen. Entweder hat dein Mann null Ahnung von Hundekämpfen oder er weiß sehr genau Bescheid darüber. Mich wundert nur, warum es ein Boxer sein sollte. Ein Boxer ist zwar wehrhaft, aber aufgrund seiner Gutmütigkeit völlig ungeeignet als Kampfhund. Da Trull überlebt hat, würde ich gut auf ihn aufpassen. Es kann sein, dass er sich in großer Gefahr befindet. Manchmal nehmen sie solche Hunde als Trainingsmittel für ihre Kampfhunde. Ich habe schon genug von diesen armen, zerfetzten Kreaturen auf meinem Tisch gehabt."

„Aber Hundekämpfe sind doch bei uns verboten?", unterbrach ihn Melissa entsetzt.

„Das sind sie. Aber gerade deshalb werden sie für bestimmte Leute ja erst interessant. Jetzt wissen wir ja auch, in welchen Kreisen sich dein Mann bewegt."

Es war schummrig geworden, und die Beleuchtung vor den Ställen hatte sich automatisch eingeschaltet. Die Pferde standen zufrieden kauend in ihren Boxen, während sich ihre Besitzer bis auf wenige, die noch etwas an ihrem Sattelzeug ausbesserten, im hell erleuchteten Reiterstübchen vergnügten. Ihr ausgelassenes Lachen war bis zum Stall zu hören. Eduard füllte noch Hafer nach und verweilte einen Augenblick, um seinem Wallach beim Fressen zuzusehen. Er sah gern den Pferden zu. Ihr zufriedenes Kauen übte auf ihn eine beruhigende Wirkung aus. Dann verschloss er die Box und ging zu Melissa, die neben Trull auf der Stallgasse hockte und seine Verletzung untersuchte.

„Die Wunden sind nicht tief. Sie werden rasch heilen“, meinte er und beugte sich über den Boxer, um die Bissstelle zwischen seinen Schulterblättern zu begutachten. „Er hat Glück gehabt. Es sind nur oberflächliche Fleischwunden. Lass mal den Fachmann ran“, meinte er und zwinkerte ihr vertrauensvoll zu, als er ihr besorgtes Gesicht bemerkte. Aus seiner Medizintasche, die er immer bei sich trug, drückte er ihr Pflasterspray und Desinfektionsmittel in die Hände. Nach und nach säuberte er die Wunde, desinfizierte sie und verschloss sie anschließend mit dem flüssigen Pflaster aus der Spraydose. „In drei Tagen ist alles vergessen. Von der Auseinandersetzung wird bald so gut wie nichts mehr zu sehen sein“, beruhigte er sie und streichelte ihre Hand.

Dankbar lächelte Melissa zurück. Trull hatte die Prozedur ruhig über sich ergehen lassen. Nun sprang er auf und stellte sich in kämpferischer Pose mit den Hinterbeinen kräftig nach hinten austretend vor sie hin, um sie zum Spielen aufzufordern. Doch aus dem Spiel wurde nichts, denn Cori erschien jetzt stolz mit einer selbst gefangenen Maus im Fang in der Tür. Sofort galt sein Interesse der Hündin mit dem neuen Spielzeug, und er hopste es ihr abjagend hinterher.

Melissa nahm Eduards Tasche an sich, während er sich unter dem Wasserhahn vor der Box die Hände säuberte und verabschiedete sich von Sokrates mit einem Stück Brot. Irgendwie fühlte sie sich erleichtert und freute sich auf das gemeinsame Abendessen mit Eduard. Rasch kontrollierte sie noch einmal, ob jedes Pferd genügend Futter hatte und die Türen alle verschlossen waren. Nach einer letzten Inspektion der Sattelkammer warf sie einen prüfenden Blick in den Spiegel über der Futterkiste, bevor sie durch das Holztor den Stall verließ, wo der Tierarzt auf sie wartete.

Auf dem Weg zum Reiterstübchen legte Eduard beschützend den Arm um ihre Schulter. „Damit du mir im Dunkeln nicht hinfällst", rechtfertigte er sich lächelnd. Er wollte Melissa auf keinem Fall verschrecken. Doch er musste jetzt unbedingt ihre Nähe spüren. Draußen war es mittlerweile stockdunkel geworden und der Weg auf dem unbeleuchteten Hof barg Gefahren. Der Mond versuchte sich zwischen den dahinjagenden Wolken durchzuschieben. Doch der leichte Wind vertrieb ihn immer wieder. Eduard spürte Melissas Wärme durch die leichte Kleidung, was sein Verlangen nach ihr nur noch stärker schürte. Zärtlich zog er sie fester an sich und Melissa ließ es geschehen. Eine Weile war es still zwischen ihnen. Stumm liefen sie nebeneinander her. Manchmal entwich Melissa ein Kichern, wenn er sie etwas ungeschickt um die mit Regenwasser gefüllten Wegvertiefungen lenkte. Dann wieder war nur ihr keuchender Atmen zu hören. Unter der Laterne vor dem Portal des Reiterstübchens blieb Melissa stehen und bemerkte leise, den Blick auf den Boden geheftet: „Bevor du mich jetzt zum Essen einlädst und dir vielleicht Hoffnungen machst, muss ich dich wieder enttäuschen. Du weißt, wie ich über eine Beziehung denke, Eduard. Die Freundschaft zu dir möchte ich niemals missen, aber dränge mich bitte nicht weiter zu etwas, wofür ich noch nicht bereit bin."

Eduard, von dem Zauber der abendlichen Stille und der weichen, warmen Nähe der Frau leicht erregt, hob mit der freien Hand ihr Kinn an, sodass sein Mund dem ihren sehr nahekam und flüsterte: „Warum verschließt du dich mir? Bin ich denn als Mann so unattraktiv für dich?"

„Nein", druckste Melissa mit schlechtem Gewissen herum, „das ist es nicht, Eduard." Sie schaute auf den großen, sehnigen Mann mit den ergrauten, vollen Haaren und dem jungenhaften Gesicht. Nein, unattraktiv war er wirklich nicht. „Es ist nicht so, dass ich keine Gefühle zu dir aufbauen könnte ... Zurzeit fühle ich mich nur so leer, so ausgebrannt. Ich wäre keine gute Frau für dich." Da er die Röte auf ihrem Gesicht nicht sehen sollte, beugte sie sich zu Trull, der seine Schnauze an ihrem Knie rieb und kraulte seinen hübschen Kopf. Ganz tief in ihrem Inneren wünschte sie sich nichts sehnlicher, als dass der attraktive Mann sie in seine Arme schließen und küssen möge. Doch über den eigenen Schatten zu springen war schwer und so erklärte sie ihm: „Ich habe ein hartes Leben, vor allem Karl macht es mir schwer. Deshalb verkrieche ich mich hinter meiner Arbeit und meinen Pferden. Ich bin zu einer Eigenbrötlerin geworden. Das Wort Liebe stand bisher bei mir ganz weit hinten, bis Trull in mein Leben trat. Du hattest recht. Der Boxer hat mir in dem Jahr, seitdem ich ihn aufpäppele, viel gegeben. Ich weiß, du liebst Tiere ebenso. Doch das, was Trull mir gibt, ist etwas anderes, ganz Besonderes. Trull wird mich niemals enttäuschen. Er liebt mich, wie ich bin und meine ganze Liebe gehört im

Moment nur ihm. Vielleicht hältst du mich für exzentrisch. Eine Reitstallbesitzerin, die aufgrund ihrer schlechten Erfahrungen nur Tiere liebt. Vielleicht ist es auch so. Aber meine Pferde und die Hunde helfen mir über so viele Widrigkeiten im Leben hinweg. Soll ich ihnen etwa meine Liebe wieder wegnehmen, um sie einem Mann zu schenken, von dem ich nicht weiß, ob er mich eines Tages nicht auch enttäuscht? Du bist ein wundervoller Mensch, Eduard. Doch noch vor ein paar Minuten glaubte ich dich nicht wiederzuerkennen. Da war plötzlich ein ganz anderer Eduard. Das macht mir Angst."

Nach diesem Geständnis schaute Eduard etwas betreten an sich herab. Er hatte ja keine Ahnung gehabt, wie es in Melissa aussah. Aber da er sie liebte, nun sogar noch mehr als zuvor, überlegte er, wie er ihr das Vertrauen in einem Mann zurückgeben konnte, und hatte zugleich Angst um sie, Angst, dass sie sich vor ihm noch tiefer in ihr Schneckenhaus zurückzog.

„Ein Hund ist etwas Wundervolles", entgegnete er, sich vorsichtig herantastend. „Vor allem in unserer heutigen, gefühlsarmen Zeit. Deiner Liebe zu Trull brauchst du dich nicht zu schämen. Der Hund gibt dir den Halt, den du brauchst. Dank meiner Vitaminpillen wird aus ihm einmal ein starker Boxer. Bei ihm weiß ich dich in sicheren Händen", lächelte er. „Aber wie mir scheint, bist du von Karl so sehr verletzt worden, dass du das auch auf mich beziehst. Ich kann dir nur immer wieder ans Herz legen, trenne dich von ihm. Karl tut dir nicht gut. Deine Tiere lösen nicht deine Probleme. Stattdessen solltest du dich dem Menschen öffnen, der es ehrlich mit dir meint. Das klingt vielleicht egoistisch. Aber Tiere sind auch mein Lebensinhalt. Ich bin nicht so, wie du mich eben erlebt hast. Aber Leute wie dieser Kerl verstehen nur eine Sprache. Lass dir von mir helfen. Ich habe Angst, nicht nur um dich, auch um die Hunde. Sie könnten leicht zum Spielball eures gegenseitigen Hasses werden", bat er sie nun mit einem flehenden Blick.

Ein junges Mädchen mit einem blonden Pferdeschwanz in Hosen und Gummistiefeln unterbrach ihn und veranlasste ihn, seine Gefühle wieder hinter der freundlichen Maske des Tierarztes zu verbergen. Sie war aus dem Nichts aufgetaucht. Erregt und völlig außer Atem zog sie Melissa am Ärmel: „Meine Stute Larissa bekommt ihr Fohlen, kommen Sie schnell!"

Die Störung war ein Wink des Schicksals. Ein kurzer, etwas sehnsüchtiger Blick Melissas zum Reiterstübchen, dann antwortete sie, ohne zu überlegen: „Wir kommen." Mit einer Handbewegung und einem Pfiff ermunterte sie Trull, ihr zu folgen und zu Eduard, der rasch zum Wagen lief, um das Geburtsbesteck zu holen, sagte sie schulterzuckend: „Siehst du, Herr Doktor, das ist mein Leben. Auch ein Umstand, weshalb ich es nicht ändern kann. Unser Gespräch und das schöne gemeinsame Essen müssen wir nun leider verschieben. Die Pferde brauchen mich!"

Abschied und Schmerz

An einem Montagabend im August war Melissa wie so oft allein in ihrer Wohnung. Es war schwülwarm. Die Luft in den Räumen war stickig und verbraucht. Obwohl sie die Fenster in der Küche geöffnet hatte und die Tür zum Keller offenstand, trat keine Besserung ein. Trull lag ausgestreckt auf dem blanken Dielen und hechelte. Cori hatte ihre kurzen Beinchen possierlich nach allen vier Seiten von sich gestreckt. Sie schlief mit zur Seite geneigtem Köpfchen auf dem Teppich in der Stube vor dem Sofa. Es dauerte nicht lange, und Trull erhob sich wieder, lief mit gesenktem Kopf schniefend in die Wohnstube und ließ sich schwerfällig neben dem Schreibsekretär nieder. Melissa saß im Schein einer Tischlampe vor einem Stapel Rechnungen und schob sie missmutig von einer Seite des Schreibtischs auf die andere, bis sie sich schließlich schweißgebadet von ihrem Hocker erhob, um kurze Zeit danach ziellos durch den Raum zu wandern. So viele Dinge gingen ihr an diesem Abend gleichzeitig durch den Kopf, dass sie das Gefühl hatte, er würde jeden Moment zerspringen. Die Schmerzen traten immer dann auf, wenn sie an die vielen Rechnungen dachte, die sie nicht bezahlen konnte, während Karl alles mit vollen Händen zum Fenster rauswarf. Schon seit mehreren Tagen stellten sie sich immer heftiger und immer zur gleichen Zeit ein.

Trull war ihr aufmerksam mit den Augen gefolgt. Als sie sich plötzlich Halt suchend an der Sessellehne abstützte und sich aufstöhnend mit beiden Händen an den Kopf griff, trat er lautlos neben sie. Er stupste sie auffordernd mit der Pfote an den Fuß. „Ist schon gut, mein Kleiner“, beruhigte sie ihn und vergaß für einen Moment die bohrenden Schmerzen. Sie ging in die Hocke, legte die Arme um seinen muskulösen Hals und drückte zärtlich ihr Gesicht in sein weiches Fell. Trull kroch daraufhin auf den Hinterbacken zurück, reckte sich, schniefte, als wunderte er sich über etwas und schaute Melissa unverwandt aus seinen runden Augen an.

„Es ist wirklich nichts. Du kannst ruhig weiterschlafen“, beruhigte ihn Melissa und stupste ihn liebevoll an die Schnauze. Ein warmes Bad wird mir Linderung bringen. Rasch zog sie sich aus, stieg in die Badewanne, ließ das Wasser aus dem Hahn laufen und entspannte sich mit geschlossenen Augen. Sie wusch sich, putzte sich die Zähne und zog ein sauberes Nachthemd über. Vor dem Spiegel, als sie sich die langen Haare kämmen wollte, wurde ihr plötzlich übel. Ihr Spiegelbild mit den dunklen Ringen unter den Augen verschwamm und der bohrende Kopfschmerz kehrte heftiger als zuvor zurück. In ihrer Angst, den Boden unter den Füßen zu verlieren, tastete sie sich an den Wänden abstützend durch die Küche in die Wohnstube. Zum ersten Mal in ihrem Leben verspürte sie so etwas wie Todesangst, und während sie zum Sofa taumelte, schoss ihr ein beängstigender Gedanke durch den Kopf, „Was wird aus meinen Tieren, wenn mir etwas passiert?“

Sie verharrte eine Weile auf der Couch, den gemarterten Kopf weit zurückgelehnt in der Hoffnung, dass das Übel auf diese Weise schneller vergehen würde.

Cori, die für den Kummer ihres Frauchens eine sensible Ader hatte, hopste auf ihren Schoß und leckte mit ihrer kleinen Zunge aufmunternd Melissa Hände. Als das nichts half und keine Reaktion auf ihre liebevolle Geste kam, erhob sie sich auf die Hinterpfoten und schleckte flink mit der Zunge über Melissas Gesicht. Trull war ebenfalls neugierig nähergekommen. Er stand mit den Vorderpfoten auf dem Sofa, machte einen langen Hals und versuchte mit einer Pfote nach Cori zu angeln. Die Eifersucht war in diesem Falle stärker als die Furcht vor der für ihn unbekannten Situation.

Der Schmerz wurde so unerträglich, dass sie selbst die Fliegen an der Wand störten. Schwerfällig erhob sie sich und taumelte zum Fenster, wo auf einer Bank das Telefon stand. Wie durch einen Schleier wählte sie auf dem Teppich neben ihren Hunden kniend, die Nummer ihres Hausarztes. Er wohnte am Ende des Dorfes. Sie hatte seine Hilfe aufgrund ihrer Robustheit bisher selten in Anspruch nehmen müssen. Die Idee, ihren Mann Karl um Hilfe zu bitten, verwarf sie rasch wieder. Sie vermutete ihn in irgendeiner Dorfkneipe. Wahrscheinlich war er um diese Zeit bereits so betrunken, dass sie auf seine Hilfe verzichten konnte. Eduard wollte sie nicht anrufen. Sie kannte seine Hilfsbereitschaft. Doch nach seinem letzten Geständnis wollte sie seine Gefühle für sie nicht noch mehr herausfordern. Außerdem würden sich die Leute das Maul über seinen Besuch bei ihr zerreißen. So blieb ihr nur, den Arzt um diese späte Stunde zu ihr zu bitten.

Der Mann am Ende der Leitung hatte eine beruhigende, warme Stimme. Er versprach ihr, sofort zu kommen. Als sie auf ihre beiden Hunde blickte, die wie ratlose Kinder vor ihr saßen, musste sie trotz ihrer Angst unwillkürlich schmunzeln und beruhigte sie, während sie ihnen zärtlich über die Köpfe strich: „Ihr zwei braucht keine Angst zu haben. Mir passiert schon nichts.“

Es dauerte keine zehn Minuten, bis der Arzt kam. Melissa hatte sich zurück zum Sofa geschleppt und dort niedergelegt. Als der Wagen des Arztes geräuschvoll vorfuhr und es gleich darauf an der Tür klopfte, war es Trull, der sich von seinem Platz vor der Couch erhob und dem Doktor die Tür öffnete. Türen zu öffnen war für den Boxer eine Kleinigkeit. Schon als kleiner Welpe hatte er schnell begriffen, dass die Türklinken sofort nachgaben, wenn man nur kräftig genug mit den Vorderpfoten auf sie sprang. Der Arzt, ein Mann von kräftiger Statur mit Nickelbrille und Halbglatze, bewies Humor und bedankte sich in einer für Trull verständlichen Sprache für das Öffnen der Tür, bevor er, von ihm wachsam beäugt, zu Melissa gebracht wurde.

Trull schob sich zwischen den Arzt und das Sofa, wo er ihn keinen Moment aus den Augen ließ. Jede seiner Bewegungen verfolgte er aufmerksam bis ins kleinste Detail. Das Stethoskop, die Spritze, die er aufzog, die Tabletten sowie jedes Fläschchen, das der Arzt in die Hand nahm, wurden von ihm erst einer eingehenden Kontrolle mit der Nase unterzogen, bevor er schniefend seine Zustimmung zur Behandlung gab. Schließlich hatte Trull seine Erfahrung mit solchen Dingen.

Der Arzt fand alles sehr merkwürdig, die niedrige Wohnung mit den kleinen Fenstern, in der die Luft vor Hitze stillstand, die wuchtigen bäuerlichen Möbel, auf denen fingerdick der Staub lag, die verwelkten Blumen in den Fenstern, die längst durch neue hätten ersetzt werden müssen, der vor Schmutz starrende Teppich und die dicken, schwarzen Fliegen an den gekalkten Wänden. Aber er äußerte sich nicht dazu, fragte nur von einem etwas heiklem Gefühl begleitet, wenn Trull ihm zu nahe kam: „Beißt er mich auch nicht?“

Melissas Gesicht war nicht mehr so blutleer. Sie lächelte schwach und antwortete mit einem Blick auf ihren Boxer scherzhaft: „Nicht, wenn ich es nicht will.“

Die Angst vor einer Krankheit nahm er ihr mit seinem vertrauensvollen Lächeln und er beruhigte sie, dass es nur eine nervöse Störung sei. Morgen würde es ihr wieder besser gehen. Dennoch riet er ihr, seine Praxis aufzusuchen. Seine Menschenkenntnis ließ ihn die Ursache ihrer Beschwerden erahnen.

Als er sich nach der zufriedenstellenden Diagnose wieder auf den Heimweg begab, drehte er sich an der Tür noch einmal um und fragte mit einem nachdenklichen Blick auf den Boxer: „Haben Sie denn niemanden außer dem Hund, der sich um Sie sorgt?“

„Doch habe ich“, log Melissa. „Mein Mann kommt sicher gleich nach Hause.“ Sie wollte noch etwas hinzufügen, doch die Wirkung der Spritze setzte ein und sie bekam nicht mehr mit, wie der Arzt kopfschüttelnd die Tür hinter sich schloss. „Versteh einer diese Frau“, murmelte er auf dem Weg zum Wagen. „Das ganze Dorf weiß doch Bescheid, wo ihr Göttergatte sich jetzt herumtreibt.“

Melissa lag noch immer auf dem Sofa, die Decke, die sie sich über die Beine gelegt hatte, war auf den Boden gefallen und diente dem leise schnarchenden Trull als Schlafunterlage, als sie durch ein Geräusch, das sich wie ein Kratzen anhörte, geweckt wurde. Da keiner der beiden Hunde angeschlagen hatte, glaubte sie geträumt zu haben und erhob sich etwas benommen. Die Schmerzen hatten nachgelassen, und sie fühlte sich etwas besser. Als sie mit den nackten Füßen in die Hausschuhe fuhr, hob Trull den Kopf. „Du hast einen schönen, bequemen Platz, bleib ruhig darauf liegen", sagte sie gähnend zu ihm mit einem Blick auf die Uhr, die bereits die erste Morgenstunde anzeigte. Es wird Zeit, mich ins Bett zu begeben, dachte sie und knipste das Licht aus. Im Dunkeln schlurfte sie durch die Küche, blieb vor einer braunen Schiebetür stehen und tastete sich am Holzrahmen entlang, um zur Treppe zu gelangen. In der oberen Etage befanden sich die Schlafzimmer. Doch ein Poltern an der Küchentür ließ sie erschrocken herumfahren. Die Tür wurde aufgerissen, der Luftstrom bauschte die Gardine und Karl torkelte fluchend über die Schwelle, zwei halb volle Flaschen unterm Arm und von einer fürchterlichen Alkoholfahne umgeben. Er schimpfte laut, aber undeutlich und gab irgendwem die Schuld dafür, dass er den Lichtschalter nicht fand.

Zu dieser späten Stunde verspürte Melissa keine Lust mehr, sich in eine der üblichen Debatten mit ihrem betrunkenen Mann einzulassen. Leise versuchte sie vor ihm in ihr Schlafzimmer zu flüchten. Doch das Holz der Stufen war alt und wurmstichig. Mit dem ersten Knarren unter ihren Füßen ging das Küchenlicht hinter ihr an und blendete sie. Noch bevor sie begriff, wie ihr geschah, wurde sie unsanft an der Schulter gepackt und zurückgerissen.

„Hey, wo willst du denn hin, Schlampe?“, lallte Karl.

Sie stieß einen kurzen überraschten Schrei aus. Dann sah sie sein rotes, verquollenes Gesicht über sich. Mit der Hand vor dem Mund wegen des Geruchs antwortete sie ärgerlich: „Ins Bett, was glaubst du denn, wohin ich um diese Zeit gehe?“ Auf keinen Fall wollte sie sich die Blöße geben, ihm ihre Angst zu zeigen. Stattdessen versuchte sie angeekelt seine Hände von ihrer Schulter zu schieben. Doch Karl betrunken bis zum Stehkragen und noch gar nicht müde, war zum Streiten aufgelegt. Flink packte er sie am Pferdeschwanz und zog sie hinter sich her in die Küche. „Warum wartest du nicht auf mich, wie sich das für eine gute Frau gehört?“, fragte er mit heiserer Stimme. Er wartete ihre Antwort nicht ab und ließ sich schwerfällig auf den nächstbesten Stuhl am Küchentisch fallen. Hier hielt er sie an der Hüfte fest und zog sie dicht zu sich heran, so weit, dass er ihr in die Augen sehen konnte. Sein Kopf wackelte dabei hin und her. Er schniefte laut, wischte sich mit dem Handrücken die laufende Nase und holte tief Luft. Plötzlich sabberte er, verdrehte die Augäpfel, wollte etwas sagen ... Dann kippte sein Kopf laut schnarchend hintenüber.

Rasch nahm Melissa die Gelegenheit war, um sich aus seinen Klauen zu befreien. Doch gerade als sie sich leise von ihm wegschleichen wollte, wachte er wieder auf und grapschte blitzschnell nach ihr.

Er erwischte sie erneut an den Haaren und feixte: „Solltest dir die Zotteln abschneiden lassen."

Ruckartig zog er sie zu sich herunter und fixierte sie jetzt böse. Eine Wolke verschiedenster Ausdünstungen reizten erneut Melissas Nase, während er mit den Füßen versuchte, seine Stiefel abzustreifen. Es gelang ihm nicht, nur Melissa in ihrer peinlichen Haltung registrierte einen dunklen Fleck zwischen seinen Beinen. Wahrscheinlich kam der Gestank daher. Wie ein Kleinkind hatte er sich in die Hose gemacht. Seine Sachen starrten vor Schmutz und die Stoppeln an Wangen und Hals hätten jeden guten Friseur für Stunden beschäftigt. Sie hatte Angst, dass ihr wieder übel werden könnte und auf die Gefahr hin, ein paar Haare zu verlieren, riss sie sich von ihm los.

Ohne weiter zu überlegen, lief sie zum Küchenfenster und riss es auf. Sie brauchte frische Luft zum Atmen. Dadurch schwirrten, angezogen vom Licht in Scharen Mücken in den Raum und ärgerten Karl. Unbeholfen schlug er nach den Biestern und hielt nach einem Gegenstand Ausschau, mit dem er die Wirkung des Schlages verstärken könnte. Da entdeckte er die leere Spritze auf dem Küchenbuffet. Augenblicklich hatte er die Mücken vergessen und stierte mit schwankendem Oberkörper und dämlichen Gesichtsausdruck auf dem Gegenstand, den er in seinem Delirium nicht einzuordnen vermochte. Er griff danach wie nach einem seltenen Insekt, hob es in Augenhöhe und begutachtete es kritisch. Zwischendurch fielen ihm wieder die Augen zu, sodass er sich beim Aufstehen am Schrank abstützen musste, um nicht der Länge nach hinzuschlagen. Plötzlich verzog sich sein

Gesicht zu einer grinsenden Fratze. Triumphierend, die Spritze wie ein Kleinod zwischen den Fingern, wankte er in die Wohnstube, wohin sich Melissa, von neuen Kopfschmerzen geplagt, zurückgezogen hatte. Er trat an den Sessel, in dem sie die Beine angezogen saß und fuchtelte mit der Spritze provozierend vor ihrer Nase umher. „Was ist das?“, fragte er lauernd.

Melissa zog es vor zu schweigen. Sie hatte die Erfahrung gemacht, dass ihn jegliche Erklärungen ihrerseits nur noch mehr zum Widerspruch reizten. Meistens beließ er es bei ein paar dummen Sprüchen und zog sich in sein Bett zurück. Doch diesmal fühlte er sich durch ihr Schweigen provoziert, und seine anfängliche Streitsucht schien nun in Wut umzuschlagen. Er schleuderte die Spritze auf den Boden, wo sie klirrend zerbrach und drückte Melissa mit Wucht in den Sessel zurück.

„Du redest gefälligst mit mir!“, schrie er zornesrot im Gesicht.

Sie hatte ihn oft genug in Rage erlebt, aber noch nie war er ihr gegenüber handgreiflich geworden. Abwehrend hob sie die Hände. „Der Arzt war hier ..., mir war nicht gut!“, schrie sie und dachte, dass er sie nun in Ruhe lassen würde. Doch mit ihrer Reaktion hatte sie bei Karl erst recht Wasser ins Feuer gegossen. Für ihre Antwort hatte er nur ein höhnisches Lachen übrig. Aufgebracht schrie er: „Du und krank! Dass ich nicht lache! Ich kenne deinen Arzt. Für dich gibt es doch nur einen Arzt. Die Spatzen pfeifen es schon vom Dach.“

Wütend beugte er sich noch tiefer zu ihr herab und bekam sie am Kragen des Nachthemdes zu fassen. Er zog ihn so fest zu, bis er sie würgte. „Es war dein Doktor Eduard Tobias. Hab ich recht?“, zischte er und schüttelte ihren Kopf hin und her. Als sie in seine blutunterlaufenen Augen sah, bekam sie Angst, zumal ihr die Luft knapp wurde. In ihrer Not stemmte sie die Arme fest gegen Karls Brust und röchelte weinerlich: „Lass mich in Ruhe, du Scheißkerl. Geh deinen Rausch ausschlafen, morgen früh ist die Nacht zu Ende! Dir bin ich keine Rechenschaft schuldig!“

Ihre Widerspruch schien Karl zu ernüchtern. Sein Blick nahm jetzt einen hasserfüllten Ausdruck an. Er bekam einen ihrer Arme zu fassen und verdrehte ihn schmerzhaft, bis es knackte. Melissa entfuhr ein Schmerzensschrei, der Cori, die bisher ruhig in ihrem Körbchen gelegen hatte, zum Einschreiten zwang. Die Dackelhündin akzeptierte Karl, weil er zum Haushalt gehörte so wie Mieze, die sie auch nicht mochte, aber duldete. Mit ihrem Feingefühl für Betrunkene war sie schlau genug, ihm aus dem Weg zu gehen. Nun aber saß sie aufrecht, jede Sehne ihres kleinen Körpers gespannt und verfolgte aufmerksam, leise knurrend Karls Bewegungen. Wenn es darauf ankam, war Cori mutig, sehr mutig sogar, und diesmal spürte sie die Gefahr, in der Melissa schwebte. Sie blickte zu Trull, der ebenfalls aufrecht auf seiner Decke saß und mit geneigtem Kopf der Szene gespannt folgte. Nur der Unerfahrenheit seiner Jugend war es zu verdanken, dass er noch nicht eingegriffen hatte, sondern das sonderbare Verhalten der Menschen zunächst neugierig beobachtete in der Hoffnung, dass man ihn irgendwann an diesem Spiel teilhaben lassen würde. Oder war es kein Spiel? Gerade hatte Karls Stimme so merkwürdig geklungen, dass er instinktiv die kleine Rute aufstellte, während das Fell in seinem Nacken sich ungewollt aufrichtete.

Als Karl Melissa anbrüllte, dass sie sein Leben zerstört hätte und ihr den Hals zudrückte, sah Trull wie Cori, die kleine mutige Cori, pfeilschnell von ihrem Lager schoss und sich kreischend in Karls Wade verbiss. Einen Fluch auf den Lippen und Karl ließ augenblicklich von Melissa ab. Schwankend, mit blödem Blick folgte er dem dünnen Faden Blut, der langsam an dem zerrissenen Hosenbein hinablief.

Cori hatte von ihm abgelassen und stand zähnefletschend vor ihm, zum erneuten Angriff bereit. Karl, der diesen Drecksköter, wie er Cori gern bezeichnete, von Anfang an nicht gemocht hatte, sah jetzt dunkelrot und richtete seine aufgestaute Wut auf die kleine Hündin. Als Cori erneut mutig zum Sprung auf sein Schienbein ansetzte, trat er mit dem Reitstiefel mit solcher Wucht gegen den anstürmenden Hundekörper, dass die Dackelhündin gegen die Wand geschleudert wurde, wo sie mit gebrochenem Genick liegen blieb. Cori blieb nicht einmal Zeit, einen Todesschrei auszustoßen. Augenblicklich wurde es still im Raum. So still, dass man eine Stecknadel hätte fallen hören. Zuerst war Karls keuchender Atem zu hören. Dann Melissas leises Schluchzen.

Trull hatte sich tief an den Boden geduckt, als Cori durch die Luft flog. Nun kroch er auf dem Bauch zur Wand, wo Melissa zur Säule erstarrt vor dem leblosen Hundekörper kniete. Vorsichtig leckte er ihr die Hände. Noch vorsichtiger stupste er Cori mit der Schnauze an, um sie zum Aufstehen zu bewegen. Aber Cori rührte sich nicht mehr. Stattdessen bildete sich ein dunkelroter Fleck unter ihrem Körper, der ihm, als er ihn beschnupperte, ein aufgeregtes Schniefen entlockte. Mit seitlich aufgestellten Ohren und großen Augen sah er Melissa an. Aber sie blieb stumm.

Nach dem ersten Schock hob Melissa die Dackelhündin vorsichtig vom Erdboden auf und wiegte sie wie ein Kind in ihren Armen. Karl, der hinter ihr geräuschvoll herangeschlurft kam, hatte sie ganz vergessen. Jetzt fuhr sie erschrocken herum, als er sie gefühllos anschnarrte: „Mach nicht so ein Getue um den Bettvorleger“, und ihr befahl, sich in der Küche nützlich zu machen. Langsam wie geistesabwesend und mit Spuren von Tränen auf den Wangen hob Melissa den Kopf. Sie starrte Karl mit einem seltsam leeren Blick ins Gesicht und Trull sah zum ersten Mal etwas in ihren Augen, was er noch nie bemerkt hatte — Angst.

In dieser Nacht wurde Trull erwachsen. Blitzschnell stellte er sich zwischen sie und Karl, der mit unbeweglichem Gesicht auf Melissa herabsah, als sie ihm die tote Hündin auf ausgestreckten Armen entgegenhielt und fassungslos schluchzte: „Sieh, was du angerichtet hast, du Hundemörder!“

Vor Erregung am ganzen Körper zitternd, mit aufrecht gestelltem Fell und platt zurückgelegten Ohren, bereit mit dem starken Gebiss zuzupacken, fixierte Trull Karl, tief im Inneren seiner Kehle gefährlich knurrend.

Karl war das veränderte Verhalten des Boxers nicht entgangen. „Komm schon Dreckskköter!“, zischte er und machte eine Bewegung mit der Fußspitze, als wollte er nach ihm treten. Doch Trull duckte sich wie ein Raubtier und umkreiste ihn, wobei das Grollen in seiner Kehle bedrohlich anschwoll. Irgendwie musste Trulls Verhalten Karl beeindruckt haben, oder er war einfach nur müde. Da er obendrein ein Feigling war, der nur schwachen Geschöpfen gegenüber den Starken markierte, überlegte er es sich anders und zog sich langsam, Trull im Auge behaltend, rückwärts zur Tür zurück. Mit einem kaum hörbaren Zittern in der Stimme verlangte er vom Melissa gereizt: „Schaff mir den Köter aus dem Haus, bevor ich auch ihn erschlage.“ Leise, gefährlich leise fügte er hinzu: „Am besten, du gehst gleich mit ihm!“

Melissa erhob sich vom Boden wie in Trance. Für sie war eine Welt zusammengebrochen. Mit leerem Blick hüllte sie die tote Hündin in eine Decke und strich Trull beruhigend über den Kopf. Zu Karl in der Tür sagte sie mit ebenso leerer Stimme: „Was bist du nur für ein Mensch? Warum muss erst ein Hund dir zeigen, wo deine Grenzen liegen?“

Was hinter Karls breiten Stirn vorging, erfuhr sie nicht, weil sie keine Antwort von ihm bekam. Schon fast wieder nüchtern, polterte er die Stufen zum Schlafzimmer hinauf. Dort hörte sie ihn noch eine Weile im Bad rumoren, bevor es still wurde. Den Rest der Nacht bis zum frühen Morgen saß sie frierend am Küchentisch, die tote Cori vor sich und Trull zu ihren Füßen. Sein weiches Maul auf ihren nackten Füßen dachte sie darüber nach, wie es nun mit ihrem Leben weitergehen sollte. Sie fühlte sich einsamer als jemals zuvor und

Eduards Worte fielen ihr ein. Wie Recht er doch gehabt hatte. Sie musste Karl verlassen. So ging es nicht weiter. Fast jede Nacht solche Szenen, das überstieg ihre Kräfte, zumal sie am nächsten Morgen die Stallarbeit für ihn mit erledigen musste, wenn er seinen Rausch ausschlief. Sie dachte an die vielen Jahre, die sie gemeinsam verbracht hatten, auch an schöne Zeiten und dass sie ihn doch einmal geliebt und bewundert hatte. Aber je weiter der Uhrzeiger vorrückte, umso mehr kam sie zu der Erkenntnis, dass sie hier nichts mehr hielt und nun die Zeit gekommen war, reinen Tisch zu machen. Wenn sie jetzt nicht ging, würde sie niemals gehen. Wieder fiel ihr Eduard ein. Sie würde ihn bitten, sich um den Reiterhof zu kümmern, bis sie einen Ersatz gefunden hatte. Er würde es verstehen, dass sie ihrem Leben einen neuen Sinn geben musste.

Mit dem ersten Sonnenstrahl, der sich durch das kleine Fenster in das Zimmer stahl, erhob sie sich von ihrem unbequemen Platz, bettete die inzwischen steife Cori in eine kleine Holzkiste, legte ihr Spielzeug, einen Gummiknochen und einen kleinen Ball dazu, nahm einen Spaten und vergrub sie im Garten unter einem Apfelbaum. Nachdem sie das kleine Grab mit Erde und einem Kreuz aus Zweigen bedeckt hatte und Trull zur Ordnung mahnte, der eifrig bemüht war, Cori wieder auszubuddeln, begab sie sich erneut ins Haus, um den einmal gefassten Entschluss in die Tat umzusetzen. Sie telefonierte, schrieb etwas, telefonierte wieder und packte zwischendurch ein paar Kleidungsstücke, Handtücher, Seife und Zahnbürste in eine Reisetasche. Zum Schluss, als sie alles Notwendige geregelt glaubte, nahm sie noch einmal den Telefonhörer ab und wählte schweren Herzens Eduards Nummer.

All diese veränderten, nicht alltäglichen Handgriffe beunruhigten Trull. Er folgte ihr auf Schritt und Tritt, ließ sie dabei nicht aus den Augen. Er spürte, dass sich irgendwas in seinem gewohnten Leben veränderte, etwas, das er nicht verstand und nicht in sein bisher sorgloses Leben einzuordnen vermochte. Feinfühlig versuchte er Melissa auf seine jugendliche und liebenswürdige Weise abzulenken. Bisher hatte das immer gewirkt. Doch Melissa reagierte nicht auf seine lustige Gesichtsmimik und seine tollpatschigen Sprünge. Sie sah ihn nur mit traurigen Augen an, besonders als sie Eduard am Telefon ihr Herz ausschüttete und ihn darum bat, sich um Trull und den Hof zu kümmern, bis sie wieder festen Boden unter den Füßen hatte. „Ich brauche dringend ein paar Tage Auszeit zum Nachdenken“, schluchzte sie. „Ich weiß nicht, wie es weitergehen soll mit dem Reiterhof und meinem Leben. Bitte hilf mir!“

Vergeblich legte Trull all seine Hingabe in seinen Blick, vergeblich knurrte, brummte und fiepte er. Als er traurig feststellte, dass sie auf nichts reagierte, biss er in die Telefonstrippe und begann ungeduldig daran zu ziehen.

Zu jedem anderen Zeitpunkt hätte Melissa sich über Trulls Bemühungen amüsiert und ihm einen dicken Kuss auf die Nase gegeben. So aber legte sie den Hörer auf, nachdem Eduard ihr versprochen hatte, den Boxer in einer Stunde abzuholen, und wand sich Trull mit Tränen in den Augen zu. Sie hockte sich vor ihn auf den Boden, nahm seinen hübschen Kopf in beide Hände und während sie ihn noch einmal hinter den Ohren kraulte, sprach sie leise zu ihm: „Verzeih mir, dass ich dich hier allein zurücklassen muss, aber wohin ich jetzt gehe, kann ich dich nicht mitnehmen. Du würdest in der großen Stadt zugrunde gehen. Aber ich verspreche dir, ich komme wieder, sobald ich ein vernünftiges Zuhause für uns beide gefunden habe. Halt die Ohren steif, mein Junge und mach mir keinen Kummer, es ist ja nur für eine kurze Zeit."

Trull sah sie aus großen Augen verständnislos an. Noch nie hatte sie so zu ihm gesprochen und der feine Instinkt in ihm ließ ihn noch wachsamer werden. Als sie sich erhob und zur Reisetasche griff, stand auch er neben ihr, bereit keinen Schritt von ihrer Seite zu weichen.

Ein letztes Mal wanderte Melissas Blick über die vertrauten Möbel, die verwaisten Hundekörbe, hin zu dem Futter, das sie der Katze hingestellt hatte. Noch trauriger irrte ihr Blick zum Fenster hinaus, wo das morgendliche Treiben bereits im vollen Gange war und ihre polnischen Hilfsarbeiter jetzt ohne ihre Hilfe auskommen mussten, bis ein neuer Pächter gefunden war. Auf die beiden Polen war Verlass. Auf Karl nicht. Dann nahm sie den Wohnungsschlüssel, verwies Trull energisch auf seinen Platz, schloss die Tür hinter sich ab und hinterlegte den Schlüssel auf dem vereinbarten Platz, wo Eduard ihn finden würde.

Trull indessen blieb allein mitten im Zimmer zurück, da wo Melissa ihn eben noch liebkost hatte und lauschte gespannt auf ihre Schritte, die langsam im knirschenden Sand verhallten. Als alles ruhig geworden war und er nur noch die fernen Autogeräusche vernahm, sprang er auf und warf sich fiepend gegen die verschlossene Tür. Er sprang immer wieder an ihr hoch, aber sie gab nicht nach, so oft er auch mit seinen Pfoten auf die Türklinke hopste. Durch den Lärm, den er dabei verursachte, erhob sich Karl übel gelaunt. Er torkelte vom Schlaf und Restalkohol noch benommen die Treppe hinab ins Bad, wo er seinen dicken Kopf prustend unter das eiskalte Wasser hielt. Aus dem Spiegel an der Wand blickte ihm ein bleiches, aufgedunsenes Gesicht mit dicken Tränensäcken und einer bläulich verfärbten Nase entgegen. Mit einem Fluch auf den Lippen wich er vor seinem eigenen Spiegelbild zurück. Aber rasch hatte er sich wieder gefangen. Er schnitt eine Grimasse, grinste hämisch und streckte die belegte Zunge heraus. Belustigt sprach er zu der Fratze im Spiegel: „Wenn du so weitermachst, mein Freund, brauchst du bald ein Gesichtslifting." Sein morgendliches Selbstgespräch wurde durch einen lauten Knall aus dem Wohnzimmer unterbrochen. Ärgerlich riss er die Tür zum Bad auf und brüllte, dass es durch die ganze Wohnung schallte: „Ruhe da unten, verflucht!", und watschelte auf Socken in die Küche. Sie war leer, und er war allein, nur ein frischer Windhauch zog durch die offene Stubentür und bewegte sie wie mit Geisterhand quietschend hin und her. „Wieder keine Fenster zugemacht", murmelte er und ging in die Wohnstube, um sie zu schließen. Er kam nur ein paar Schritte weit, dann blieb er wie angewurzelt stehen. Der Teppich unter seinen Füßen war mit Tausenden von kleinen Glasscherben übersät. Die zerrissene Gardine flatterte vor dem leeren Fensterkreuz und ihm war, als ob gerade ein großer dunkler Schatten mit einem Sprung über den Gartenzaun setzte. Als er sich daraufhin ratlos nach den Scherben bückte, um sie aufzusammeln, blickte er auf einmal überrascht in Eduards Gesicht, der hinter ihm leise durch die Tür getreten war und nun ebenso betroffen feststellte: „Das habe ich kommen sehen. Er ist durch die Scheibe gesprungen ...“

Das Tierheim

Es lag an der Bahnstrecke zwischen der Zuckerfabrik und dem riesigen Chemiewerk, das mit seinen hohen Schornsteinen tagtäglich die Luft verpestete. Ein Tierheim gehört ins Grüne, hatte die Leiterin Brunhilde Sauer, Vorsitzende des Tierschutzvereins, von der Stadtverwaltung verlangt. Aber bei den Stadtvätern war sie damit auf taube Ohren gestoßen. Entweder hier oder gar nicht hatte sie zur Antwort bekommen und schließlich stimmte sie schweren Herzens zu, um sich ihren Traum vom Tierasyl letztendlich doch noch zu verwirklichen. So stand das Tierheim nun mit seiner weißen Fassade, umgeben von einem hohen Zaun aus Maschendraht, mit seinen unzähligen Volieren und Ausläufen im Herzen der Stadt inmitten von Gestank und Lärm. Aber Brunhilde Sauer war nicht umsonst auf dem Land groß geworden. Sie spuckte in die Hände und versuchte dem Negativen eine positive Seite abzuringen. Sie pflanzte Bäume und Blumen, bestreute die Wege mit weißem Kies, sodass sie inmitten von kaltem Stein und Wandschmierereien eine kleine Oase für herrenlose und gequälte Tiere schuf. Seitdem genoss ihr Tierheim einen uneingeschränkten guten Ruf. Unzählige Tiere erhielten hier ein neues Zuhause und wurden durch ihre helfende Hand oft vor einem qualvollen Tode bewahrt. Bald hatte sie ihren Namen weg, die gute Seele vom ‚Sonnenblick'. Denn so lautete der Name ihres Tierheimes.

Die gute Seele hatte aber auch ein Herz für die Menschen. In einer frostklaren Nacht hatte sie die zwanzigjährige Sandra Kowalcik frierend vor ihrer Tür gefunden und ihr im Tierheim eine Arbeit und ein Zuhause gegeben. Das Mädchen, das bis heute über ihre Herkunft schwieg, ohne Verwandte und mutterseelenallein auf der Welt, war ihr auf Anhieb sympathisch. Sie hatte sehr bald herausgefunden, dass Sandra ein Gewinn für das Tierheim war. Denn das Mädchen mit der brandroten Löwenmähne, dem milchigen Teint und der schlanken Figur, war nicht nur hübsch, sondern auch intelligent und fleißig. Manchmal, wenn sie ihrem kindlichen Geplapper zuhörte, dachte sie, Sandra käme aus einer anderen Welt. Nicht aus dieser gefühllosen und respektlosen, in der sie heute lebten. Das Mädchen träumte doch tatsächlich noch von ihrem Prinzen, der sie eines Tages aus ihrem kleinen Kosmos herausholen, lieben und beschützen würde. Sie hatte ihn sich in ihrer Fantasie genauestens zurecht geformt und hielt an ihrem Traumbild fest. Anfangs fand Brunhilde, sie sollte nicht so viel in Boulevardzeitschriften lesen. Sandra fraß die Klatschpresse regelrecht. Irgendwann war es ihr recht und sie unterstützte sie sogar dabei. Sollte sie nur träumen. Träumen bedeutete in ihren Augen nichts Schlechtes, wenn es nicht gerade auf der Arbeit geschah. Dann kam das Mädchen wenigstens nicht auf dumme Gedanken wie die meisten der jungen Leute, die überall herumlungerten, Alkohol im Übermaß konsumierten und meinten, auch noch Spaß zu haben. Gott sei Dank ging Sandra nie aus und hing auch nicht mit ihresgleichen auf umstrittenen Partys ab. Deshalb verschlief sie nie oder kam übernächtigt und übellaunig zur Schicht, sondern bewahrte sich ihren sprühenden Humor und ihre kindliche Liebe zu den Tieren, um deren Wohlergehen sie sich rührend kümmerte.

An einem Freitagmorgen im Dezember schob sich Brunhilde schnaufend wie alle schwergewichtigen Menschen mit mehreren Taschen bepackt durch die Tür der Futterkammer, wo Sandra, wie immer früh auf den Beinen, bereits eifrig damit beschäftigt war, in Gummistiefeln, Kittelschürze und einer lustigen Schirmmütze auf den roten Locken das Fleisch für die Hunde und Katzen zu verteilen. Sie ging dabei sehr sorgsam vor, denn viele der einzeln in den Käfigen gehaltenen Tiere benötigten individuelle Betreuung — und Liebe ging nun mal über den Magen. Die Futterkammer war trotz der gefliesten Wände gemütlich warm. Hier spielte sich auch so ziemlich alles ab, vor allem im Winter, wenn es draußen kalt war und das Futter sehr schnell gefror. Deshalb waren die Küche und die Vorratskammer immer ein wenig unaufgeräumt. Auf dem Fußboden standen Kannen, Kübel und zur Hälfte gefüllte Getreidesäcke herum, an den Wänden hingen die verschiedenen Gerätschaften zum Säubern der Käfige. Auf zwei großen Tischen vor den Fenstern lag das Gemüse neben Lappen, Tinkturen und Medikamenten.

Brunhilde entledigte sich aufatmend ihres Einkaufs und verteilte ihn vor Sandra auf dem Tisch. Wie an jedem Freitag war sie schon in aller Herrgottsfrühe durch Geschäfte und Lagerhallen gehastet, um die zur Neige gegangenen Vorräte wieder aufzufrischen. Jedes Mal davor schickte sie ein Morgengebet zum Himmel, dass die Tierfreunde nicht aufhören würden zu spenden, denn nur davon konnten sie das Heim und das Wohl der Tiere erhalten. Wie immer streckte sie ihr leidgeplagtes Kreuz, bis es knackte, wobei sie es massierend mit den Händen abstützte, wünschte Sandra einen guten Morgen und schlurfte zu den Arbeitskitteln an der Tür. Sandras gewichtige Miene verriet ihr, dass das Mädchen etwas auf dem Herzen hatte, was es unbedingt loswerden wollte. Ihren roten Ohren sah sie an, dass sich ihr Mitteilungsbedürfnis nicht mehr lange zurückhalten ließ. Deshalb wollte sie Sandra nicht länger quälen und fragte ganz nebenbei natürlich, während sie sich den Kittel zuknöpfte und einen zweirädrigen Gummiwagen in die Mitte des Raumes zog: „Gibt es irgendwelche Neuigkeiten?“

Sandra, gerade beim Beladen des Futterkarrens, lächelte vielsagend, setzte rasch den letzten gefüllten Futtertopf auf dem Wagen und trippelte zu einer der weißen Vitrinen neben der Tür. Sie entnahm dem Schrank ein zusammengerolltes Plakat und rollte es mit einer geheimnisvollen Mine vor Brunhilde aus. Brunhilde verstand nicht, was Sandra mit dem Plakat wollte, zuckte nur mit den Schultern und sagte, „hänge es an die Eingangstür, dann sieht es wenigstens jeder." Doch Sandra stupste sie freundschaftlich gegen die Schulter und wies sie mit einer eindrucksvollen Handbewegung auf das Bild: „So etwas gehört nicht an die Tür, wo es Wind und Wetter ausgesetzt ist? Sieh es dir doch mal richtig an. Ist der Mann nicht schnucklig?"

Jetzt verstand Brunhilde und grinste über ihr rundes Gesicht, bis es eine einzige Falte war. Sie tat ihr den Gefallen und betrachtete das Poster genauer, während sie sich die Finger an der Schürze abwischte. Vor ihr auf dem Tisch lag ein hochgewachsener Südländer in den schönsten Druckfarben, mit grauen Schläfen auf einem riesigen Bären und von einer Meute roter Boxer umgeben. Er bleckte die weißen Zähne und lächelte verführerisch. „Ist das dein Märchenprinz?", fragte Brunhilde jetzt schmunzelnd.

„Das ist Viktor Ramini", entgegnete Sandra etwas enttäuscht über ihre Reaktion. Sie spürte, dass Brunhilde sich über sie lustig machte und hätte etwas mehr Begeisterung von ihr für diesen außergewöhnlich schönen Mann erwartet. „Ihm gehört der Zirkus Ramini. Er ist ein weltberühmter Magier und Dompteur. Fällt da nicht der Groschen bei dir?" Vor

Spannung begann Sandra auf den Lippen zu kauen und sah Brunhilde erwartungsvoll in die gutmütigen Augen.

„Woher soll ich alte Frau denn wissen, wer Viktor Ramini ist? Ich bin schon seit Jahren in keinem Zirkus mehr gewesen. Außerdem gibt es Fernseher und Raubtiere im Zirkus sollte man verbieten", gab ihr Brunhilde zur Antwort. „Aber gut aussehen tut er. Sicher ein Mann, der dich begeistert, das kann ich verstehen. Du bist ja auch noch jung. Aber der Typ ist bestimmt schon mehrfach vergeben, da mach dir keine Hoffnung. So einer übersieht dich glatt. Du wärest ihm sicher viel zu gewöhnlich, auch wenn du ein hübsches Kind bist." Sie klopfte Sandra, die versuchte das Plakat mit Klebestreifen an der Wand zu befestigen, tröstend auf die Schulter und bemerkte verschmitzt: „Aber träum ruhig von deinem Traummann ... Für die Realität kommst du sowieso zwanzig Jahre zu spät, dein Supermann ist mindestens vierzig."

Sandra hatte das Plakat an der Wand neben der Vitrine befestigt, sodass es ihr beim Betreten der Futterküche sofort ins Auge stach. Jetzt konnte sie sich drehen, wie sie wollte, Viktor Ramini lächelte ihr aus jeder Ecke zu.

Aus den Zwingern vom Hof erklang jetzt vielstimmiges Hundegebell. Es erinnerte sie daran, dass es Zeit wurde, die Tiere zu füttern.

„Wie kommst du darauf, dass er mein Traummann sein könnte?", fragte Sandra und griff nach der Deichsel des Futterwagens.

„Na, das sieht dir doch ein Blinder an. Du kommst ja aus dem Schwärmen gar nicht wieder heraus.“

Brunhilde begann mit beiden Händen am anderen Ende zu schieben, bis der Karren mit seinem Gewicht durch die Tür rollte. Dann zogen sie gemeinsam das Gefährt über den Hof. Vor einem flachen, lang gestreckten Gebäude hielten sie an. Beim Anblick des Futters sprangen die Hunde im Käfig aufgeregt auf und ab.

„Nun aber mal Spaß beiseite“, sagte Sandra. Sie musste ihr gerötetes Gesicht vor Brunhilde verbergen und beugte sich deshalb etwas tiefer über die Kübel. „Viktor Rimini hat gestern bei uns im Tierheim angerufen und sich nach einem Boxer erkundigt. Pavarotti, sein Lieblingshund, sei vor einem Monat an Altersschwäche gestorben und nun befindet er sich angeblich schon seit Tagen auf der Suche nach einem Ersatz für ihn. Obwohl er überall dort, wo sein Zirkus gastiert, Tierheime und entsprechende Züchter aufsucht, hat er noch nichts Passendes gefunden. Denn der neue Boxer solle dem Pavarotti ja auch ähnlich sehen.“

„Na und hast du ihm gesagt, dass wir einen Boxer hier haben?“

Brunhilde war stehen geblieben und fasste Sandra scharf ins Auge, die dadurch noch verlegener wurde. Das Mädchen scharrte mit dem Fuß im Sand und blickte auf den Boden, als würde sie dort die Antwort auf Brunhildes Frage finden. „Ja, hab ich“, druckste sie. „Der Dompteur wird morgen im Laufe des Tages bei uns vorbeikommen, um sich den Boxer anzusehen. Aber—", sie sah Brunhilde flehend an, „ich kann den Hund nicht hergeben."

„Das dachte ich mir", atmete Brunhilde hörbar auf und schimpfte leise: „Du weißt aber auch, dass wir dringend den Platz brauchen. Der Boxer ist schon über ein halbes Jahr bei uns. Immer wenn ihn jemand haben wollte, hast du es verstanden, ihn zurückzuhalten. Willst du, dass wir ihn eines Tages einschläfern lassen müssen?"

Bei ihren letzten Worten vertiefte Brunhilde sich rasch wieder in ihre Arbeit. Sie bereute sich im Tonfall vergriffen zu haben. Wusste sie doch, wie sehr Sandra ausgerechnet an diesem Hund hing, der fast zeitgleich mit ihr hier angekommen war. Ärgerlich über sich selbst ließ sie Sandra stehen und zog den Karren die letzten Meter allein weiter. Sandra folgte ihr in Gedanken versunken.

Vor dem ersten Käfig hielt Brunhilde an. Er war geräumig ausgestattet, mit feinem Sandboden, kleinen Pinkelbäumchen und fensterlosen Öffnungen in der Wand, sodass die sechs Hundemischlinge jederzeit in ihre warme Unterkunft im Haus zurückkriechen konnten. Die beiden Frauen wurden mit lebhaftem Fiepen begrüßt. Als Brunhilde mit zwei vollen Eimern und einer Tüte mit Leckereien den Zwinger betrat, wurde sie von den Mischlingen fast umgerannt. Die Hunde, ausschließlich kleine Tiere, leckten ihr in überschwänglicher Freude Gesicht und Hände ab.

„Siehst du", sagte sie zu Sandra, sich schwerfällig aufrichtend, „sie brauchen alle unsere Liebe, jeder Einzelne von ihnen. Trotzdem müssen wir uns von ihnen trennen, auch wenn es uns jedes Mal das Herz bricht. Es ist nun mal unsere Aufgabe, diesen armen Kreaturen, nachdem wir ihnen wieder auf die Pfoten geholfen haben, ein würdiges Zuhause zu besorgen. Es sind noch so viele draußen auf den Straßen, die unsere Hilfe dringend benötigen."

Sandra, mit einem alten Schäferhund an der Leine, dem ein rasender Autofahrer Becken und Hinterlauf gebrochen hatte, nickte kurz. Sie wusste ja, wie recht Brunhilde hatte. Trotzdem konnte sie nicht umhin, jedem Bewerber für den Boxer einen anderen Hund aufzuschwatzen, weil sie nun einmal seit dem Tag, als sie ihn halb verhungert und verdreckt mit durchgelaufenen Pfoten auf der Straße aufgelesen hatte, vernarrt in ihn war. Seitdem hatte sich der Boxer in ihr Herz geschlichen und sie wünschte sich nichts sehnlicher als ein wenig mehr Geld für eine eigene Wohnung mit einem kleinen Garten eigens für ihn, damit sie keine Angst mehr haben musste, ihn zu verlieren. Rasch vergewisserte sie sich, dass der kranke Hund es warm in seiner Kammer hatte. Dann blickte sie zur gegenüberliegenden Seite der Zwingeranlage, wo sich auf einer Anhöhe hinter Kriechgehölzen versteckt, ein einzelner Käfig befand, in dem gelassen, weithin sichtbar der kräftige, gestromte Boxer auf sein Futter wartete. Er stand ganz still und blickte in ihre Richtung. Sandra fielen die zahlreichen Zeitungsberichte ein, die lange Zeit von einem Boxer berichtet hatten, der ziellos umherirrte, aber nie gefangen werden konnte, da er einfach zu schlau war für die Polizei und Tierschützer und deren Fallen. Der edle Hund hatte vielen Menschen leidgetan. Viele wollten helfen, doch der Boxer hatte sich jedem gegenüber scheu und reserviert verhalten. Er musste weit oben vom Norden gekommen sein, als er plötzlich vor dem Tierheim stand und vor dem sozusagen letzten Zufluchtsort erschöpft zusammenbrach.

Brunhilde zog sie gern mit Sprüchen auf wie: ‚Das Schicksal hat sich sicher dabei etwas gedacht, dass es ihn ausgerechnet zu uns geführt hat. Vielleicht wusste er, dass du hier arbeitest und ist dein verwunschener Traumprinz. Du musst ihm nur deine ganze Liebe schenken, dann wird er sich bestimmt in einem stattlichen Prinzen verwandeln.'

Ihre Floskeln ärgerten Sandra nicht. Wusste sie doch, wie die alte Frau es meinte. Doch seitdem sie Viktor Ramini auf dem Plakat gesehen hatte, ertappte sie sich dabei, wie sie den attraktiven Mann und den außergewöhnlich schönen Hund, der sich unter ihrer pflegenden Hand zu einem Prachtexemplar entwickelt hatte, miteinander verglich. Denn beide, der Mann und der Boxer, übten eine magische Anziehungskraft auf sie aus, die sie sich nicht erklären konnte. Vielleicht waren es die Kraft und die Würde, die beide ausstrahlten, die sie in ihren Augen zu etwas Besonderem machten. Da sie eine Schwärmerin war, verliebte sie sich in den prächtigen Hund gleichermaßen wie in den Mann auf dem Plakat. Sie hoffte und fürchtete zugleich, dass ihr Angebeteter irgendwann einmal vor ihr stehen würde.

Dieser Augenblick schien nun eingetroffen zu sein. Denn am nächsten Morgen sollte sie Viktor Ramini gegenüberstehen. Er kam nicht ihretwegen, das wusste sie. Er kam wegen des Hundes, wie alle, die sich hierher verirrten. Trotzdem glaubte sie an so etwas wie eine Schicksalsfügung. Vielleicht hatte der Herrgott ja ihre heimlichen Wünsche erhört? Solche und ähnliche Gedanken gingen ihr durch den Kopf, während sie sorgsam die Tür des Hundezwingers verschloss und sich wieder zu Brunhilde gesellte, die damit begonnen hatte, die Milch unter die Katzen im Zwinger gegenüber zu verteilen. Dabei wandelte sie schon wieder in ihrer ganz eigenen Traumwelt, in der sie sich einen Plan zurechtschmiedete, der ihren heimlichen Wünschen zu einer Zukunft verhelfen sollte.

Kurz vor dem Schlafengehen lief sie wie an jedem Abend noch einmal hinauf zu dem Boxer. Er lag nicht wie die anderen Hunde in der warmen, gefliesten Baracke, sondern draußen vor dem Eingang auf der kalten Erde. Obwohl der Winter mit Eis und Schnee noch auf sich warten ließ, waren die Nächte doch schon recht kalt, was aber den Boxer offensichtlich nicht im Geringsten zu stören schien. Er hatte seinen schönen, dunklen Kopf auf die Pfoten gebettet und sah Sandra interessiert entgegen.

Nachdem sie das Außenlicht der Anlage angeknipst hatte, betrat sie den Zwinger und kauerte sich neben ihn. Er blieb liegen, nur seine Augen gaben ihr zu verstehen, dass er sich über ihr Kommen freute. So sehr sie sich auch wünschte, dass er sie einmal wie die anderen Hunde freudig begrüßen würde, unterließ sie es, sich ihm weiter zu nähern. Jedes Mal verspürte sie den Wunsch, ihm zärtlich über das kurze Fell streichen zu dürfen. Doch die Vorsicht gebot ihr, sich vorerst in Zurückhaltung zu üben.

Denn immer noch war seine Herkunft ein Geheimnis, und so begnügte sie sich mit seinen täglichen Spaziergängen. Mittlerweile folgte er ihr wenigstens hier willig an der Leine und lauschte gespannt ihrer Stimme. Er akzeptierte die Menschen um sich herum, aber ihre Freundschaft wies er offenbar zurück. Brunhilde schätzte sein Alter auf zwei bis zweieinhalb Jahre, und sie verstand etwas davon. Er war also ein junger Rüde, ausgewachsen in voller Schönheit, durchaus noch anpassungsfähig. Dennoch gab er Sandra immer wieder Rätsel auf. Doch wenn sich ihre Augen trafen, dann hatte sie das Gefühl, das sie sich, Mensch und Tier, verstanden. Denn seitdem er das erste Mal etwas zu fressen von ihr genommen hatte, herrschte so etwas wie eine geheime Zwiesprache zwischen ihnen. Auch jetzt hatte sie wieder das Empfinden, als wollte er ihr durch seine großen, sprechenden Augen irgendetwas mitteilen, etwas, das sie vielleicht wissen sollte. Er beobachtete sie interessiert, doch eine falsche Handbewegung und er würde sich zurückziehen, nicht ängstlich oder bösartig, nein, er würde sich nur gelassen erheben, dabei eine Bewegung mit dem Kopf machen, als wundere er sich über ihre Unbesonnenheit und sie mit linkischen Bewegungen verlassen. Diese Verhaltensweise bekräftigte sie immer wieder in ihrem Verdacht, dass er aus einem Haus mit engem menschlichem Kontakt kam. Nur was hatte ihn dazu veranlasst, eine so weite Strecke zurückzulegen? Welcher Hund lief sich freiwillig seine Pfoten bis auf das rohe Fleisch wund?

Eine Antwort darauf würde ihr das Tier wohl nie geben, und so griff sie seufzend in die Innentasche ihrer warmen Wattejacke, entnahm ihr ein kleines Päckchen und wickelte es vor ihm aus. Es enthielt leckere Markknochen, die sofort einen angenehmen Duft verbreiteten.

„Na, was ist? Möchtest du sie haben?“, fragte sie den Boxer und legte die Knochen ausgebreitet vor ihm in den Sand, genau dorthin, wo er mit seiner Nase lag. Der Boxer schnupperte, verdrehte die Augen und versuchte die Knochen mit der Zunge zu erreichen. Als ihm das nicht gelang, erhob er sich, wobei er recht imposant die Glieder reckte und begann, die Leckerei eingehend zu beschnüffeln. Sandra brachte ihm jeden Abend eine Kleinigkeit mit, ohne ihn zu verwöhnen, sondern einfach deswegen, weil es bislang die einzige Sprache war, die er verstand.

Verführungen über den Magen vermochte er nämlich nicht lange zu widerstehen. Zu lange hatte er gehungert. Jedes Mal war Sandra fasziniert von seinem kräftigen Kiefer, mit dem er schlabbernd und knirschend die Knochen zerlegte. „Du bist doch ein kluger Hund“, sprach sie dabei stets leise auf ihn ein, „warum lässt du dich nicht von mir anfassen?“

Doch der Boxer hatte nur Augen für das Fleisch und versuchte es von dem Knochen abzuschütteln. Dabei verspritzte er Speichel und klatschte mit den Ohren.

Zu gern hätte sie etwas über seine früheren Besitzer erfahren. Deshalb redete sie weiter zu ihm, während er fraß: „Dein Herr hat dir sicher sehr viel bedeutet, dass du ihn bis heute nicht vergessen kannst. Aber ich sag dir“, fügte sie belehrend und mit Brunhildes Weisheit hinzu, „kein Mensch auf der Welt verdient es, dass du ihm so lange nachtrauerst.

Was haben er oder sie denn bis jetzt unternommen, um dich zu finden? Wenn dein Mensch noch lebt und nicht tot ist, hat er dich längst vergessen und tröstet sich vielleicht schon mit einem anderen Hund. Wenn du mein Hund wärst, würde ich jeden Flecken auf der Erde nach dir absuchen. Aber so sind die Menschen“, seufzte Sandra leise, während sie sich vorsichtig erhob, „heute lieben sie dich, und morgen können sie sich schon nicht mehr an dich erinnern.“

Bei den letzten Worten hob der Hund den Kopf und bettelte mit den Augen nach weiteren Leckereien. Die Knochen lagen abgenagt und verstreut im Sand herum. Als sie wie immer mit den Schultern zuckte und bedauerte, „Tut mir leid, aber für heute sind sie alle“, nahm er einen der Knochen ins Maul, warf ihn vor ihre Füße und bekräftigte das Ganze mit einem lauten Schmatzen.

Sandra musste lachen und drohte ihm scherzhaft mit dem Finger. Dann streckte sie mutig die Hände nach ihm aus. „Nur ein einziges Mal, lass dich von mir streicheln“, bettelte sie. „Das bist du mir schuldig. Jeden Tag frisst du meine Knochen und ich darf nicht einmal deinen Kopf berühren?“ Doch wie immer wich der Hund vor ihr zurück und verzog sich beleidigt in seinen Zwinger. Sie wartete noch eine Weile vor der Luke, und als er nicht zurückkam, verschloss sie die Käfigtür. Zum Abschied warf sie einen letzten, sehnsüchtigen Blick in den leeren Zwinger und lief dann den Weg zurück zu dem gelben Häuschen am Ende der Zwingeranlage, wo sie ein Zimmer bewohnte, das Brunhilde ihr großzügig zur Verfügung gestellt hatte. Sicher wartete bereits ein kleines Abendbrot auf ihrem Tisch. Brunhilde, die selbst keine

Kinder hatte, konnte es nicht unterlassen, Sandra auch nach Feierabend liebevoll zu bemuttern.

Am nächsten Morgen stand Sandra sehr früh auf. Sie war lange vor Brunhilde auf den Beinen. Als diese endlich kam, hatte Sandra schon alle Hunde und Katzen gefüttert, für die Meerschweinchen und Kaninchen das Futter vorbereitet sowie sämtliche Töpfe und Schüsseln gescheuert. Sie war heute aufgeregt wie vor ihrer ersten Tanzstunde. Immerfort sah sie in den Spiegel und überprüfte den Sitz ihrer Haare, die sie diesmal mit besonderer Sorgfalt frisiert hatte. Bei jedem Klingeln des Telefons überzogen sich ihre Wangen mit einer sanften Röte, die ihr gut zu Gesicht stand, wobei ihr das Herz vor freudiger Erwartung bis zum Halse schlug. Brunhilde erriet sofort, woher Sandras Unruhe kam und akzeptierte sie lächelnd. Nur manchmal schüttelte sie den grauen Kopf, wenn es Sandra ihrer Meinung nach zu sehr übertrieb. Sie murmelte dann etwas von einem schönen Menschen, den nichts entstellt, und weihte sie, um sie abzulenken, in die Betreuung der Neuaufnahmen ein, die geimpft und entwurmt werden mussten. Denn in dieser Nacht waren wieder drei Hunde aus schlechter Haltung befreit worden und sechs Katzen. Die Katzen, mager und verdreckt, ließen sich nicht anfassen und husteten stark. Ein Spitzwelpe, den man ertränken wollte, wurde am Morgen von einem selbstlosen Tierfreund abgegeben und die zwei anderen, ein Rottweiler und ein misshandelter Bernhardiner, hatte die Polizei noch in der Nacht vorbeigebracht. Rasch mussten provisorische Unterkünfte im Verwaltungsgebäude geschaffen werden, weil der Platz für die Neuzugänge nicht mehr ausreichte.

So verlief auch dieser Tag für Sandra und Brunhilde ähnlich den Vorangegangenen, mit schrubben, hämmern, Wände einziehen, desinfizieren, entflöhen, füttern und Hunde ausführen sowie einer Menge Verwaltungsarbeit, zu der sich Brunhilde am Nachmittag in ihr Büro zurückzog. An diesem Tag kamen viele Besucher, die einem Hund oder einer Katze ein neues Zuhause geben wollten. Sandra riss sich bei jedem Klingeln die Mütze vom Kopf, zupfte an ihrer Kleidung und lief mit klopfendem Herzen zum Eingangstor, um ihren Schwarm Viktor Ramini nicht zu verpassen. Aber sooft sie auch zum Tor rannte, nie war er dabei.

Am späten Nachmittag, als das Tierheim seine Pforten schloss, hatte Sandra all ihre Hoffnung aufgegeben, dem Mann ihrer Träume jemals gegenüberzustehen. Enttäuscht griff sie zum letzten Mal an diesem Tag nach Eimer und Lappen, um die Futterkammer von Futterresten und hereingetragenem Straßenschmutz zu befreien. Wie sie nun auf Knien ihren Frust an dem Steinfußboden ausließ und ihn ordentlich mit Wasser und Seife bearbeitete, entging ihr, dass sich hinter ihr leise die Tür öffnete. Eine Männerstimme wünschte ihr sanft einen guten Abend. Doch erst als die Stimme lauter wurde, fuhr Sandra erschrocken von ihrer Arbeit auf. Vor Schreck stieß sie gegen den Eimer, sodass sich das restliche Waschwasser zu ihren Füßen ergoss. Ein einziger Blick auf den späten Besucher genügte ihr, um sofort zu erkennen, wer in der Tür stand. Sie spürte, wie ihr eine heiße Welle ins Gesicht schlug, und versuchte, ihre Verwirrtheit mit Abweisung zu überspielen. „Können Sie sich nicht anmelden? Wir haben bereits geschlossen“, protestierte sie, obwohl sie ihn eigentlich hatte ganz anders begrüßen wollen. Unter seinem unverständlichen Blick reagierte sie verlegener als zuvor und knetete nervös die heruntergerutschte Mütze sowie den nassen Lappen zwischen ihren Fingern.

Den großen, schlanken Mann von mindestens eins achtzig schien ihre Unhöflichkeit nicht zu beirren. Er schaute amüsiert lächelnd auf ihre wilden roten Locken herab und entschuldigte sich: „Verzeihen Sie mir, dass ich einfach so in Ihr Reich eingedrungen bin, aber die Tür stand offen. Ich bin Viktor Ramini. Ich hatte mich für heute bei Ihnen angemeldet. Leider ist es etwas später geworden. Ein Stau auf der Autobahn ..."

Die charmante Art, mit der er sein Eindringen entschuldigte, trieb Sandra erst recht die Röte ins Gesicht. Mit zitternden Fingern strich sie sich die Haare aus dem Gesicht und zupfte nervös an ihrer Kleidung. Ach, wenn er wüsste, wie oft sie sich diesen Augenblick herbeigesehnt hatte. Verstohlen irrte ihr Blick von ihm zu dem Plakat und wieder zurück. In Wirklichkeit sah er noch viel hübscher aus als auf dem Poster. Anstelle des glitzernden Kostüms stak er in einem legeren, braunen Anzug, der wunderbar zu seinem blauschwarzen Haar passte. Der herbe männliche Geruch, der sehnige, muskulöse Körper, der sich unter dem feinen Stoff des Anzugs abzeichnete, die vollen Lippen und der energische Zug um seine Mundwinkel, die wundervollen blauen Augen, die auf eine Antwort warteten, all das verursachte ihr weiche Knie. Wenn er sie weiter so ansah, befürchtete sie keinen vernünftigen Satz mehr herauszubringen.

Der Dompteur, gewohnt von Frauen angehimmelt zu werden, lächelte amüsiert auf sie herab und sagte: „Ich bin mir nicht sicher, ob ich mit Ihnen telefoniert habe ...? Aber vielleicht sind Sie so nett und helfen mir aus der Verlegenheit. Ich möchte mir gern einen Ihrer Hunde ansehen. Es handelt sich um einen Boxer?“

Seine Worte wirkten wie ein Zauberwort auf Sandra und holten sie in die Realität des Tierheims zurück. „Ja, ich weiß Bescheid. Sie haben mit mir telefoniert. Ich werde Sie zu dem Hund führen, aber versprechen Sie sich nicht zu viel von ihm ...“, entgegnete sie wie in einem Traum und bedeutete ihm, ihr zu folgen. Während sie ihm vorausging, griff sie nach der warmen Jacke am Haken. Im Vorbeigehen warf sie noch einen schnellen Blick in den Spiegel.

Im Hof schlug ihnen ein eisiger Wind entgegen, der das Sprechen unmöglich machte, und so öffnete sie den Mund erst wieder, als sie vor dem Zwinger des Boxers standen. Wie so oft steckte der Boxer bei ihrer Ankunft nur die Nase aus der Luke, sodass Sandra diesmal vergeblich versuchte, ihn mit Leckereien anzulocken. Ganz so als ahnte er, was der Fremde neben ihr von ihm wollte.

Viktor Ramini, die Hände frierend in den Taschen seiner Hose vergraben und den Kopf tief zwischen den Schultern, sah ihr interessiert zu. Da ihm immer kälter wurde und der Boxer nicht reagierte, versuchte er es ebenfalls und lockte schnalzend mit der Zunge. Sandra bemerkte, wie die Kälte sein Gesicht ins Bläuliche veränderte. Sie verspürte Mitleid mit dem Südländer, der offensichtlich mit dem kalten Wind schlechter zurechtkam als sie. Gern hätte sie ihm ihre wattierte Jacke überlassen. Doch dazu kam sie nicht. Als der Rüde sich endlich bequemte herauszukommen, ging mit dem Dompteur eine Verwandlung vor. Wie weggeblasen waren die Spuren der Kälte plötzlich aus seinem Gesicht. Seine Wangen bekamen wieder Farbe, und seine Augen leuchteten. „Bravissimo! Fantastisch — einfach fantastisch!“, sprudelte er hervor und begann überschwänglich mit fremdländischen Worten herumzuwerfen, die Sandra nicht verstand.

Der Boxer störte sich nicht daran. Er hatte in der letzten Zeit schon genug Menschen gesehen, die sich alle gleich gebärdeten, und so blieb er ruhig in der Mitte des Zwingers stehen und ließ sich von allen Seiten bewundern.

Sandra dagegen wartete, bis sich die Begeisterung des Mannes gelegt hatte, und fragte ihn dann mit einem leisen Zittern in der Stimme, das jetzt ihre Angst widerspiegelte, den vierbeinigen Freund zu verlieren, ob er sich denn entschieden habe und dem Boxer ein Zuhause geben wolle.

„Natürlich mein Kind“, antwortete er ihr spontan, „es wäre ein Verbrechen, so ein wunderschönes Tier hier verkümmern zu lassen.“

Seine unbedachten Worte erschreckten Sandra. Sie befürchtete plötzlich, dass der Zirkus kein geeignetes Zuhause für den Boxer sei. Denn in ihrem Tierheim verkümmerte kein Tier, und sie war auch kein Kind mehr. Seine Äußerungen minderten ein wenig ihre Euphorie für ihn. Zumal seine Begeisterung für den Boxer jetzt keine Grenzen mehr kannte. Er benahm sich wie ein kleiner Junge, rannte Mätzchen machend um den Käfig herum, alles, um die Aufmerksamkeit des Rüden zu bekommen. Ihre Anwesenheit hatte der Dompteur dabei offenbar vergessen, während sie wenigstens auf ein Lächeln von ihm hoffte. Stattdessen pries er den Boxer in allen Farben, was für ein prächtiger Jungrüde er wäre, zum Anlernen zwar schon etwas zu alt, aber dafür mit Augen, die vor Intelligenz nur so sprühten.

Mit dem Spruch, dass der Rüde sich bestimmt rasch in seine Hundemannschaft einleben würde, nur müsste er vorher vielleicht kastriert werden, bohrte er ihr endgültig das Messer ins Herz. Ihren vierbeinigen Freund entmannen, das konnte sie nicht zulassen und etwas schärfer fragte sie ihn, ob das Kastrieren für ihn wirklich eine so große Bedeutung hätte.

Der Dompteur verstand ihre Angst und antwortete mit burschikosem Augenzwinkern und einem äußerst charmanten Lächeln. „Meine Hundemannschaft besteht vorwiegend aus Hündinnen. Ein so kräftiger Rüde würde Unruhe in die Gruppe bringen.“

„Aber er wird nicht kastriert? Er hat bisher noch kein Interesse für Hündinnen gezeigt und er ist auch nicht gefährlich. Also gibt es in meinen Augen keinen Grund dafür. Ich werde das zu verhindern wissen“, antwortete sie empört. Spätestens jetzt verwandelte sich ihr Traummann endgültig in einen ganz normalen Besucher.

Viktor zog überrascht die Brauen hoch, doch ihr Einsatz für den Hund gefiel ihm. Sie beruhigend antwortete er: „Wenn kein Grund besteht, werde ich das natürlich nicht tun?“ In seiner Begeisterung für den Boxer hatte er vergessen, dass die Tierpflegerin mehr für eins ihrer Waisenkinder empfinden könnte als nur Verantwortung für eine ausgestoßene Kreatur. Es klang fast wie eine Entschuldigung, als er leise zu ihr sagte: „Sie mögen den Hund wohl sehr?“

Zur Bestätigung nickte Sandra und drehte ihm den Rücken zu. Enttäuscht von ihrem Traummann und den Tränen nahe, bedeutete sie ihm zu folgen und schlug den Weg zum Verwaltungsgebäude ein.

„Ich verstehe sehr, dass Sie an ihm hängen“, keuchte er hinter ihr und versuchte mit ihr Schritt zu halten. „Er hat etwas im Blick, dieses gewisse Etwas, das uns anzieht und nicht wieder loslässt. Man kann es schlecht in Worte fassen. Vielleicht ist es das Herz, das durch seine Augen zu uns spricht. Übrigens ist er das prächtigste Tier, das mir je begegnet ist, und ich glaube mich mit Boxern auszukennen. Bei Ihrem Freund scheint alles zusammenzupassen: Farbe, Körperbau, Kraft und ich denke auch der Charakter. Es war unbedacht von mir, eine Kastration ins Auge zu fassen. Ein solches Prachtexemplar beraubt man nicht nur seiner männlichen Kraft, man nimmt ihm damit auch die Intelligenz und den Adel. Gerade das suche ich in einem Hund“, damit versuchte er sie wieder für sich zu gewinnen. Ihm war nicht entgangen, dass ihr junges Herz heimlich für ihn schlug.

Vor dem hellen Gebäude mit der Aufschrift ‚Verwaltung — Tierheim Sonnenblick‘ blieb Sandra abrupt stehen. Seine letzten Worte machten ihn in ihren Augen wieder sympathischer. „Wenn Sie mir versprechen, ihm nie ein Leid zuzufügen, sollen Sie ihn haben. Vielleicht ist er unter seinesgleichen besser aufgehoben als hier, ein Leben lang eingesperrt im Zwinger“, lächelte sie versöhnlich.

In Viktors Gesicht wechselte die Hoffnung zu einer unbeschreiblichen Freude. Das Feuer kehrte in seine Augen zurück. Gern hätte er sie in seiner Euphorie in die Arme geschlossen. Doch irgendetwas hielt ihn davor zurück. So streckte er ihr nur seine kräftige, braune Hand zum Abschied entgegen und umschloss warm ihre Hände. „Sie wissen gar nicht, dass Sie mich in diesem Moment zum glücklichsten Menschen auf Erden gemacht haben“, bedankte er sich mit einem verführerischen Lächeln.

Sandra vermochte seine Freude nicht zu teilen. Denn wenn Viktor Ramini durch diese Tür hinausging, würde er den Boxer mitnehmen und sie würde weder den Hund noch ihn jemals wiedersehen. Das Schicksal hatte ihr den Traummann vorbeigeschickt, dann sollte es auch dafür sorgen, dass er sich auch in sie verliebte und nicht nur in ihren Hund. „Warten Sie!“, rief sie leise, als er sich anschickte, sie zu verlassen, um mit Brunhilde das Vertragliche zu regeln. Ihr war plötzlich eine sehr egoistische Idee gekommen, die sie, ohne über die Folgen nachzudenken, unbedingt umsetzen wollte. Gekonnt spielte sie jetzt die Verzweifelte. Sogar eine Träne drückte sie hervor, sodass er sie mit besorgter Stimme fragte: „Geht es Ihnen so nahe, dass ich Ihnen den Hund entführe? Kann ich etwas tun, um Ihnen den Abschied leichter zu machen?“

Seine plötzliche Besorgnis tat ihr gut und bestärkte sie in ihrem Vorhaben. Viktor dagegen vermutete, sich für den Boxer nicht entsprechend bedankt zu haben und glaubte mit einer Freikarte für die Zirkusvorstellung oder einem Autogramm von ihm ihr Lächeln zurückzugewinnen. Doch Sandra wies die zwei Freikarten in seiner Hand mit einem Kopfschütteln zurück. Sie überlegte, wie sie ihren Plan durchsetzen konnte, ohne von ihm abgewiesen zu werden. Ein Ausweg musste her und mit Tränen in der Stimme beichtete sie ihm, dass sie die Einzige sei, die der Hund neben sich dulde und von der er auch das Futter annähme. All ihren fraulichen Charme aufwendend, blickte sie dem Dompteur herzzerreißend in das männliche Gesicht.

Viktor Ramini sah in Gedanken den Boxer bereits von einer begeisterten Zuschauermenge umjubelt, kraftvoll hinter den Bällen herspringen. Auf die Idee, dass Sandra an der Seite des Boxers bleiben wollte und dass es unmittelbar mit seiner Person zu tun hatte, kam er nicht.

„Das ist mir bewusst, dass der Boxer mir nicht gleich die Hände ablecken wird. Er hat jetzt zu Ihnen als seine Pflegerin Vertrauen gefasst“, entgegnete er ihr ahnungslos. „Aber Sie brauchen sich keine Sorgen um ihn machen. Bei mir ist er in den besten Händen. Möglich, dass er noch um seinen früheren Herrn trauert ... Wahrscheinlich hat dieser ihn sehr geliebt. Ein Beweis mehr dafür, was für ein großes Herz der Hund besitzt. Man muss es eben neu gewinnen, und ich traue mir zu, dass ich das schaffe. Sie dürfen ihn, wenn ich in der Stadt gastiere, jederzeit besuchen kommen“, versuchte er sie aufzumuntern.

Nach diesen Worten hielt es Sandra für angebracht, auf direktem Wege ihr Ziel anzusteuern. Mit klopfendem Herzen fragte sie ihn geradeheraus, ob in seiner Truppe nicht eventuell noch eine Tierpflegerin gebraucht würde. Einen Moment stand ihm die Überraschung ins Gesicht geschrieben. Doch dann meinte er zu ihrer Verblüffung, dass man das bei einer Tasse Kaffee besprechen sollte. Im Augenblick hätte er wenig Zeit.

Wie alle viel beschäftigten Menschen zückte er sein Notizbuch, blätterte, sah auf die goldene Uhr an seinem Handgelenk und zwinkerte Sandra verschwörerisch zu. „Wie wäre es mit morgen Mittag beim Italiener um die Ecke?“

Das unerwartete Glück raubte Sandra erneut die Sprache. Freudig presste sie ihre Hände auf ihr heftig schlagendes Herz, während sie im siebten Traumhimmel schwebte. Wertvolle Zeit, die der Dompteur nutzte, endlich mit Brunhilde den Vertrag abzuschließen. Bevor er hinter ihrer Tür verschwand, drehte er sich noch einmal zu ihr um und winkte ihr wohlwollend zu. Hätte sie in diesem Moment hinter die Stirn dieses vom Erfolg gekrönten Mannes gesehen, wäre ihr sicher ein schweres Schicksal erspart geblieben. Viktor Ramini war ein Mann, von dem jede Frau träumte, doch für weibliche Reize hatte er kein Auge. Sein Leben, seine Liebe und sein Herz gehörten von jeher seiner Arbeit mit den Tieren. Doch das Schicksal ist manchmal hinterhältig. So ahnten beide nicht, was diese Begegnung für sie an Verhängnisvollem noch bereithielt.

Schon am nächsten Tag sollte Sandras Wunsch in Erfüllung gehen. Viktor Ramini zeigte sich überaus galant und liebenswürdig. In dem kleinen gemütlichen Lokal spendierte er ihr einen Kaffee und ein großes Eis, bevor er zu dem Entschluss kam, dass er eine Tierpflegerin gebrauchen könne. Sandra, in ihrem schönsten Kleid, die roten Haare zu einer Lockenpracht aufgesteckt, fühlte sich wie im siebten Himmel. Mit verliebten Blicken hing sie an seinen Lippen und sagte zu allem ja. Lediglich Viktors Bedenken wegen Brunhilde und dem Umstand, dass Sandra ihre vertraute Umgebung für immer verlassen müsse, trübten ein wenig ihre Freude. Brunhilde war wie eine Mutter zu ihr, und das bereitete ihr Sorgen. Schließlich wusste die alte Frau noch nichts von ihren Plänen und würde es bestimmt nicht gutheißen, dass sie das Tierheim Hals über Kopf verließ. Aber was war schon das Leben in einem Tierheim gegen die schönen Augen eines Dompteurs und das Abenteuer, das im Zirkus auf sie wartete.

Am darauffolgenden Morgen hörte sich Brunhilde stumm Sandra überschwängliche Erklärung an, aus der deutlich jugendlicher Leichtsinn und Verliebtheit sprach, und zuckte mit den Schultern. Was sollte sie alte Frau auch dagegen tun, wenn die Jugend ihren eigenen Kopf durchsetzte? Als der Boxer von Viktor Ramini abgeholt wurde, vermochte Sandra es nicht zu verhindern, dass ihr beim Abschied ein paar dicke Tränen über die Wangen kullerten, schließlich war sie alles andere als ein undankbares Mädchen, nur eben jung und zum ersten Mal verliebt. Als sie in Tränen aufgelöst an Brunhildes Hals hing, fragte diese sie ernst: „Hast du dir das auch genau überlegt? Schließlich lauern draußen in der großen weiten Welt überall Gefahren auf dich."

Doch Sandra blieb ihr die Antwort schuldig. Der Abschiedsschmerz war zu groß für überflüssige Worte. Als sie in Viktors Jeep mit dem Boxer durch das Tor in die unbekannte Welt hinausfuhr, bellten zum Abschied die Hunde in den Zwingern und die Katzen miauten. Die einsam zurückgebliebene Brunhilde auf dem Hof wischte sich verstohlen mit der Kittelschürze eine Träne aus dem Gesicht und sagte leise, so leise, dass der Wind die letzten Worte hinweg wehte: „Wenn du zurückkommst — meine Tür wird dir immer offen stehen."

Drei Tage später saß Brunhilde in ihrem Büro einem seltsamen Gast gegenüber. Eigentlich war es nicht nur einer, sondern es waren zwei. Beide Männer trugen auffallend teure Flanellanzüge und Pelzmäntel, die absolut nicht zu ihrem Benehmen, geschweige denn zu ihren rohen Gesichtern passten. Einer von ihnen, der Wortführer, steuerte ohne Umschweife auf sein Ziel los. Er grinste dreist über sein vom Alkohol entstelltes Gesicht und verlangte ohne Umschweife seinen Hund von ihr, den sie hier im Heim angeblich verberge. Der Andere hatte sein gelbliches Gesicht unter einem breitkrempigen Hut verborgen. Nur die schwarzgelben Zähne blitzten hervor, die er bei jedem Wort seines Freundes bis zu den Ohren entblößte. Obwohl Brunhilde eine robuste und keineswegs ängstliche Frau war, irritierten sie die beiden Besucher. Argwöhnisch betrachtete sie den kleinen, kräftigen Bullterrier, den der Sprecher an einer starken Lederleine mit sich führte. Um sich und die Tiere ihres Heimes vor solchen

Menschen zu schützen, leugnete sie anfänglich hartnäckig das Vorhandensein des Boxers mit dem seltsamen Namen Trull. Letztendlich musste sie sich den handfesten Beweisen des Mannes fügen und erzählte gezwungenermaßen von dem Aufenthalt des Boxers, den sie bereits weitervermittelt habe. Doch als der Mann ärgerlich die Anschrift des neuen Besitzers verlangte, fasste sie sich ein Herz und forderte ihrerseits die Ausweispapiere zur Einsicht. Wie sie vermutet hatte, konnten ihr beide nichts dergleichen vorlegen. Daraufhin verwickelte sie der Rothaarige in ein belangloses Gespräch, während der andere heimlich die Adresse aus ihrem aufgeschlagenen Notizbuch mit seinem Handy fotografierte. Sie wunderte sich nur, dass beide das Gespräch plötzlich beendeten und es sehr eilig hatten. Mit einem „Nichts für ungut, Madame“ verließen sie das Tierheim so plötzlich wie sie gekommen waren.

Bereits einen Monat später stand wieder ein Fremder in ihrem Büro, der sich nach dem Boxer erkundigte. Er schien weit gereist zu sein, denn auf seinem Lammfellmantel lag noch der Staub der Straße. Sie erfuhr von ihm, dass er Tierarzt wäre, vom Norden komme und sich schon seit Monaten auf der Suche nach seinem Boxer befände. Alle ihm bekannten Tierheime, Tiergärten und Zoohandlungen hätte er schon aufgesucht, ja selbst in Tierversuchseinrichtungen hätte er nachgeforscht, aber bisher wäre jede seiner Bemühungen im Sande verlaufen.

Brunhilde war nahe dran, die Polizei zu informieren. Denn es war ihr unverständlich, wieso der Hund, nach dessen Besitzer sie lange über Zeitungsinserate und Funk gesucht hatte, auf einmal gleich zwei so unterschiedliche Besitzer besaß. Aber nachdem sie sich den Fremden, der einen müden und abgespannten Eindruck machte, genauer betrachtete und sich von seiner Ehrlichkeit überzeugt hatte, entschloss sie sich, ihm von dem Boxer zu berichten. Als der Tierarzt ihr darauf ein Bild von dem Hund vorlegte und Trulls Geschichte erzählte, bedauerte sie es, das Tier voreilig weggegeben zu haben. Doch so sehr sie es auch beklagte, seinen Hund konnte sie nicht mehr zurückholen. Der Zirkus Ramini war längst weitergezogen und mit ihm auch der plötzlich so begehrte Boxer mit dem Namen ‚Trull'.

Allerlei Veränderungen

Von diesem Augenblick an, wo Melissa den Mut aufgebracht hatte, sich Karls Einfluss zu entziehen, um ein neues Leben zu beginnen, war das Glück zu ihr zurückgekehrt. Sie hatte nur kurze Zeit in einem Hotelzimmer gewohnt, bis sie dank Eduards Vermittlungsversuchen zu einer neuen Arbeit, einem neuen Heim und auch zu einer großartigen Freundschaft kam. Obwohl der Verlust ihres vierbeinigen Freundes Trull sie schmerzte und sie am liebsten wieder zum Reiterhof zurückgekehrt wäre, zeigte sie sich dann doch bereit, sich das Landgut, das Eduard ihr mit viel Mühe besorgt hatte, anzusehen.

Das schlossähnliche Anwesen mit Blick auf das schäumende Wasser eines talwärts fließenden Flüsschens gefiel ihr auf Anhieb. Zwar vermisste sie die endlosen Wiesen und Pferdekoppeln, doch die Laubwälder der neuen Umgebung mit ihren sandigen Böden, auf denen Beeren, Pilze und allerlei Kräuter wuchsen, entschädigten sie ausreichend dafür. Eduard hatte sie auf ihre künftige, etwas seltsame Vermieterin bereits vorbereitet. Dennoch brauchte Melissa eine gewisse Zeit, um sich an ihren Anblick zu gewöhnen. Die Frau war ungefähr in ihrem Alter und von zwergenhaftem Wuchs. Ein übergroßer blonder Kopf saß halslos auf einem kindlichen Körper, der von zwei kurzen, nach außen gebogenen Beinchen getragen wurde. Selbst ihre Stimme ähnelte der eines Kindes. Doch trotz der äußerlichen Nachteile fühlte Melissa bereits nach wenigen Worten, dass sie sich gut verstehen würden. Die Wahl ihrer Worte sowie ihre Ausdrucksweise zeugten von einem regen Verstand und viel menschlicher Wärme, während in ihren großen nussbraunen Augen jener verständnisvolle, mütterliche Blick wohnte, den Melissa schon so lange vermisst hatte. Diese Frau suchte eine starke Partnerin für ihr Vorhaben, für das man sie ihres Kleinwuchses wegen von ihrer Familie als entmündigt zu erklären versuchte. Aber mutig und entschlossen wollte sie sich ihren Kindheitstraum erfüllen und stellte sich den Vorurteilen ihrer Verwandten entgegen, um auf dem Anwesen, das sie nach einem langen Kampf mit den städtischen Behörden erworben hatte, einen Gnadenhof für alte und kranke Pferde zu errichten. Melissa zögerte nicht lange. Das Angebot reizte sie, es forderte ihre Abenteuerlust und kam ihrer Sehnsucht nach einem vertrauensvollen Menschen entgegen.

Schon nach kurzer Zeit wurden die beiden ungleichen Frauen Freundinnen. Melissa war diejenige, die mit den Pferden umging und alles Praktische übernahm, während die kleine Frau mit dem schönen Namen Maren das Geschäftliche regelte. Sie bewohnten einen Seitenflügel des Schlosses, den sie sich nach Frauenart gemütlich einrichteten, während die andere Hälfte zu Büros umgestaltet wurde.

In Melissa keimte die Idee, mit Ausritten und Kutschfahrten ihre finanziellen Mittel für die Pflege von alten und kranken Tiere aufzubessern. Für ihre eigenen Reitbedürfnisse ließ sie ihren Sokrates nachkommen, der nun ausgelassen mit den Stuten über die Koppeln tobte. Sie besorgte ein ruhiges, ausgeglichenes Pony für Maren, der sie das Reiten beibrachte. So hätte sie ganz glücklich leben können, wenn ihr nicht

Trull zur Vollendung ihres Glücks gefehlt hätte. Keinen Tag verging, ohne dass sie nicht an ihn gedacht hätte. Bisher hatte sie keinen Weg ausgelassen nach ihm zu suchen. Zeitschriften und Tageszeitungen mit den verschiedensten Suchanzeigen stapelten sich auf ihrem Schreibtisch, aber alles ohne Erfolg.

Außerhalb Karls Einfluss war Melissa zusehend aufgeblüht. Ihre bleichen Wangen hatten eine rosige Farbe bekommen, die blonden Haare Fülle und seidigen Glanz. Ihre Figur wurde weiblicher, und in die grünen Augen kehrte das alte Leuchten zurück. Männer begannen sich wieder nach ihr umzudrehen und unter deren begehrlichen Blicken kehrten nicht nur die Schmetterlinge, sondern auch die Sehnsucht nach Eduard zurück. In dieser Zeit dachte sie gern an den Mann, der ihr in den schwersten Stunden ihres Lebens hilfreich zur Seite gestanden hatte. Doch von Eduard hatte sie schon viele Wochen nichts mehr gehört. Das Letzte von ihm war ein in Eile geschriebener Brief, in dem er ihr mitteilte, dass er den Reiterhof bis zu ihrer Rückkehr verwalte und dass Karl noch einige Tage in Begleitung zwielichtiger Gestalten auf dem Hof gesehen worden war, bis er dann ganz plötzlich verschwand.

Auch Eduard hatte die Suche nach dem Boxer nie aufgegeben und war jeder nur erdenklichen Spur hartnäckig nachgegangen. Nachdem er in dem Tierheim erfahren hatte, wo der Boxer sich jetzt befand, stand Karl plötzlich vor ihm. Karl war protzig in einer Luxuslimousine vorm Pferdestall vorgefahren, mit einem tückisch dreinblickenden Hund an der Hand, und verlangte den Hof von ihm sowie die Anschrift des Tierheimes. Doch Eduard brachte den Mut auf, ihn mithilfe des Ortspolizisten und einiger mutiger Reiter vom Gehöft zu jagen. Ganz nebenbei erfuhr er, dass Karl bei der Polizei längst kein unbeschriebenes Blatt mehr war und jetzt im Drogen- und Tierhandel mitmischte. In einer eilig geschriebenen SMS unterrichtete er Melissa von dem Vorkommnis und warnte sie eindringlich vor Karl, den er als gefährlich einschätzte. Er machte sich Sorgen um sie und befürchtete, dass Karl auch sie finden würde.

Seit dem Erhalt seiner Nachricht, in der Eduard ihr auch versprach, sie bald zu besuchen, wartete Melissa ungeduldig auf ihn. Um sich die Zeit zu verkürzen, malte sie sich das Wiedersehen mit ihm in den schönsten Farben aus. Maren fand für ihre Schwärmereien nur ein Schmunzeln und meinte, sie wäre in Eduard verliebt, was Melissa allerdings heftig bestritt.

Eines Nachmittags im Sonnenmonat Mai überraschte Eduard die beiden Frauen mit seinem unverhofften Eintreffen. Melissa und Maren saßen gerade beim Tee auf der Terrasse unter einem blühenden Kirschbaum und aßen von Marens selbst gebackener Erdbeertorte. Geräuschlos stand er in der Tür und begrüßte sie mit den Worten: „Entschuldigen Sie meine Damen, ich möchte Sie nicht stören ..."

Den Satz zu beenden kam er nicht mehr. Mit einem freudigen Aufschrei sprang Melissa auf und warf sich ihm schluchzend an den Hals. „Dass du da bist, endlich, ich freue mich so ...",stammelte sie überglücklich und Eduard strich ihr sanft über das Haar, als sie den Kopf hob und erwartungsvoll zu ihm aufsah: „Na, wo ist er? Wo ist Trull? Du hast ihn doch gefunden ...?“, fragte sie sich mit dem Handrücken verstohlen eine Träne abwischend.

Eduard schob sie sanft eine Armlänge von sich, betrachtete sie ernst und schüttelte den Kopf: „Er ist nicht hier, Melissa. Aber er lebt, glaube mir“, beruhigte er sie rasch, als er in ihren erschrockenen Blick sah. „Lass mich erst ein Stück von Marens Kuchen probieren. Er duftet so herrlich. Ich habe einen langen Weg hinter mir. Dann werde ich dir von ihm erzählen.“

Wenige Augenblicke später, als er genussvoll in ein großes Stück Kuchen biss, hatte Melissa Muße, ihn heimlich zu betrachten. Sie musste feststellen, dass er sich kaum verändert hatte. Er war nur etwas hagerer geworden, was ihm aber nicht schlecht zu Gesicht stand, weil er dadurch noch männlicher wirkte. Auf seinem hellen Trenchcoat und den sportlichen Schuhen lag noch der Reisestaub, sein gebräuntes Gesicht zierte zu Melissas Erstaunen ein dichter dunkelblonder Bart. Seine grauen Augen wirkten müde, und seine schmalen Finger zitterten leicht, als er die Tasse mit dem Tee zum Munde führte. Aber alles in allem war er derselbe geblieben. Höflich lobte er Marens Backkunst, erging sich in Komplimenten über Melissas verändertes Aussehen, lobte ihre Seidenbluse und ihre gute Figur in der modischen Reithose, bevor er endlich zum eigentlichen Anliegen seines Besuches kam. Nachdem er den letzten Schluck Kaffee geleert hatte, erhob er sich, schaute Melissa nachdenklich ins Gesicht und lief dann leise seufzend zur steinernen Balkonbrüstung. Die Hände aufgestützt, leicht nach vorn gebeugt, suchte er gedankenverloren in dem unter ihm abwärtsfließenden Bachlauf nach den passenden Worten, ihr zu erklären, was er auf seiner Suche nach Trull erlebt hatte. „Du musst jetzt ganz stark sein ...“, murmelte er, als Melissa hinter ihn trat und ihm die Hand auf die Schulter legte. „Ich habe Trull gefunden, aber ich habe ihn wieder verloren.“

Das eben noch verliebte Lächeln verschwand augenblicklich aus ihrem Gesicht. Ernst und mit blassen Wangen antwortete sie: „Wie kommst du darauf, dass du ihn verloren hast? Auch wenn nur ein Fünkchen Hoffnung besteht, müssen wir daran glauben, ihn wiederzufinden. Trull ist ein Kämpfer, das hast du selbst einmal gesagt ...“

Als sich Maren auf Melissas erschrockenem Gesichtsausdruck hin zu ihnen gesellte, fuhr er mit abgewandten Blick fort, um nicht länger in Melissas enttäuschte Augen sehen zu müssen: „Ich glaubte ihn schon gefunden zu haben, in einem Tierheim in Thüringen. Fast ein ganzes Jahr lang bin ich seiner Spur gefolgt, und er hat es mir bei Weitem nicht leicht gemacht. Nach dem, was ich über ihn in Erfahrung bringen konnte, ist er dir, Melissa, Hunderte von Kilometern nachgelaufen. Er wurde dabei mehrmals eingefangen und ist immer wieder ausgebrochen, bis er vor Erschöpfung nicht mehr weiter konnte und endlich in dem Tierheim Hilfe fand. Der mutige Hund hatte sich neben den schlecht ausgeheilten Schnittverletzungen durch seinen Fenstersprung auch noch die Pfoten bis auf das rohe Fleisch durchgelaufen und litt an einer akuten Unterernährung. In seinem neuen Zuhause wurde er lange Zeit von zwei Frauen gepflegt. Der Zufall wollte es, dass ich in einer Tierzeitschrift auf die Suchanzeige der beiden Frauen stieß. Ich packte sofort meine Koffer und fuhr hin. Aber ich kam zu spät. Der Zirkus Ramini war mir zuvorgekommen. Sie brauchten neues Blut für ihre berühmte Boxertruppe und haben Trull mitgenommen."

Hier machte Eduard eine Pause und zündete sich eine Zigarette an. Melissa hatte ihn noch nie rauchen sehen. Gerührt ergriff sie seine Hand, und während sie nebeneinander die felsigen Steinstufen in das blühende Tal hinabstiegen, kam sie mit belegter Stimme auf Trull zurück und erwähnte leise hoffend: „Ich bin seine Besitzerin und könnte Anspruch auf ihn erheben. Dann müsste der Zirkus ihn mir zurückgeben."

Vor einer grünen Pferdewiese blieben sie stehen. „Ich habe deine Anschrift im Tierheim hinterlassen", antwortete Eduard und sah mit ernstem Gesicht auf sie herab. Es schmerzte ihn, was er ihr noch zu berichten hatte. „Aber ich glaube nicht, dass es uns etwas nützt. Ich habe den schlimmen Verdacht, dass auch Karl nach dem Boxer sucht. Schließlich ist es sein Hund. Das Tierheim trifft übrigens keine Schuld. Gleich nach meinem Besuch begab sich der Zirkus auf eine längere Auslandstournee. Ich habe sofort versucht, mich brieflich oder telefonisch mit dem Dompteur der Boxertruppe in Verbindung zu setzen, aber ich erreichte ihn nicht mehr. So blieb mir nur abzuwarten, bis der Zirkus von seiner Gastspielreise zurückkam. Als ich dann endlich fett gedruckt in der Zeitung von seiner Rückkehr erfuhr, war es gleichzeitig eine Schreckensbotschaft, die mir unheilvoll entgegen starrte. Er reichte ihr den ausgerissenen Zeitungsartikel. „Lies selbst."

„Viktor Ramini, der großartige Dompteur, der in aller Welt riesige Erfolge mit seinen Tieren feierte, ist von seinem Bären angefallen worden. Nun liegt er schwer verletzt im Krankenhaus. Dass er noch lebt, verdankt er dem mutigen Einsatz seines Lieblingsboxers. Der Dompteur lebt, aber er ist ein gebrochener Mann. Kurz nach dem Unfall ist der Zirkus in Flammen aufgegangen. Seitdem fehlt von seinen Boxern sowie dem Bären jede Spur."

Eduard hoffte auf eine Reaktion Melissas. Doch die schwieg. Tränen liefen ihr über das Gesicht, als sie sich von ihm abwandte und auf die Weide mit ihren blühenden Gräsern blickte.

Sokrates, mit wehender Mähne seine Herde umkreisend, erhoffte sich ein Stück Brot von ihr und kam sofort herangaloppiert. Er streckte seinen schwarzen Kopf über den Holzzaun, scharrte bettelnd mit den kleinen Hufen und stupste Eduard freundschaftlich mit den Nüstern an. Traurig kraulte Melissa Sokrates weiches Maul. Es vergingen Minuten, bis ihr endlich wieder etwas über die Lippen kam. „Mit dem Lieblingsboxer des Dompteurs ist bestimmt unser Trull gemeint und das Unglück, das den Zirkus befallen hat ..." An dieser Stelle holte sie tief Luft, bis es ganz tief aus ihr herauskam: „Geht sicher auf Karls Konto. Ich spüre so etwas."

„Es war Brandstiftung, eindeutig und im Körper des Bären wurden Drogen gefunden. Man verdächtigt zwar einen fremden Zeltarbeiter, der kurz zuvor in dem Zirkus als Saisonarbeiter gearbeitet hat. Aber ich denke auch, dass Karl seine Finger im Spiel hatte. Warum soll ein jahrzehntelang erfolgreich gastierender Zirkus plötzlich in Flammen aufgehen, nachdem er Zuwachs durch einen dunklen Boxer bekommen hat, der in Karls Beuteschema passt?“, entgegnete Eduard nachdenklich. Um ihr etwas Trost zu geben, schob Eduard seinen Arm um ihre Taille, während er den Hals des Pferdes tätschelte. Er stand ganz nahe bei ihr. Durch das dünne Hemd konnte sie das Schlagen seines Herzens hören. Aber sie bemerkte es nicht. Zu sehr war sie mit den beängstigenden Neuigkeiten beschäftigt.

„Ich verstehe das alles nicht“, wand sie zweifelnd ein und schüttelte die blonden Locken: „Das passt nicht zu Karl. Er ist ein Säufer, ein haltloser Mensch, ein Tierquäler, der sein eigenes Versagen an Schwächeren auslässt – aber Brandstiftung …?“

„Glaub mir, es ist so“, bestätigte Eduard, „Karl muss mir immer einen Schritt voraus gewesen sein. Ich mache mir deswegen Vorwürfe, weil ich ihn überhaupt erst auf die Spur des Boxers gebracht habe.“

„Aber was will er mit Trull? Ich dachte, er hat einen Hund?“, überlegte Melissa, während Eduard seine eigene Erklärung dafür fand. Er ließ ab von Sokrates und nahm ihr Gesicht zwischen seine Hände. „Ich weiß nicht, was er vorhat. Aber wir werden es herausfinden. Seine Spur zu verfolgen dürfte nicht so schwer sein. Allerdings müssen wir Vorsicht walten lassen. Karl ist gefährlich. Zumindest sind es die Leute, mit denen er sich umgibt. Ihr seid immer noch verheiratet. Du solltest dich rasch von ihm scheiden lassen.“

Inzwischen waren die Pferde allesamt neugierig herbeigekommen. Sie umstanden die beiden im Halbkreis und knabberten am Holz der Umzäunung, während ganz mutige der Tiere verspielt an ihrer Kleidung zupften. Melissa klopfte auf das Holz der Umzäunung, worauf die Pferde angeführt von Sokrates im gestreckten Galopp davon stoben. Einen Moment sahen sie beide der Herde versunken hinterher, dann holte Eduard tief Luft und ließ seinen letzten Trumpf heraus, um sie wieder lächeln zu sehen. „Ich habe hier noch ein Blatt vom Wochenanzeiger", erklärte er und zog eine herausgerissene Zeitungsseite aus dem Ärmel. „In dem Artikel, kurz nach dem Brand geschrieben, steht, dass zwischen den Trümmern ein großer dunkler Boxerrüde gesehen wurde. Vielleicht lebt Trull ja doch noch...?" Dankbar lehnte Melissa den Kopf an seine Schulter.

Auf dem Rückweg, als die Sonne langsam am Horizont verschwand, schlug ihr Eduard vor, zuerst Viktor Ramini ausfindig zu machen. Er war sich sicher, dass der Dompteur mehr über den Boxer wusste und ihnen ganz bestimmt weiterhelfen würde.

Melissa war einverstanden und während des Abendbrotes auf der Veranda beratschlagten sie, wie sie es anstellen sollten, Zugang zu dem schwer verletzten Viktor zu bekommen. Maren versprach, sie bei ihrem Vorhaben zu unterstützen. Im Anschluss googelten sie alle drei in ihren Handys, in der Hoffnung die Klinik ausfindig zu machen, in die Viktor Ramini nach dem Brand eingewiesen wurde. Als sie glaubten eine Spur gefunden zu haben verabschiedete sich Eduard müde von der Reise und dem üppigen Abendbrot. Melissa begleitete ihn bis vor die Tür seines Zimmers, wo er sie zum ersten Mal sanft in seine Arme schloss. „Wenn er noch lebt, werden wir ihn finden“, flüsterte er zwischen zwei Küssen, die sie zärtlich erwiderte, was für den Tierarzt seit Langem die schönste Belohnung für seine Bemühungen war.

Zirkus

Sandra saß nach dem Abschied von Brunhilde schweigsam neben Viktor im Jeep und nahm nur wenig von der vorbeifliegenden Landschaft wahr. Quälende Gedanken plagten sie, ob der Weg, den sie eingeschlagen hatte, auch wirklich der richtige sei. Ob es klug gewesen war, die Sicherheit des Tierheimes aufzugeben, um einer Illusion zu folgen. Die eintönige Autobahnfahrt in eine unbekannte Gegend verstärkte umso mehr ihre Bedenken. Als der Jeep endlich unter einem Tor mit glitzernder Leuchtreklame durchfuhr und gleich darauf in eine schmale Wagengasse einbog, verschwanden die trüben Gedanken, wie sie gekommen waren. Plötzlich gab es so viel Neues zu sehen, dass keine Zeit mehr zum Grübeln blieb. Die bunten Zirkuswagen empfingen sie mit leuchtenden Großbuchstaben und einer faszinierenden Geschäftigkeit. Überall leuchtete in bunten Farbenspielen der Zirkusname ‚Ramini'. Zwischen den Wagen trockneten Wäschestücke in der Wintersonne. Muskelbepackte Artisten in farbenprächtigen Kostümen lungerten in der Mitte des Rondells vor den Eingängen eines riesigen Zirkuszeltes umher. Allmählich begann Sandra wieder aufzuleben.

Viktor brachte den Jeep vor einem lang gestreckten Zelt mit hochgebundener Plane zum Stehen. Sie kletterte rasch aus dem Wagen, um den Boxer aus seinem Transportkäfig zu befreien. Der Rüde hatte sich die lange Fahrt über ruhig verhalten. Doch als Sandra den Deckel der Transportbox öffnete, um den Hund herauszulassen, zog sich Trull verängstigt vor ihr zurück. Verstört und heftig schniefend blinzelte er ihr entgegen. Als sie ihn liebevoll lockte, zog er sich weiter zurück, und als sie die Hand nach ihm ausstreckte, bleckte er zum ersten Mal seine Zähne. So ein Verhalten kannte sie von ihm nicht, und so schaute sie sich suchend nach ihrem Begleiter um. Inzwischen wurde sie von neugierigen Artisten umringt, die den neuen Zuwachs interessiert begutachteten. Begeistert von dem schönen Hund wollte ihn ein jeder zuerst begrüßen. Hände versuchten nach ihm zu greifen, um ihn willkommen zu heißen. Das verängstige den Boxer.

Sandra konnte Viktor nirgendwo entdecken. Sie schien ganz auf sich allein gestellt. Also blieb ihr nichts weiter übrig, als Trulls Box vor den fremden Zugriffen zu schützen. Doch rasch wurde sie abgedrängt und Verzweiflung ergriff sie. Den Empfang im Zirkus hatte sie sich anders vorgestellt. In ihrer Fantasie lief sie lachend an Viktors Arm durch diese neue spannende Welt und ließ sich von ihm das Zirkusleben zeigen. Stattdessen war er wie vom Erdboden verschwunden und sie fühlte sich unsicher und einsam.

Ein Artist mit bunt bemaltem Clownsgesicht, dem das verschüchterte Mädchen offenbar leidtat, wies in das Zelt und meinte, dass sie den Direktor Ramini sicher bei seinen Boxern findet. „Wahrscheinlich bereitet er die Ankunft des neuen Boxers vor, Madame“, entschuldigte er Viktor mit einer Verbeugung und einem breiten Grinsen. „Der große Ramini hat gleich einen Auftritt. Seien Sie ihm nicht böse. Meistens lässt er schöne Frauen nicht warten.“ Als sie sich für den Hinweis bedanken wollte, hopste er trällernd davon.

Der Artist hatte ihr wieder etwas Mut gemacht und so quetschte sie sich entschlossen durch die Menschenmenge und griff nach der Leine und dem Halsband. Sie wusste, dass der Boxer diesen Vorgang kannte und hoffte, dass er sie ähnlich wie im Tierheim ohne weitere Vorkommnisse begleiten würde.

Tatsächlich, der Anblick der Leine beruhigte Trull. Willig ließ er sich das Halsband anlegen und folgte ihr zögerlich. In der ganzen Aufregung griff sie unbewusst mit den Fingern in sein Nackenfell und staunte. Entgegen ihrer Befürchtungen hob er nur kurz den runden Kopf und sah sie mit seinen großen runden Augen fragend an. Sein Blick war seltsam gefasst und ruhig, fast so, als wollte er sagen, fürchte dich nicht, ich bin ja bei dir.

Sandra dagegen murmelte überrascht, „na, du bist mir ja einer. Hast du endlich erkannt, wer es gut mit dir meint?“ Sie fühlte sich an seiner Seite gleich viel sicherer. Vor allem war sie nicht mehr allein. Mit der Gewissheit, einen starken Beschützer an ihrer Seite zu haben, trat sie vorsichtig durch den Zelteingang. Sie fühlte weiche Sägespäne unter ihren Füßen und getraute sich tiefer in das Zeltinnere. Augenblicklich wurden sie von mehrstimmigem Hundegebell begrüßt. Sie konnte nicht verhindern, dass sie erneut zusammenzuckte. Zu neu und unbekannt war hier alles für sie. Das Gebell drang aus mehreren geräumigen Hundezwingern, alle mit prachtvollen roten und gelben Boxern belegt, die beim Anblick des fremden Rüden am Gitter auf und absprangen. Langsam lief sie mit Trull an der Käfigreihe vorbei, als sie am Ende vor der letzten Box Viktor bemerkte, der wie es schien, einen Schaden am Gitter ausbesserte. Sofort schlug ihr Herz höher und sie vergaß, dass er sie eben noch ganz allein dem Risiko der Ungewissheit ausgesetzt hatte. Ihr Traumprinz war wieder greifbar, nur das zählte für sie.

Im Zelt war es trübe. Vor dem Zelteingang schien noch die Abendsonne und so musste sie sich erst an die veränderten Lichtverhältnisse gewöhnen. Wahrscheinlich hatte sie deshalb den großen Käfig an der hinteren Zeltwand übersehen. Denn als sie in seine Nähe kam, riss sie ein kräftiges Brummen herum. Erschrocken und aus ihren Gedanken gerissen, suchte sie rasch Schutz hinter einem Holzstapel. Hier blickte sie überrascht auf Trull. Das Fell des Boxers stand aufrecht, jeder seiner Muskeln zeichnete sich vom Körper ab, während er mutig auf den Bärenkäfig zusteuerte, auf einen riesigen Braunbär, der aufrecht stehend aus kleinen Augen auf sie herabsah und mit seinen mächtigen Zähnen an den Eisenstäben schabte.

Durch Trulls Verhalten ermutigt, trat Sandra wieder hinter dem Stapel hervor. Als sie sah, dass der Bär nur eine gesunde Tatze besaß, während die andere in einem vernarbten Stummel endete, wurde ihr Herz sofort von Mitleid erfasst. Mit den schlimmsten Vorstellungen, was dem Tier widerfahren sein konnte, starrte sie auf das verstümmelte Teil, als Viktor in ihrem Rücken erklärte: „Das ist Leopold."

Aufatmend drehte sie sich zu ihm um, als er mit einer Entschuldigung auf den Lippen hinter ihr aus dem Käfig kletterte. „Ich habe euch allein gelassen. Ich hoffe, ihr verzeiht es mir", lächelte er. „Unser Neuer soll es doch schön haben und sich hier zu Hause fühlen. Deshalb zuerst die Geschäftigkeit. Das andere holen wir heute Abend nach", zwinkerte er ihr versöhnlich zu und versuchte, Trull über den Kopf zu streichen. Doch der Boxer zog sich hinter Sandras Beine vor ihm zurück. Viktor wollte gerade seiner Enttäuschung Luft machen, als er sah, mit welchem Entsetzen sie noch immer auf die abgeschlagene Bärentatze blickte.

„Den Bären haben skrupellose Menschen verstümmelt, in der Vorstellung, Bärentatzen zu Suppe zu verarbeiten. Weil eine solche Suppe angeblich alle möglichen Leiden heilen kann. Aber keine Angst, das ist lange her", erklärte er ihr und hoffte, sie damit zu beruhigen. „Der Bär stammt aus Asien. Ich habe ihn davor bewahrt, auch noch die zweite Pfote zu verlieren und ihm einem rücksichtslosen Tierquäler abgekauft, der noch mehrere solcher armen Kreaturen in viel zu kleinen Käfigen gefangen hielt. Täglich wurden die armen Tiere von ihm wie Kühe an der Galle gemolken. Damals habe ich zum ersten Mal in meinem Leben einen Bären vor Schmerz weinen sehen. Das hat mir vor Mitleid fast das Herz herausgerissen. Ich musste ihn aus seinem furchtbaren Gefängnis befreien. Allerdings verlangte der chinesische Bärenbesitzer für das heruntergekommene Tier ein Vermögen von mir. Aber ich habe es nicht bereut. Denn der Bär ist sehr intelligent, lernfreudig und hat ein ausgeglichenes, ruhiges Wesen. Du kannst ihn sogar streicheln, wenn du möchtest, er wird dir nichts tun", ermunterte er sie stolz, erwähnte aber im gleichen Atemzug: „Trotz alledem bleibt er ein nicht zu verachtender Gegner, der mit der gesunden Tatze ebenso schnell und kräftig zuschlagen kann wie mit beiden."

„Das ist ja furchtbar“, entgegnete Sandra. Sie sah ihren Traummann jetzt mit anderen Augen und hätte gern noch mehr über den Bären erfahren, aber Viktor hakte sie jetzt versöhnlich unter, so wie sie es sich eigentlich immer schon gewünscht hatte, und führte sie zu seinen Hunden. Stolz erklärte er ihr jeden einzelnen Namen und Abstammungsnachweis seiner Boxer, die alle auf so berühmte Namen wie Cleopatra, Cäsar, Cicero oder Claudius hörten, wobei es ihn wenig zu stören schien, dass seine Hündinnen auch Namen männlicher Berühmtheiten trugen. Er hätte ihr noch Einiges über seine Hunde erzählen können, aber die Zeit verging viel zu rasch.

„Ich muss mich für die Abendvorstellung zurechtmachen“, verwies er auf die wenigen Minuten, die ihm noch blieben. „Du müsstest dich solange ohne mich begnügen. Vielleicht siehst du dir die Vorstellung an. Danach sehen wir uns in unserem Bistro wieder. Den Hund kannst du solange in seiner neuen Behausung unterbringen. Der Pfleger wird ihm Futter und Wasser bringen.“

In diesem Augenblick wurde die Beleuchtung entlang der Zeltbahnen eingeschaltet, die das große Zirkuszelt in ein farbenprächtiges Lichtermeer verwandelte. Die Vorbereitungen für die Abendvorstellung liefen nun auf Hochtouren. In den Zelten, wo die vierbeinigen Artisten auf ihren Auftritt warteten, begann ein geschäftiges Treiben. Die Tierpfleger öffneten die Zwinger und Käfige der Boxer und begannen an ihnen herumzuputzen, sie zu wienern und zu striegeln, bis ihr Fell wie eingeölt glänzte. Es war eine Freude, dem herrlichen Spiel ihrer Muskeln zuzusehen.

Trull stolzierte steifbeinig und mit hocherhobenem Kopf witternd eng an Sandras Seite. Zu seiner Aufgabe gehörte es jetzt, den einzigen vertrauten Menschen, der ihm geblieben war, in dieser neuen, von unbekannten Gerüchen durchzogenen Welt vor den fremden Tieren zu beschützen. Ganz nach Boxerart aufgeregt schniefend und seine Muskeln präsentierend, was Trull noch breiter und größer erscheinen ließ. Von Sandra ließ er kein Auge, bis die Verbindung zum Nachbarzelt, in dem die Pferde angebunden auf ihren Auftritt warteten, entfernt wurde. Augenblicklich rief der Geruch von frischem Heu und Pferdedung alte Erinnerungen in ihm wach, sodass er seine Aufgabe zu beschützen vergaß. Er schnupperte, zog an der Leine und begann leise zu fiepen. Als er in die Nähe der Pferde kam, wand sich sein herrlicher Körper vom Stummelschwanz bis zum Hals plötzlich in wilden Zuckungen. Noch nie hatte Sandra ihn so erlebt. Ihr kräftiger Boxer gebärdete sich wie ein Welpe, hopste freudig hin und her und abwechselnd quiekte und brummte er. Sie betrachtete ihn verwundert, aber auch belustigt. Doch was wusste sie schon von den Erinnerungen ihres vierbeinigen Freundes. Sie schob sein Verhalten auf das Neue und Unbekannte, das in seiner Fülle auf ihn einstürmte.

Die Tierpfleger begannen die Boxer für ihren Auftritt anzuleinen, und die Pferde wurden mit glänzendem Zaumzeug und Straußenfedern auf den Köpfen geschmückt. Als man die edlen, nervös schnaubenden Tiere an ihnen vorbeiführte, mussten sie ausweichen. Sandra drückte sich an die Zeltwand. Es kostete sie alle Mühe den Boxer zu bändigen, den es wie magisch hinter den Pferden herzog. Zum ersten Mal spürte sie die enorme Kraft, die in dem Hund steckte. Mit beiden Händen griff sie in die Leine, schimpfte, was sonst nicht ihre Art war, und stemmte die Füße fest gegen den Boden. Erst als das Halsband um seinen Hals keinen Zoll Luft mehr zuließ, gab er röchelnd nach und folgte ihr, wenn auch widerwillig.

Es wurde enger im Zelt, es ging dicht an den fremden Boxern vorbei, da roch Trull jetzt die Hündinnen, ein Umstand, der sein Hinterteil erneut zum Tanzen brachte. Angeberisch stakste er an ihnen vorbei, bis er zu dem einzigen kastrierten Rüden Quasimodo kam. Es war noch nicht lange her, dass Quasimodo seiner Männlichkeit beraubt worden war. Er war ein ebenfalls großer, stattlicher Boxer mit sehr viel Weiß am Latz, an den Beinen und im Gesicht, was ihm ein strenges Aussehen verlieh. Unterstrichen wurde das Ganze noch von einem sehr kräftigen Vorbiss. Die untersten Vorderzähne standen bei geschlossener Schnauze schief hervor. Deshalb der Name Quasimodo. Der Boxer taxierte den Neuling aus kleinen tückischen Augen und ließ ein tiefes, gefährliches Grollen hören.

Sandra nahm vorsichtshalber die Leine etwas kürzer. Trull schien die unfreundliche Begrüßung des anderen als Herausforderung anzunehmen und ging ebenfalls in eine drohende Haltung über. Er zog die Lefzen hoch, doch Sandra zerrte ihn energisch weiter und lenkte seine Aufmerksamkeit auf den Bären, den man aus seinem Käfig geholt hatte, um ihn ebenfalls für den Auftritt in der Manege vorzubereiten. Zur Sicherheit war dem Raubtier ein Beißkorb aus Leder um die kurze, kräftige Schnauze gebunden worden, die ihn aber nicht sonderlich störte. Meister Petz drehte sich brummend im Kreise, das dichte Fell gegen die langen Bürsten gedrückt, mit denen ihn sein Tierpfleger kräftig bearbeitete. Die Verletzung der Tatze war mit einem Fausthandschuh überdeckt worden, ein riesiges seidenes Trikot hing zum Anlegen bereit vor der Zeltwand. Da sich Viktor noch zum Umziehen in seinem Wagen befand, hatte man den Bären sicherheitshalber von den Hunden und anderen Tieren mit Gittern abgetrennt. Das war Sandras Glück, denn ihr Weg führte sie direkt an dem Bären vorbei. Trull gebärdete sich jetzt wie ein Besessener. Er begann in Imponiergehabe mit den Beinen nach hinten auszutreten, kreischte und kläffte, während Sandra ihn nur mit äußerstem Kraftaufwand und beruhigenden Worten von dem Bären wegbringen konnte. Dabei wurde sie von den Pflegern belächelt, die belustigt zuschauten und sich gegenseitig zuriefen: „Sieh einer den an, der will doch nicht etwa unseren Leopold fressen!“

Nur der Bär ließ sich davon nicht beeinflussen und brummte gelangweilt. Sandra, ärgerlich über ihren sonst so ruhigen und erhabenen Freund, der plötzlich so leicht reizbar war, sperrte ihn rasch in den Zwinger und stand danach etwas hilflos den Vorbereitungen für den Auftritt im Wege herum. Ohne Trull überfiel sie wieder ein Gefühl der Einsamkeit. Fast wäre sie in Tränen ausgebrochen. Eigentlich müsste sie jetzt in Viktors Büro einen Arbeitsvertrag abschließen und wissen, wohin sie gehörte. Sie sehnte sich nach einer warmen Unterkunft, fühlte sich hundemüde und hungrig und bereute zum ersten Mal ernsthaft ihr voreiliges Handeln.

Trull beschnüffelte eingehend seine neue Behausung und blickte ihr mit seinen großen, glänzenden Augen hinterher. Er begriff nicht, warum sie wegging und ihn hier allein zurückließ, wo er ihr doch eben seine Zuneigung bewiesen und nichts unversucht gelassen hatte, sie vor den Gefahren dieser fremden Welt zu beschützen. Er brummte leise, um auf sich aufmerksam zu machen, aber sie hörte es nicht. Denn Viktor trat im hellblauen Bademantel, geschminkt und in Turnschuhen, durch den Zeltvorhang. Er hielt eine kleine Holztafel in der Hand und bat sie, diese an der Zwingeranlage anzubringen. Auf ihr stand in schön geschwungenen Buchstaben der Name des Rüden, der vorher den Zwinger bewohnt hatte. Da nach einer alten Regel in dieser Tiergruppe jeder männliche Nachfolger den gleichen Namen seines Vorgängers erhielt, um damit die Erfolge des anderen weiterzuführen, bekam Trull den Namen ‚Paganini'. Sandra war es recht so. Gemeinsam mit Brunhilde hatte sie vergeblich versucht, einen Namen für ihn zu finden. Alle Hundenamen, die ihr einfielen, hatte sie notiert und ihn damit angesprochen. Aber die erwartete Reaktion war immer ausgeblieben. Wie der Hund wirklich gerufen wurde, hatte sie nie herausgefunden.

Laute Musik und Stimmengewirr drangen an ihr Ohr. Vor dem Nachbarzelt gruppierte sich quiekend eine Gruppe bunter Schweine mit Sätteln auf dem runden Rücken. Die Pferde, die ihre Schau bereits hinter sich hatten, tänzelten aus dem Zelt, und der Clown mit dicker roter Nase, weißer Maske und großen, traurigen Augen steckte den Kopf durch die Zeltwand und rief nach Viktor.

Viktor führte seine Hunde in die Manege, die jetzt verschiedenfarbige, glänzende Trikots mit Nummern trugen. Die Oberteile verdeckten ein Stück des Hunderückens und wurden unter der Brust gebunden, sodass sie die Tiere nicht behinderten. Eine Mannschaft trug blaue Shirts mit gelben Nummern, die andere gelbe mit blauen Nummern. Sie hechelten vor Nervosität, einige Jüngere gebärdeten sich unter den Händen der Helfer äußerst temperamentvoll. Vor dem Eingang zur Manege hockte sich Viktor jeweils vor eine Vierergruppe und umarmte jeden Einzelnen der Boxer. Dabei strich er ihnen beruhigend über die breiten Köpfe und flüsterte ihnen liebevolle Kosewörter zu, die nur die Hunde verstanden. Denn kein Tier auf der Welt ist seinem Herrn so treu ergeben wie der Hund. Und was Liebe alles bewirken kann, hatte Viktor schon oft erfahren, schließlich war es gerade das enge Verhältnis zu jedem Einzelnen seiner Tiere, das ihm den Erfolg in der Manege bescherten. Es war ein wunderschönes Bild, wie Viktor vor seinen Tieren kniete, die alle auf einmal artig vor ihm hockten und jene für sie so wichtige Zeremonie vor der Vorstellung über sich ergehen ließen. Anlässlich von so viel Herzenswärme, die der Dompteur seinen Hunden entgegenbrachte, schossen Sandra die Tränen in den Augen. Ach, hätte er ihr doch nur einen einzigen Blick geschenkt, was hätte sie nicht alles für ihn getan.

Erst als er sich zu dem Bären begab, um an ihm dasselbe zu demonstrieren, bemerkte er sie am Zelteingang. Er war erstaunt, sie immer noch in der Nähe des Tierzelts vorzufinden und gab ihr rasch einen Schlüssel mit der Wagennummer neun. „Du teilst ihn dir mit der Hochseilartistin Paola“, fügte er eilig hinzu und riet ihr, sich in der Kantine aufzuwärmen, wo sie auch etwas zum Abendbrot bekäme, bevor er später mit ihr das Geschäftliche bespräche.

Sandra nahm sich vor, seinem Rat zu folgen, vermochte aber der Versuchung nicht zu widerstehen, durch einen der Artisteneingänge zu schlüpfen, um Viktors Auftritt mitzuerleben. Im Vorzelt zur Manege zwischen ein paar Ponys wurde sie jedoch von einem schwarz befrackten, weißhaarigen Herrn mit strenger Miene aufgefordert, das Zelt zu verlassen. Als sie mit hängendem Kopf seiner Aufforderung nachkam, änderte der Mann plötzlich seine Meinung und wies ihr mit dem Finger auf dem Mund einen Logenplatz gleich neben dem Eingang der Manege zu, der sonst nur besonderen Besuchern vorbehalten war. Freudig nahm sie das Angebot an. Kaum saß sie auf einem der gepolsterten Stühle, öffnete sich vor ihren Augen die von bunten Scheinwerfern angestrahlte Manege, und wie ein Kind staunend verfolgte sie das bunte Treiben.

Papierrascheln, leises Geraune, der Geruch menschlicher Ausdünstungen und Damen in grellroten, eng sitzenden Kostümen mit Eis, Popcorn und anderen leckeren Sachen in ihren Bauchläden drängten sich durch die bis auf den letzten Platz besetzten Stuhlreihen. Über dem Eingang auf einer vergoldeten Galerie spielte eine Gruppe Musiker in blauer Husarenuniform vor meterhoch erleuchteten Glasröhren, in denen zum Takt der Musik farbiges Wasser sprudelte und in einem herrlichen Farbenregen neben dem Eingang niederging. Während der feinkörnige Sand orangegelb in der Manege glitzerte, brachten zur Freude der vielen Kinder im Zuschauerzelt zwei lustige Clowns in riesigen Schuhen, Pappnase und schlecht sitzenden Jacketts ihre Späße dar. Mit einem übergroßen Fußball, den sie sich gegenseitig zuwarfen, kündigten sie die nächste Nummer an. Nach einem Tusch teilte sich der schwere rote Samtvorhang am Eingang und strahlend schön, in einem gut sitzenden, mit Goldfäden durchwirktem Trikot, ein goldenes Band um die Stirn, erschien Viktor und verbeugte sich lächelnd in der Manege, während seine Hunde mit lautem Begrüßungsgebell links und rechts von ihm zu zwei Gruppen hereinstürmten. Helfer hatten zwei große Fußballtore aufgebaut und mit bunten Bändern versehen. Den Schiedsrichter auf dem improvisierten Fußballfeld spielte der Bär. Das Raubtier saß aufrecht auf einem Podest in einem karierten Trikot, eine große Trillerpfeife im Maul und einen riesigen roten Ball zwischen den Tatzen. Nach dem Pfiff aus der Trillerpfeife warf er den Ball in die Höhe, worauf die Boxer sich mit Bellen gegenseitig anfeuerten und lustig hinterhersprangen, um ihn mit ihren kräftigen Schnauzen ins gegnerische Tor zu stoßen. Als gut trainierte Hunde hielten sie sich ähnlich einer richtigen Fußballmannschaft an strenge Regeln, und sollten sie doch einmal nicht beachtet werden, unterbrach der Bär mit einem Pfiff das Spiel. Das alles sah sehr lustig aus und löste wahre Beifallsstürme im Publikum aus, wobei die Kinder am lautesten applaudierten. Als Viktor sich mit dem Bären an der Hand mit einer tiefen Verbeugung von seinem Publikum verabschiedete, erhob sich Sandra tief beeindruckt und schlug den Weg zur Kantine ein. In der Zwischenzeit hatte sich Viktor bereits wieder umgezogen und steuerte diesmal auf dem Rücken eines edlen Arabers an ihr vorbei in die Manege, ohne sie zu bemerken.

Die Kantine war für Sandra trotz der Dunkelheit nicht schwer zu finden. Der lange an einen Speisewagen der Eisenbahn erinnernde Wagen, dessen einziger Luxus die grelle Leuchtreklame auf dem Dach war, befand sich nicht weit von der Manege entfernt. Jeder Zirkusarbeiter oder Artist hatte hier die Möglichkeit, sich während und nach der Vorstellung mit Speisen und Getränken zu erfrischen. An der Rückseite des Wagens befand sich eine Doppeltür, die in ein Zelt mit Tischen und Stühlen mündete, von wo aus die Kantinenwirtin in den Pausen die Besucher bediente.

Sandra stieg die schmale eiserne Treppe zur Tür hinauf und ließ ihre Hand einen Augenblick auf der Türklinke verweilen, bevor sie ihrem Herzen einen Ruck gab und eintrat. Ihr war etwas beklommen zumute. Dennoch wünschte sie höflich und mit klopfendem Herzen den wenigen Gästen einen guten Abend, bevor sie sich an einen Tisch in der hintersten Ecke des Wagens setzte. Die Wirtin, ein Durchschnittstyp mit stark gebleichten Haaren, einem etwas zu üppigen Busen, den sie sehr freizügig zur Schau trug und ein wenig zu stark aufgetragener Schminke, die die ersten Fältchen des nahenden Alters eher betonte als verdeckte, erhob sich von dem Tisch, an dem sie mit zwei Zirkusarbeitern plaudernd gesessen hatte. Es duftete nach Kaffee und warmen Würstchen, sodass sich Sandra, ohne groß zu überlegen für beides entschied. Während die Frau die Würstchen im heißen Wasser erwärmte, ertönte leise Musik aus einem Radio und Sandra hatte Muße, den schmalen Raum zu betrachten. Eigentlich enthielt er wenig Betrachtenswertes. Er wirkte mit seinen blanken Tischen und den verblichenen Bildern an den Wänden wenig einladend. Aber er war angenehm beheizt, und als die Wirtin die dampfenden Würstchen und den Kaffee mit der Aufforderung: „Nun lassen Sie es sich mal schmecken, Sie können es gebrauchen“, vor ihr absetzte, stürzte sie sich mit einem wahren Heißhunger darauf. Die Wirtin begab sich wieder zu den beiden Männern am Nachbartisch, die nun mit Interesse zu Sandra hinübersahen.

Sie trugen die Arbeitsanzüge der Zeltarbeiter. Besonders der Rotblonde mit den breiten Schultern, der Sandra jetzt breit grinsend mit obszönen Blicken maß, hatte etwas von einem großen roten Affen an sich. Sandra fühlte sich unwohl unter seinen Blicken und hielt den Blick krampfhaft am Tisch fest, um ihm keinen Anlass zu geben, sie anzusprechen.

Doch die Männer langweilten sich und hatten bereits mehrere Bier getrunken. Dass sie ein hübsches Mädchen war und fremd im Zirkus, war ihnen nicht entgangen. Als Sandra fertig gespeist hatte, stand der Rothaarige plötzlich auf und gesellte sich zu ihr. Plump, ohne sie um Erlaubnis zu fragen, ließ er sich ihr gegenüber auf den Stuhl nieder und schaute ihr dreist ins Gesicht. „Sie sind neu hier?“, fragte er und Sandra bedauerte es, dass es kein Mauseloch gab, in dem sie sich hätte verkriechen können. Auffällig, als hätte sie ihn nicht verstanden, rührte sie in ihrem Kaffee. Erst nachdem er fragte, ob sie mit der Wurst auch ihre Sprache verschluckt hätte, blickte sie ihn an. Vielleicht sah sie ihm für einen Moment zu lange in die Augen, was sie nicht hätte tun sollen. Jedenfalls schüttelte sie heftig mit dem Kopf und hätte es gern gesehen, wenn er sie in Ruhe gelassen hätte. Der Fremde störte sich nicht an ihrer Wortkargheit. Ihr abweisendes Verhalten ermutigte ihn eher, erneut auf sie einzureden. Er erzählte ihr, dass er Karl hieße, sich im Zirkus als Zeltarbeiter verdinge, obwohl er das gar nicht nötig habe und das Abenteuer liebte, das er hier im Zirkus zu finden hoffte. Dabei beobachtete er sie sehr genau und rückte mit seinem Stuhl immer näher an sie heran. Als er nahe genug war, legte er ihr in plumper, vertraulicher Manier den Arm um die Schulter und drehte mit seinen nikotingelben Fingern ihr Kinn, dass sie ihm ins Gesicht sehen musste.

In Sandra stieg Übelkeit auf. Eine Wolke aus Alkohol, Nikotin und Schweiß umhüllte sie. In ihrer Not warf sie einen flehenden Blick zu der Wirtin hinter dem Tresen. Doch noch ehe die Frau reagieren konnte, wurde die Kantinentür aufgerissen und eine Schar Artisten drängte lärmend in den verräucherten Raum. Sie trugen zum Teil noch ihre Kostüme, manche hatten Bademäntel an und verlangten gut gelaunt nach ihrem Feierabendbier. Dem freudigen Geplauder entnahm sie, dass die Vorstellung ein großer Erfolg war und nun gemeinsam gefeiert werden sollte. Für einen Moment konnte sie aufatmen. Denn Karl ließ missgelaunt von ihr ab, entfernte sich aber nicht von ihrem Tisch. Sie wollte das Durcheinander benutzen, um aufzubrechen, als Viktor im Türrahmen erschien. Er blieb auf der Schwelle stehen und blickte sich suchend nach ihr um. Als er sie entdeckt hatte und sah, in welcher hilflosen Lage sie sich befand, verschwand das Lächeln aus seinem Gesicht. Zielstrebig steuerte er auf ihren Tisch zu.

Sandra kam sich plötzlich vor wie in einem der billigen Westernschmöker, für die Brunhilde so schwärmte. Ihr Traumprinz wurde zum Revolverhelden, der die Ehre seiner Braut mit eiskalter Schießwut rettete. Dadurch bekam die Situation etwas Prickelndes für sie. Schließlich war es Viktor, ihr Angebeteter, der jetzt energisch zu ihr an den Tisch trat, den Mann an ihrer Seite fest im Blick. Sie wollte sich erheben. Doch der Rothaarige schob seine Pranke über ihre Hand und sah Viktor herausfordernd entgegen. Vor Scham senkte sie den Blick.

Viktor genügte ein kurzer Blick, dann hatte er die Situation erfasst. Mit dem Temperament des Südländers griff er Karl blitzschnell in den Jackenaufschlag. Obwohl der Zeltarbeiter ihn um Kopflänge überragte, zog Viktor ihn vom Stuhl und wies er ihn energisch zurecht: „Sie haben hier eine Aufgabe zu erfüllen, Mann, die weder etwas damit zu tun hat, unsere Mädchen zu belästigen, noch sich sinnlos zu betrinken!"

Sandra wurde die Situation unter den neugierigen Blicken der anwesenden Artisten jetzt peinlich. Sie versuchte die Flucht zu ergreifen und drängte sich durch die Umstehenden. Im Davoneilen sah sie, dass der Rothaarige klein beigab, Viktors Hand wortlos abschüttelte und seinem Kumpan am Tresen das Zeichen zum Aufbruch gab. Die Spannung im Raum begann sich zu lösen und Bravorufe für Viktor hallten durch den Wagen. So sachlich und bestimmend Viktor war, wenn es um seine Arbeit ging, so schnell konnte er auch wieder liebenswert und charmant sein.

Bereits an der Tür, holte er sie wieder zurück. Mit dem gleichen Lächeln auf dem Gesicht wie im Tierheim, zwinkerte ihr zu, nahm sie bei der Hand und zog ihre Finger zu einem Handkuss an seine Lippen. „Verzeih mir, dass ich dich solange allein gelassen habe. Mit so einem Vorfall hatte ich nicht gerechnet, obwohl ich es hätte wissen müssen. Du bist ein hübsches Mädchen“, flüsterte er ihr zu und beeilte sich, sie seinen Kollegen vorzustellen. Die Zirkusleute waren ein lustiges Völkchen und glichen einer großen Familie. Doch Sandra, so sehr sie sich auch um Kontakte zu ihnen bemühte, blieb eine Fremde unter ihnen.

Karl verweilte noch einen Augenblick auf der Treppe vor der Kantine und zündete sich grunzend eine Zigarette an. Er schnipste sie nach zwei kräftigen Zügen auf den Boden und trat sie mit der Fußspitze aus. Sein Kumpan lümmelte am Geländer und schaute ihm dabei zu. Er trug langes schwarzes Haar, zu einem Knoten im Nacken gebunden. Das Sonderbare an ihm waren seine gelblichen Gesichtszüge, die immer irgendwie gelangweilt wirkten. Er gehörte zu jenen Typen, die warten gelernt hatten, die bedingungslos Befehle ausführten und nie große Worte um Dinge machten, die sie nichts angingen. Er war ganz einfach ein Werkzeug, das von Karl benutzt wurde. Bevor Karl jetzt seinen Autoschlüssel aus der Jackentasche zog und dem Mann zuwarf, der ihn geschickt auffing, grinste er und sagte: „Na, wie habe ich das wieder gemacht. Der Idiot da drin weiß nicht im Geringsten, mit wem er es zu tun hat. Ich hätte ihm jeden einzelnen Knochen brechen können. Aber ich bin eben ein Menschenfreund. Die Kleine könnte uns nützlich sein“, grinste er noch breiter.

Doch als er in die reglose Miene seines Kumpels blickte, sah er die Sinnlosigkeit seines Redens ein und befahl ihm: „Nimm meinen Wagen und sag Lu, es geht in Ordnung. Er kann die Roten haben, wenn der Gestromte mir gehört."

Bei diesen Worten blitzte es in den mandelförmigen Augen des Mannes auf und Karl warf sich erneut in die Brust. „Ich weiß schon, wie ich mir den Köter hole. Der Herr Dompteur wird sich noch wundern. Nur wer zuletzt lacht, lacht am längsten."

Während der andere lautlos wie eine Katze davonschlich lief Karl in die Richtung des Hundezeltes, vergewisserte sich am Eingang, dass ihn niemand beobachtete und verschwand dann im Zelt, aus dem er nach ein paar Sekunden so lautlos, wie er hineingeschlüpft war, wieder herauskam. Mit sich und der Welt zufrieden, eine leise Melodie pfeifend, schlenderte er zu seinem Wohnwagen.

Der Boxer träumte indessen auf dem weichen Boden seines Zwingers von Melissa und dem Reiterhof. Den Mann, der sich auf Zehenspitzen seinem Käfig näherte, bemerkte er dabei nicht. Denn Karl, um keinen anderen handelte es sich, verstand es sich Trull so zu nähern, dass er ihn nicht wittern konnte. Melissas Exmann wollte sich mit eigenen Augen davon überzeugen, dass es sich bei dem Neuzugang auch tatsächlich um Trull handelte, hinter dem er seit Monaten vergeblich her war.

In dieser Nacht gab es keine weiteren Vorkommnisse und am Morgen begann Trulls Arbeit im Zirkus Ramini. Sandra, deren neue Tätigkeit sich vorerst nicht viel von der im Tierheim unterschied, erschien, wie sie es bisher gewohnt war, morgens als Erste im Zelt. Ihre erste Aufgabe im Zirkus bestand darin, die Boxer und den Bären mit Futter und Wasser zu versorgen. Aus dem Zelt nebenan, bei den Pferden, erklang freudiges Wiehern und das Klappern der Eimer. Sie vermutete, dass sie nicht die Einzige war, die sich so früh auf den Beinen befand. Die Bestätigung erschien gerade im Eingangsbereich. Es war Viktor, der den neuen Boxer zur Arbeit in der Manege abholte. Er ordnete an, Trull anzuleinen, da der Boxer ihm mit Misstrauen begegnete. Sandra beruhigte Trull, bis der sich leise grummelnd und immer wieder nach ihr umschauend, von Viktor aus dem Zelt führen ließ.

Feinfühlig wählte Viktor nicht den direkten Weg in die Manege, sondern zog es vor, den Hund auf Umwegen an sein Ziel zu führen. Er wollte ihm die Gelegenheit geben, den Zirkus außerhalb seines Arbeitsplatzes kennenzulernen. Dabei sollte er sich mit den vielen fremden Gerüchen vertraut machen und ruhig seinen Weg nach Rüdenart markieren. Auch wollte Viktor mit einem so kräftigen und schönen Rüden an der Hand ein wenig angeben, um von den Kollegen bewundert zu werden. Aber viel wichtiger für ihn war, die Freundschaft dieses herrlichen Hundes zu gewinnen. Deshalb sprach er mit ihm wie mit einem Kind, leise mit sanften Tönen und er erklärte ihm dies und das. Liebevoll nannte er ihn bei seinem neuen Namen Paganini. Aber erst auf den Kosenamen Paco reagierte Trull, was Viktor dazu veranlasste, sich seine Freundschaft zu erkaufen. Bei jeder kleinen Annäherung, einem Hinweis dafür, dass Paco ihn verstanden hatte, belohnte er ihn mit kleinen Leckerbissen. Trull nahm sie an, aber er blieb auf Distanz und sah sich weiterhin nach Sandra um.

In der Manege selbst befanden sich zu dieser Zeit nur wenige Zeltarbeiter. Lediglich ein paar Frauen waren damit beschäftigt, mit Körben und Besen zwischen den Bänken den Zeltboden von Papier und Speiseresten zu reinigen. Keine laute Musik, keine grelle Leuchtreklame und auch keine probenden Artisten störten. Viktor hatte mit Absicht diese frühe Stunde gewählt, damit nichts den Rüden ablenkte. Es durfte in den ersten entscheidenden Minuten ihrer gemeinsamen Arbeit nur sie beide geben, um das gegenseitige Vertrauen aufzubauen, das doch so ungeheuer wichtig für ihre weitere Zusammenarbeit war. Zu seiner Verwunderung reagierte der Rüde eher interessiert als ängstlich, als sie gemeinsam die Manege betraten. Zur Belohnung befreite ihn Viktor rasch von der Leine und überließ ihn sich selbst. Das schöne Tier sollte seine eigenen Erfahrungen machen, wozu er sich auf einem Podest in die Mitte der Manege niederließ und ihm aufmerksam zusah, wie er den Sandboden und seine Hosenbeine beschnupperte. Der Rüde ging dabei sehr vorsichtig vor und hob immer wieder den Kopf, um sich zu vergewissern, dass ihm keine Gefahr drohte. Als die eingehende Untersuchung beendet war, ließ er sich Viktor gegenüber im Sand nieder, von wo aus er jede Bewegung des Mannes vor ihm gespannt verfolgte. Viktor hatte Zeit und er ließ Trull Zeit. Stunden vergingen, bis der Rüde erste Anstalten machte, sich für sein Gegenüber genauer zu interessieren.

Vor dem Zelt dunkelte es bereits, als Trull Schritt für Schritt auf dem Bauch näher robbte. Irgendetwas Seltsames ging von diesem neuen Menschen aus, etwas, dass nichts mit der Liebe zu Melissa gemein hatte und auch nichts mit der stillen Freundschaft für Sandra.

Der Rüde lag zu seinen Füßen, in einer Position rasch wegzulaufen, wenn Gefahr drohte. Er verstand die stumme Haltung des Menschen nicht. Den schönen Körper aufs Äußerste gespannt, sodass Viktor das Spiel seiner Muskeln beobachten konnte, hin und hergerissen von Gefühlen der Vorsicht, Angst und Neugierde wartete er auf das, was der Mann mit ihm vorhatte.

Viktor spürte, was in dem Hund vorging, und wollte ihm das Entgegenkommen erleichtern. Er zog einen kleinen, bunten Ball unter dem Podest hervor und ließ ihn vor seinen Füßen auf und nieder springen, wobei er den Boxer wiederholt mit leisen Worten ermunterte, damit zu spielen. Denn alle Boxer spielten gern, das wusste Viktor aus Erfahrung. Seine Arbeit mit ihnen war auch nichts anderes als ein erweitertes Spiel. Er war nicht der Mensch, der seine Tiere zu etwas zwang, sie sollten von selbst zu ihm kommen, dann verhielten sie sich nicht wie Arbeitssklaven, sondern waren echte Partner. Nicht immer hatte er das gleich erkannt. Auch er war einmal jung und ehrgeizig gewesen. Um schnell ganz oben auf der Erfolgsleiter zu stehen, hatte er nicht nur das Leben seiner herrlichen bengalischen Tiger, sondern auch das seiner jungen Frau Esmeralda aufs Spiel gesetzt. Er hatte aus ihr und den Tieren das Letzte herausgepresst, sie zu immer waghalsigeren Nummern gezwungen, bis er sie eines Tages nur noch tot aus den Klauen eines überreizten Tigers befreien konnte. Jung und unerfahren hatte er die Schuld für den Tod seiner Frau den Tieren gegeben, sich von ihnen getrennt und Vergessen in der Einsamkeit gesucht. Heute gab es bis auf den alten Bären keine Raubtiere mehr in seinem Zirkus. Dafür hatten ihm seine Boxer, alles ehemalige Tierschutzboxer, das Selbstvertrauen, den Mut zum Neubeginn und das Vertrauen zum Tier zurückgegeben. Denn erst durch die Hunde hatte er erkannt, dass auch Tiere eine Seele haben, die oft viel sensibler und ehrlicher ist als die mancher Menschen. Fortan lebte er nur für ihr Wohlergehen und scheute sich auch nicht bei Futterknappheit, was oft vorkam, für sie im Ort um Futter zu betteln.

Dieser Rüde nun, der ihm gerade seine Seele offenbarte, hatte es ihm besonders angetan. Irgendwo tief drinnen spürte er, dass sie ein ähnliches Schicksal verband. Er wusste nicht viel von dem Boxer. Eigentlich hätte er keinen Ersatz für Paganini benötigt. Doch als ihn die Nachricht von dem ungewöhnlichen Boxer im Tierheim erreicht hatte, ließ er wieder einmal sein Herz sprechen und gab seinen Gefühlen nach. Trotz allem, was er über den Boxer hatte in Erfahrung bringen können, war er fest davon überzeugt, dass er sehr bald belohnt würde. Denn mit jeder Faser seines Körpers schien der Rüde zu ihm zu sprechen, wie gern er mit ihm spielen und herumtoben würde, etwas, das er bestimmt schon lange nicht mehr getan hatte. Vor Ungeduld hatte er bereits mit dem Hinterteil ein Loch in den Sand gegraben, bewegte abwechselnd mal die eine und mal die andere Pfote, warf werbend den hübschen Kopf zurück, um sich gleich darauf mit einem tiefen Seufzer darüber zu wundern, warum der

Mensch den Ball nicht endlich zu ihm warf, hinter dem er doch so gern herspringen würde.

Als Viktor der Ball aus der Hand rutschte und er sich danach bückte, passierte es. Der Boxer nahm die Gelegenheit wahr, setzte zum Sprung an, stellte sich vor Viktor auf die Hinterbeine, ergriff statt des Balls seine Kopfbedeckung und flitzte in die Mitte der Manege, wo er breitbeinig mit der Mütze im Fang stehen blieb. Mit herausfordernden Blicken forderte er Viktor auf, sie sich zu holen. Viktor war über den unerwarteten Angriff verdutzt auf dem Boden sitzen geblieben und schaute nun etwas betreten zu den Rängen hinauf, von wo aus einer der obersten Bankreihen lautes Klatschen erklang.

Die Ruhestörer entpuppten sich als Sandra und der Clown Dolly, die dem Schauspiel heimlich zugesehen hatten. Der Clown, sonst mit Pappnase, Halbglatze und in bunten, meistens viel zu großen Kostümen, trug um diese Zeit bequeme Jeans und Pullover. Er war bereits ein alternder Mann, der sich aber noch sehr gerade hielt und lustige braune Augen hatte. Auf Viktors Frage, was sie da zu suchen hätten, kletterte er geschickt über die Bänke, die widerstrebende Sandra hinter sich herziehend.

„Das ist es“, sagte er vom Klettern ganz außer Atem und baute sich vor Viktor auf. „Genau das ist es, was das Publikum sehen will. Lachen wollen die Leute.“

Viktor ärgerlich über die Störung, den Rüden nicht aus den Augen lassend, entgegnete ihm spöttisch: „Wie soll das was Vernünftiges werden, wenn ihr mich dabei stört?“ Er überließ den Clown sich selbst, erhob sich und klopfte sich den Sand von der Hose. Dabei beobachtete er den Boxer, der sich die Aufmerksamkeit zurückholen wollte und sich mit der Mütze im Maul auf dem Boden wälzte. Viktor musste lachen. Daraufhin grunzte der Boxer hörbar, schmatzte, knurrte und verdrehte die Augen schelmisch, ein Zeichen, dass er sich wohlzufühlen begann und den Zirkus als sein neues Zuhause anerkannte. Die Freude über den Erfolg ließ Viktor übermütig werden. Er ging auf Trull zu, kniete vorsichtig neben ihm nieder und begann ihm die nach oben gekehrte Bauchseite zu kraulen. Es war, als hätte der Rüde nur darauf gewartet. Er streckte sich wohlig unter der liebkosenden Hand und bewies Viktor durch sein zufriedenes Schnorcheln und Schniefen, wie gut ihm diese so lang entbehrten Streicheleinheiten bekamen. Viktor war überglücklich. Alle Vorsicht vergessend, balgte er sich nun wie ein kleiner Junge mit ihm auf dem Boden und steckte selbst die harten Rüffel und die feuchten gut gemeinten Küsse herzhaft lachend weg.

Sandra schaute der Alberei mit gemischten Gefühlen zu. Zum ersten Mal spürte sie so etwas wie Eifersucht in ihrer Brust. Sie war eifersüchtig auf den Hund, der ihr gerade den Mann, den sie heimlich liebte, wegnahm. Immerhin spielte sie mit dem Gedanken, Viktors Liebe für sich zu gewinnen. Nun war es der Boxer, der seine Augen leuchten ließ und ihre Chancen sanken.

„Was stehst du wie eine Trauertüte hier herum? Freue dich doch mit mir. Ich habe soeben einen wunderbaren Freund gewonnen, den besten Boxerrüden der Welt. Ist das nicht herrlich?“, hörte sie ihn lachen, während sie den Kloß in ihrer Kehle schluckte und Viktor ihr Leiden noch verschlimmerte, indem er ihr vor Freude über seinen Erfolg einen Kuss auf die Wange gab, ohne zu ahnen, was er ihr damit für Qualen bereitete. Sandra machte sich steif, obwohl sie sich nichts sehnlicher wünschte, als dass er sie weiter küssen würde. Glücklich flüsterte er ihr ins Ohr, „das hab ich dir zu verdanken, nur dir allein. Danke, meine Schöne.“

Der Boxer hatte die Mütze im Sande abgelegt und beobachtete sie beide aufmerksam. Als Sandra dem Blick ihres vierbeinigen Freundes auffing, meldete sich ihr Gewissen. Verunsichert und aufgewühlt, glaubte sie dem Boxer etwas abbitten zu müssen und steckte ihm einen Leckerbissen zu. Zärtlich strich sie ihm dabei über den Kopf, eine Berührung, die er artig von ihr duldete. Als sie in seine großen runden Augen schaute, erinnerte sie sich an ihre gemeinsame Zeit im Tierheim. Wie konnte sie nur so töricht gewesen sein und denken, er würde sich zwischen sie und Viktor stellen. Dieser Boxer würde immer ihr Freund bleiben, egal welcher Umstand das auch zu verhindern versuchte. Fast wie ein trotziges Kind nahm sie Viktor jetzt die Leine aus der Hand. Dabei wurde sie von einer Gruppe Schimpansen abgelenkt, die von zwei Frauen in den Ring geführt wurden. Die nächste Abendvorstellung stand bevor. Der eben noch zärtliche, jungenhafte und zu überschwänglichen Freudenausbrüchen neigende Viktor verwandelte sich augenblicklich wieder in den Chef seines zirzensischen Unternehmens mit all seiner Hektik und knappen Befehlen. Er ordnete an, den Rüden zurück in den Zwinger zu bringen. Sein Blick folgte Sandra bis zum

Zeltausgang, aber wohl nur, um seinem neuen Freund Paco zu verabschieden. Sie hatte er längst wieder vergessen.

Angekommen im Hundezelt wurde Sandra bereits von dem Rothaarigen erwartet. Lässig lehnte der Zeltarbeiter an der Käfigtür und grinste sie an. Sie ließ sich nicht beeindrucken. Doch als sie mit gesenktem Kopf an ihm vorbeilief, überfiel sie wieder dieses unangenehme Gefühl wie in der Kantine. Rasch versuchte sie den Boxer, dem sich plötzlich das Fell sträubte, in den Zwinger zu sperren, wo er einen Napf frisches Wasser vorfand, über den er sich gierig hermachte. In der Hoffnung, dass Viktors Einschreiten geholfen hatte und der Mann sie in Ruhe ließ, wollte sie die Käfigtür verschließen, als sich plötzlich ein Fuß dazwischenschob.

Mit aller Gewalt stemmte sie sich gegen die Tür und drohte dem Mann Viktor davon zu berichten. „Was wollen Sie von mir?“, fragte sie ärgerlich und ängstlich zugleich. Doch sie erhielt keine Antwort. Nur das Grinsen des Mannes wurde noch breiter. Als er sie endlich die Tür verschließen ließ, beugte er sich zu ihr hinab und kam ihr dabei sehr nahe. Angeekelt von dem schmatzenden Geräusch, das er dabei machte, drehte sie ihr Gesicht weg.

„Schenk mir deine Liebe, Baby!“, gurrte er sie mit den Augen verschlingend.

„Unterlassen Sie das, sonst schreie ich um Hilfe“, zischte sie leise. „Es ist gleich Vorstellung, da wimmelt es hier von Leuten. Lassen Sie mich in Ruhe oder Sie bekommen Ärger!“, fügte sie beim Anblick der ersten Tierpfleger am Zelteingang mutiger hinzu. Gleichzeitig starrte sie überrascht auf den Boxer, der plötzlich breitbeinig in seiner Box stand und gefährlich tief knurrte.

Karl amüsierte das. Er stieß Trull mit einem Stock durch die Käfigstäbe, was den Boxer noch aggressiver machte. Weißer schaumiger Speichel spritzte durch das Gitter, bevor sein Körper sich zum Sprung spannte. Sandra war fassungslos. Sie begriff nicht, was hier vor sich ging. Wütend stellte sie sich vor den Boxer und schrie Karl an: „Was hat Ihnen der Hund getan? Hören Sie sofort damit auf! Sonst melde ich das dem Chef. Das ist Tierquälerei!“ Hilflos winke sie zum Zeltausgang, in der Hoffnung, dass man ihr zu Hilfe kommen würde. Ihm den Hund allein zu überlassen, getraute sie sich nicht.

Karl dagegen schienen weder ihre Einwände noch das Geifern des Hundes zu beeindrucken. „Was regst du dich auf?“, fragte er, ohne das Grinsen einzustellen, „wir sind doch alte Bekannte, der Trull und ich. So alte Freunde wie wir müssen ihre Freundschaft erneuern. Nicht wahr, Trull? Das geht dann schon auch mal etwas heftiger zu“, sagte er, den Hund solange scharf ins Auge fassend, bis Trull sich plötzlich vor ihm duckte und unterwürfig zum Gitter kroch. „Na? Ist das nicht der beste Beweis?“, sagte er zu ihr. „Er hat mich wiedererkannt.“ Augenblicklich stellte er das Herumstochern ein und wandte sich wieder ihr zu.

„Woher kennen Sie ihn?“, fragte sie überrascht über das Verhalten des Boxers und wurde noch misstrauischer.

„Sie werden es nicht glauben, er ist mir sogar sehr gut bekannt. Dieses Miststück hier ist mein Boxer. Feige weggelaufen ist er und schon viel zu lange habe ich nach ihm gesucht."

Karl hatte die Katze aus dem Sack gelassen und wollte sich nicht weiter mit Floskeln abgeben. Erneut kam er ihr gefährlich nahe und blies ihr seinen Alkoholatem ins Gesicht. Spätestens jetzt hätte sie vor ihm weglaufen müssen. Doch die Angst um Trull forderte Sandras ganzen Mut. Dieser Mann konnte nicht sein Besitzer sein. Das nahm sie ihm nicht ab. Da sich gerade zwei Pfleger am Bärenkäfig zu schaffen machten, wich sie lediglich angeekelt vor ihm zurück. Insgeheim aber erhoffte sie sich mehr von ihm über den Boxer zu erfahren. Doch genervt von der aufkommenden Geschäftigkeit im Zelt, ließ Karl sich auf einem Futtersack nieder und gab sich wortkarg, während er sich eine Zigarette anzündete. „Keine Angst, ich tu ihm schon nichts", beruhigte er sie, als er ihren vorwurfsvollen Blick auffing und hielt ihr die zerknautschte Packung hin.

„Hier wird nicht geraucht! Das ist in den Zelten verboten!", fauchte sie zurück und ärgerte sich über seine Hartnäckigkeit, dass Zelt zu verlassen.

Er dagegen musterte sie ausgiebig aus den Augenwinkeln, bevor er wieder auf den Hund zu sprechen kam. „Was ist nun, gibst du den Köter nun heraus? Es ist schließlich meiner."

„Wenn Sie der Besitzer des Boxers sind, warum haben Sie sich nie gemeldet?", ignorierte sie die Aufforderung und verbarg ihre Nervosität hinter ihrer Arbeit. Sie bereitete Grütze in einem Eimer für den Bären zu.

„Das habe ich doch“, entgegnete er, „aber dein Chef musste mir ja zuvorkommen.“ Plötzlich verzog er widerwillig das Gesicht und wies auf das Bärenfutter. „So etwas würde ich nicht fressen.“ Er beugte sich vor und deutete an, sich zu übergeben.

„Sie müssen etwas Schriftliches vorweisen können, um Ansprüche an den Hund zu stellen?“, entgegnete sie angeekelt von seinem Benehmen. Dabei malte sie sich aus, wie schrecklich das für den Boxer wäre, würde dieser Mann ihn zurückbekommen.

„Vielleicht kann ich das ...?“

„Aber die Frist ist längst abgelaufen. Sie werden ihn nicht wiederbekommen. Außerdem müssen Sie beweisen, dass es Ihr Hund ist, was schwierig werden wird, da er Sie offensichtlich nicht mag“, entgegnete sie mit einem beunruhigten Blick auf den Boxer, der erneut mit gesträubtem Fell in Karls Richtung knurrte.

Karl hatte ihr nicht zugehört. In seinem Kopf arbeitete es. Er musste umdisponieren und stand jetzt dicht hinter ihr. Der Ausdruck auf seinem Gesicht, mit dem er sie jetzt ansah, flößte ihr Angst ein. Mit einem stechender Blick tastete er ihren Körper ab, während er mit seinen nikotingelben Fingern über ihren Brustausschnitt strich.

Ihr zog sich der Magen zusammen und sie versteifte sich. „Was erlauben Sie sich?“, zischte sie. Doch irgendetwas hielt sie wie angewurzelt auf der Stelle fest, als er leise mit fast sinnlicher Stimme an ihrer Wange flötete: „Dies ist ganz allein mein Problem. Ich werde meinen Boxer wiederbekommen, ob dir das passt oder nicht, meine Schöne." Er ließ den Zeigefinger an der tiefsten Stelle ihres Busens ruhen und zwang sie, seinem Blick standzuhalten. „Mein Name ist übrigens Karl. Aber wir wurden ja gestört, als wir uns gerade besser kennenlernten. Wir müssen das unbedingt nachholen." Dieser Karl spielte offenbar ein Spiel mit ihr, das sie nicht verstand. Eine innere Stimme warnte sie, dass sie am Ende der Verlierer wäre, wenn sie sich nicht Hilfe holen würde. Wie aus weiter Ferne vernahm sie jetzt seinen Vorschlag, ihre Bekanntschaft bei einer Flasche Wein nachzuholen. Sie wollte etwas entgegnen, etwas, das ihn für immer von ihr fernhielt. Da ihr nichts Geeignetes einfiel, half ihr eine höhere Macht.

Zum wiederholten Mal teilte sich der Zeltvorhang und diesmal steckte Karls Kumpel seinen Kopf durch den Schlitz. Der Mann feixte er über das ganze Gesicht und mimte den Überraschten: „Hier steckst du also, Boss! Ich habe dich überall gesucht. Vergiss die Weiber. Dein Genie wird in der Manege gebraucht."

Karl schien über die Störung wenig erfreut. Er bedachte den Störenfried mit einem bösen Blick. Zugleich war er schlau genug, sein Temperament zu zügeln. Unsanft schob er Sandra zur Seite und folgte mit einem deftigen Fluch auf den Lippen dem Zeltarbeiter zum Ausgang.

Am späten Abend saß Viktor allein in seinem Wohnwagen und dachte über seinen neuen Boxerrüden nach. In dem kleinen Fernseher auf der Schrankwand, die ebenso wie das schmale Bett, der Tisch und die Sitzecke am Boden befestigt war, lief das Band aus der Überwachungskamera. Immer und immer wieder sah er sich das Verhalten des Boxers an, bis ihm ein glänzender Einfall kam. Eine völlig neue Hundenummer würde die alte, die längst nicht mehr so gut bei dem Publikum ankam, auffrischen. Der Winter stand vor der Tür. Zeit genug im Winterquartier mit den Hunden etwas Neues, nie Dagewesenes einzustudieren. Allerdings wusste er nicht, dass sich seine Idee schneller verwirklichen sollte, als sie in seiner Vorstellung reifte. Ausschlaggebend dafür war sein alter Boxer Quasimodo. Der hatte es sich nämlich zur Aufgabe gemacht, den Neuen, egal wo er ihm begegnete, zu piesacken.

Paco, wie Trull nun von jedem im Zirkus gerufen wurde, störte sich anfangs nicht daran und reagierte lediglich mit einem tiefen Grollen auf die inszenierten Angriffe des Rivalen. Er hatte nur Augen für seinen Herrn, dem er mit Freuden und Begeisterung folgte. So wie er früher Melissa zur Arbeit in die Pferdeställe begleitet hatte, so begleitete er diesmal Viktor auf seine Proben in der Manege. Durch sein zuverlässiges, ausgeglichenes Wesen und seine sprichwörtliche Intelligenz wurde er bald der Lieblingshund im Zirkus, dem jeder gern einen Extraleckerbissen zuschob und der auch der Hundefußballmannschaft durch seine witzigen, erfrischenden Einlagen alsbald zu neuem Ruhm verhalf. Doch die Angriffe Quasimodos, der in ihm einen Rivalen sah, weil er ihm die Liebe seines Herrn und die Autorität in der Gruppe stahl, wurden immer heftiger und erfolgten immer unerwarteter. Besonders zwischen den Zelten, wo die Hunde allein oder in

Begleitung ihr Geschäft verrichteten, lag Quasimodo gern auf der Lauer, um ihn mit einem gezielten Sprung zu überraschen. Paco wehrte die Angriffe geschickt ab, wurde aber oft fälschlicherweise als der Raufbold verdächtigt.

Viktor, dem die Rivalität zwischen den beiden Sorgen bereitete, versuchte die Hunde immer wieder mit Geduld aneinander zu gewöhnen. Immerhin waren die zwei sehr gute Fänger mit einer hervorragenden Sprungkraft. Bevor der Zirkus sich auf dem Weg in das sonnenreiche Spanien begab, sollte es zu einer ernsthaften Auseinandersetzung zwischen den Rüden kommen. Ein Anlass für Viktor, die in Gedanken bereits fertige, aber nicht ungefährliche Nummer noch einmal zu überdenken.

Es war der Tag der Generalprobe vor seinem ersten Auftritt vor den Zuschauern. An diesem Vormittag sollte Trull beweisen, was er in den vergangenen Wochen gelernt hatte. Eine nervliche Zerreißprobe für ihn. Dass etwas Besonderes in der Luft lag, spürte er. Er verhielt sich an diesem Morgen nicht so ruhig wie gewohnt, sondern sichtlich nervös und reagierte des Öfteren sogar gereizt. Quasimodo wusste diesen Zustand auszunutzen. Immer wenn Trull seinen Zähnen zu nahe kam, versuchte dieser ihm mit einem gefährlichen Halsbiss zuzusetzen. Viktors Zurechtweisungen nützten bei Quasimodo nichts, sie schienen ihn nur noch mehr herauszufordern. Viktor wollte die Probe schon abbrechen, als eine kleine Malteserhündin in der Manege auftauchte. Es war Trixi, die zu dem Clown Dolly gehörte. Ein flinkes, weißes Haarknäuel mit einer roten Schleife auf dem Kopf und lustigen runden, dunklen Knopfaugen.

Trull, der nie verstanden hatte, warum Cori so plötzlich aus seinem jungen Leben verschwunden war, hatte in den letzten Tagen zu der kleinen Malteserhündin eine seltsame Freundschaft entwickelt, die im Zirkus leise geduldet und belächelt wurde. Immer öfters wurden diese beiden ungleichen Hunde zusammen angetroffen. So war es verständlich, dass die kleine Dame sich während des Fußballspiels außerhalb der Manege aufhielt, um ihrem starken Freund nahe zu sein. Sie spielte die Rolle der eifrigen Zuschauerin, und Viktor sah sie gern, da sie der Entwicklung des Rüden guttat. Doch an diesem Vormittag sprang sie plötzlich laut bellend mitten unter die spielenden Boxer. Quasimodo, der gerade zum Sprung angesetzt hatte, um Trull den Ball abzujagen, überrannte die Hündin so hart, dass sie mit einem kläglichen Aufschrei über die Sägespäne rollte, genau zwischen die Beine der Boxerhündinnen. Hatte sich Trull sonst nicht von den Angriffen Quasimodos beeinflussen lassen, so fuhr er bei dem Schrei der Hündin ohne Vorwarnung herum und stürzte sich gefährlich schnell auf seinen Gegner. Der Angriff kam für Quasimodo so überraschend, dass er durch die Wucht des Ansturmes umgerissen wurde. Trull hatte seine Zähne tief in Quasimodos Hals geschlagen und hielt ihn für kurze Zeit auf dem Boden fest. Die Boxerhündinnen stoben auseinander, alte Feindschaften lebten auf, und die Probe schien geschmissen.

Als Viktor die beiden kämpfenden Boxer trennen wollte, wurde er am Ärmel zurückgehalten. Karl, der Zeltarbeiter, stand hinter ihm. Er war der Einzige im Zelt, den das Schauspiel unberührt ließ. Dennoch verfolgte er es mit wachsender Spannung. „Du musst sie an den Hinterbeinen packen oder in die Eier treten“, riet er Viktor mit einem breiten Grinsen, als er sah, dass der Dompteur vorhatte, das Gemetzel mit einem Wasserschlauch zu beenden.

Viktor ging aus Angst um die Abendvorführung und seinen Rüden widerspruchslos auf den Vorschlag ein. Mit einem Kopfnicken gab er Karl zu verstehen mit zuzufassen. Sie zogen beide gleichzeitig an den Hinterläufen, Viktor an Trulls und Karl an Quasimodos, bis die Hunde voneinander losließen. Quasimodo hatte eine stark blutende Wunde am Hals und jammerte nun wie ein Schlosshund. Der Tierarzt erschien, und rasch stand fest, dass der Boxer der Manege vorerst fern bleiben müsste.

Viktor ärgerlich über sich selbst, dass er die Gefahr nicht rechtzeitig erkannt hatte und dass einer seiner Hunde einen anderen arbeitsunfähig gebissen hatte. Trotzdem konnte er nicht umhin, seinen Paco heimlich zu bewundern, der von der Rauferei außer einem kleinen Riss im Ohr keinen größeren Schaden davongetragen hatte. Er hatte nun mal einen Narren an ihm gefressen, weshalb er ihm auch nicht böse sein konnte. Er gab sich die Schuld und deutete Pacos Beschützerrolle, die er für seine kleine Freundin eingenommen hatte, als ein weiteres Zeichen seines guten Charakters. Trull bewies ihm mit seinem Verhalten, dass er das, was er liebte, mit seinem Leben verteidigen würde. Auf den Vorwurf von Trixis Besitzer, er sei selbst schuld, wenn er zwei rauflustige Rüden in die Mannschaft aufnahm, reagierte Viktor mit einem Achselzucken und seinem ewig jungenhaften Lachen. Insgeheim sah er sich und Paco bereits als die Kassenmagneten zukünftiger Vorstellungen, was ihn sofort bestärkte, mit den Proben für seine neue Idee zu beginnen.

Noch am selben Abend rief er einen seiner Tierpfleger zu sich und beauftragte ihn mit der vorläufigen Betreuung seiner Boxertruppe, um sich ungestört seiner Aufgabe widmen zu können. Fortan konzentrierte er sich ausschließlich auf das Wohl und die Entwicklung Pacos, wobei er zum Erstaunen seiner Kollegen den alten Bären mit einbezog, dem er bis jetzt außer der Rolle des tapsigen Schiedsrichters in der Fußballmannschaft keine nennenswerte Aufgabe zugedacht hatte. In seiner Euphorie vergaß er den Schwur, den er am Grab seiner Frau geleistet hatte, nie wieder in seinem Leben Tiere oder Menschen für den Erfolg eines Augenblickes auszunutzen. Doch zu schnell vergisst der Mensch und drei Tage später begab sich der Zirkus auf die geplante Tournee nach Spanien, von der Viktor sich dank Paco neuen Glanz und Ruhm versprach.

Für Sandra und Trull war es die erste große Reise in ihrem Leben, die sie in ein fremdes Land führte. Karl war wie die meisten der Saisonarbeiter im kalten Deutschland geblieben, und so sah Sandra der Veränderung mit Freuden entgegen, mit der Hoffnung, dass die südliche Sonne Viktors Herz endlich für sie erwärmen würde.

Sie schlugen ihre Zelte bei strahlendem Sonnenschein in einer Stierkampfarena in der Nähe von Madrid auf. Ihre Ankunft wurde von unzähligen einheimischen Schaulustigen begrüßt und ähnlich einem Volksfest mit gebührender Begeisterung gefeiert. Denn Viktor und sein Zirkus waren in

Spanien nicht unbekannt. Da er obendrein der Urenkel eines berühmten spanischen Stierkämpfers war, verehrten sie ihn, wie es einem so prominenten Dompteur zukam.

Trull hatte die Fahrt über brav neben Viktor in der Fahrerkabine gesessen. Reisen in einer Transportbox wie die anderen Boxer waren fortan für ihn tabu. Wie ein gleichwertiger Artist war er immer an der Seite seines neuen Herrn zu finden. Allerdings litt er etwas unter dem milden Klima. Es lag wohl an seiner kurzen kräftigen Nase und so wurde er träge und hielt sich am liebsten in Viktors klimatisiertem Wohnwagen auf, in den er aus dem Zelt umgezogen war. Damit verstieß Viktor gegen seine eigenen Prinzipien, nie mit einem seiner Tiere im Wagen zu nächtigen. Doch seine Liebe für Paco war so groß, dass er sogar noch weiter ging und ihm ein paar Tage nach ihrer Ankunft einen Platz zu seinen Füßen im Bett gewährte.

Während Sandra abwechselnd in der Tierpflege, in der Kantine oder an den Kassen aushalf, genossen Viktor und Trull, so oft es ihre Zeit zuließ, die Naturschönheiten Spaniens. Noch fanden keine Vorstellungen statt. Der Zirkus musste aufgebaut, Anmeldungen getätigt und Futter besorgt werden. Vor allem sollten die Tiere sich an den Klimawechsel gewöhnen. Deshalb fand Viktor genügend Zeit mit seinem vierbeinigen Freund, wann immer er wollte, zusammen zu sein. In der kurzen Zeit ihrer Bekanntschaft offenbarte sich Viktor das wunderbare Wesen des Boxers, und er genoss jede Minute mit ihm wie ein Geschenk. Zum ersten Mal seit dem Tod seiner Frau wurde ihm bewusst, wie einsam er sich eigentlich gefühlt hatte. Trull brachte mit seinem Einzug in

Viktors Wagen ein wenig Licht in die Enge dieser rollenden Behausung, was Viktor veranlasste, den Wagen nicht mehr nur zum Schlafen oder Schminken aufzusuchen, wie er es bisher getan hatte. Neuerdings verbrachte er viele besinnliche Stunden auf dem kleinen geblümten Sofa, Trull zu seinen Füßen sitzend, den hübschen Kopf auf seine Knie gebettet. Der Boxer schien über die angenehme Eigenart zu verfügen, alles, was Viktor sagte, zu verstehen. Kein Mensch hätte geduldiger zuhören können, und kein Mensch hätte ihm bessere Ratschläge in der Knurr, Brumm- und Schniefsprache geben können. Gemeinsam unter Schatten spendenden Palmen unternahmen sie ausgedehnte Spaziergänge entlang der sandigen Strände des Mittelmeeres. Manchmal legten sie viele Meilen zurück, von denen sie ermattet und glücklich zurückkamen. Sehr oft ertappte sich Viktor dabei, wie er verträumt dem Spiel des Hundes in den Wellen zuschaute und dem Traum des einsamen Mannes nachhing, dem Traum vom Haus in der Wildnis, weitab von jeder Zivilisation, Hektik und Stress, nur er und sein Hund, ein Gewehr und die wilde, herausfordernde Natur um sie herum. Es war der Traum des Mannes seit Urzeiten und fast hätte er darüber seine eigentliche Arbeit vergessen. Doch aller Zauber geht einmal vorbei und die ersten Plakate mit einem muskulösen Bulldog über einem leblosen menschlichen Körper neben einem wütenden Bären mahnten ihn, mit der Dressur zu beginnen.

Ein bisschen mit Wehmut im Herzen begann er zwei Wochen nach seiner Ankunft in Spanien mit den Proben zu seiner neuen Nummer. Weitere acht Wochen dauerten die Vorbereitungen, die ihn Schweiß, Nerven und Angst um seine Tiere kosteten, bis eines Abends zur Generalprobe eine Nummer stand, die sämtliche Artisten und Zuschauer in Atem hielt.

Lange hatte es gedauert, Paco an den Bären zu gewöhnen, gegen den der Boxer anfangs eine unüberwindliche Abneigung hegte. Der alte Bär galt als gutmütig, ja sogar ein wenig ängstlich, was wohl auf seine Vergangenheit zurückzuführen war. Er ließ sich aber aufgrund seiner Arglosigkeit und seines Spieltriebes von Viktor leicht lenken und knuddeln. Selbst wenn Viktor und der Bär miteinander rangen, was besonders gefährlich aussah, war das für beide ein Beweis ihres grenzenlosen Vertrauens zueinander. Die Intelligenz und der Gehorsam des Boxers, gepaart mit der des Bären, hatte Viktor auf die Idee gebracht, den Spaniern neben ihrem Stierkampf einen spannungsgeladenen Kampf zwischen einem Boxer und einem Bären zu präsentieren. Er wusste, dass Tierkämpfe in vielen Ländern verboten waren und dass Pacos Urahn, die Bulldogge, einst für die Bärenjagd gezüchtet wurde. In seinem Zirkus würde es nur einen inszenierten Kampf geben, aber einen täuschend echten, ähnlich wie bei Tierdressuren in Filmen, und er selbst sollte der Auslöser des Kampfes sein. Dank einer witzigen Idee Clown Dollys, schickte Viktor dem Spektakel eine lustige Einlage voraus. Als Spaziergänger verkleidet, wollte er mit Paco in die Manege kommen, wo der Bär Leopold sie auf einem Schemel, eine riesengroße Mütze auf dem breiten Schädel, erwartete. Paco würde Leopold die Kopfbedeckung geschickt abjagen und zu seinem Herrn zurückzubringen. Daraufhin sollte es so aussehen, als greife der Bär Viktor an. Natürlich würde Viktor bei dem Versuch Leopold abzuwehren, nichts unversucht lassen, dem Publikum eine gefährliche Illusion vorzutäuschen. Wie geplant und hundertmal geprobt, würde Viktor bei dem Bärenangriff ins Straucheln geraten, das Stichwort für Pacos Einsatz. Der Boxer seinen Herrn in Not wissend, würde nun seinerseits auf den Bären losgehen. Leopold stürzt sich daraufhin auf den Angreifer und Paco, seinen Herrn mit seinem Körper schützend, schlägt Leopold den gefährlichen Prankenhieben geschickt ausweichend in die Flucht. Zum Schluss verlässt der Bär brummend die Manege.

Am Tag der Premiere waren die Spanier vor Spannung mucksmäuschenstill. Nachdem sie über den Einfall mit der Mütze herzhaft gelacht hatten, begannen sogar einige auf die kämpfenden Tiere Wetten abzuschließen. Viktor war stolz auf seine Tiere, obwohl immer ein kleiner Rest eines unguten Gefühls in ihm zurückblieb. Was würde passieren, käme es trotz unzähliger Proben bei diesem hervorragend eingespielten Team dennoch zu einem Unfall? Doch die Begeisterung der Spanier schien alle Vorbehalte zu beseitigen. Nach der Vorstellung wurde Viktor wie ein Matador auf ihren Schultern jubelnd durch die Straßen Madrids getragen, wo man ihn mit reichlich fließendem spanischem Wein hochleben ließ. Er gastierte mit seinem Zirkus an vielen Orten in Spanien und feierte mit seinen Tieren überall, wo er hinkam, rauschende Erfolge, bis es ihn nach Monaten des Umherreisens wieder zurück nach Deutschland zog, wo auch Karl wieder zur Stelle war, um als Zeltarbeiter eingestellt zu werden. Aber diesmal hatte er kein Glück. Viktors negative Erinnerung an ihn war noch frisch und so wurde er von ihm abgewiesen.

Das verdross Karl sehr, schien ihn aber nicht davon abzuhalten, sich weiterhin in der Nähe der Zelte herumzutreiben. Er war in jeder Vorstellung zu finden, wo nichts seinem wachsamen Auge entging. Nebenher versuchte er sich erneut Sandra zu nähern. Er hielt das junge Mädchen für labil und beeinflussbar, nachdem er sie lange beobachtet hatte. In seinen Augen war sie das perfekte Opfer für seinen Plan. Für sein Vorhaben brauchte es keinen großen Aufwand, sie unter seinen Einfluss zu bekommen.

Denn Sandra, das einst so verliebte und lebenslustige Mädchen, hatte die zermürbende Arbeit unter sengender Sonne, die Einsamkeit und das Heimweh ihrer Fröhlichkeit beraubt. Von jenem Tage an, als Viktor und sein Hund Paco unzertrennlich wurden, begann die Eifersucht an ihrer Seele zu nagen. Misstrauisch verfolgte sie jeden Schritt von Viktor und Paco. Ihr Traum vom Leben an der Seite ihres Traumprinzen war löchrig geworden und drohte sich ganz in Luft aufzulösen. Viktor begegnete ihr nur noch mit kühler Freundlichkeit die sich, sobald er ihre Hilfe nicht mehr benötigte, in völligem Desinteresse verlor. Unter den zahlreichen Artisten und Arbeitern übersah er sie einfach. Vielleicht geschah es unbeabsichtigt, vielleicht aber auch, um ihrer Liebe zu ihm keinen weiteren Anlass zu geben. Schließlich waren ihm ihre Bemühungen um ihn nicht entgangen und er wollte verhindern, dass sie irgendwann an gebrochenem Herzen zerbrach. Sollte er wirklich Lust auf eine Frau verspüren, was auch vorkam, stand ihm genügend Auswahl zur Verfügung. Ob hässlich, hübsch oder intelligent, jede teilte gern mit einem Mann wie ihm das Bett. Seit dem Tod seiner Frau war er für eine tiefere Liebesbeziehung nicht mehr geschaffen.

Ihren Liebeskummer ertränkte Sandra immer häufiger in der Kantine mit Alkohol, was Karls geübtem Auge nicht entging. Sie hätte jederzeit in das Tierheim zurückgekonnt. Doch Enttäuschung und Scham hielten sie davor zurück. Ihr Nachttisch quoll über von Brunhildes unbeantworteten Briefen und Karten. Doch es war zu spät, um sich ihre Schwäche einzugestehen, vor allem nicht vor jemandem, den sie liebte. Also fand sie es besser, Brunhildes Anfragen nach ihrem Befinden gar nicht erst zu lesen. Es entband sie davon zu lügen und sich selbst etwas vorzumachen. Viktors Unnahbarkeit, seine Kälte ihr gegenüber sowie das Schicksal, das sie nun zwang, einsam, ohne ihren vierbeinigen Freund unter dem ungeliebten Zirkusvolk zu leben, begannen sie in Depressionen und Hoffnungslosigkeit zu stürzen.

An einem warmen Frühlingsabend während der letzten Minuten vor der Vorstellung, saß Sandra wieder einmal fast schon gewohnheitsmäßig vor ihrem Bier in der Zirkuskantine. Sie saß allein an einem kleinen Tisch in der Nähe der Theke und stierte gedankenverloren in ihr Glas. Da sie im Augenblick der einzige Gast in der kleinen Gastwirtschaft war, fand die Wirtin Muße, sich geschäftig zwischen den Tischen zu tummeln, wo sie mit einem feuchten Tuch Speiseresten, Zigarettenasche und hartnäckigen Alkoholringen zu Leibe rückte. Auf zu beständige Flecken spuckte sie mehrmals kräftig, wobei sie heimlich zu Sandra schielte. Das

Mädchen in der Ecke tat ihr leid. Es war schon ungewöhnlich, dass ein junges, weibliches Zirkusmitglied Abend für Abend die Kantine aufsuchte und sich dem Alkohol ergab. Dabei hatte sie in den langen Jahren ihrer Tätigkeit als Gastwirtin schon genügend solcher Kummergestalten gesehen, die im Zirkus nicht Fuß fassen wollten. Das waren die armen Geschöpfe, die im Zirkus das Abenteuer und die Romantik suchten. Nach ihrer Meinung musste man für das Zirkusleben geboren sein, sonst lief das Leben aus dem Ruder. Aber ihre Auffassung war nicht gefragt. Deshalb verließen die meisten von ihnen den Zirkus ziemlich schnell wieder, spätestens dann, wenn sie entdeckten, dass sie sich mit ihrer Karriere etwas vorgemacht hatten. Doch bei diesem Mädchen schienen die Dinge anders zu liegen. Dieses Mädchen zerbrach am Liebeskummer. Das hatte sie dank ihrer Menschenkenntnis, auf die sie stolz war, längst erkannt. Schließlich war auch sie eine Frau, wenn auch etwas älter und über ihre wilden Jahre längst hinaus. Sie hatte das Mädchen beobachtet, damals an jenem Abend mit dem Rothaarigen und den Blick gesehen, mit dem sie sich an Viktor klammerte. Dass sie sich auch ausgerechnet an den Chef hängen musste, auf den alle Weiber im Zirkus abfuhren. Dabei hatte sie es noch nicht erlebt, dass er auch nur eine aus der Kantine mit in seinen Wagen genommen hätte. In ihrer Vorstellung war Viktor krank. Bei der reichen Auswahl hübscher Frauen sich ausgerechnet an einen Hund hängen — das wollte nicht in ihren Kopf. Sie rülpste leise und spie noch einmal kräftig auf den Lappen, um einem hässlichen, braunen Fleck den Garaus zu machen, als ein verhaltenes Schluchzen an ihr Ohr drang.

Nun heul auch noch, dachte sie und stolzierte die breiten Hüften schwenkend zu Sandras Tisch. Das Mädchen hatte den Kopf in den Armen vergraben und weinte offensichtlich leise vor sich hin. Das Bierglas war ihr entglitten und rollte langsam über den Tisch. Mit gerunzelter Stirn bemerkte die Wirtin den Rest schaler, gelber Flüssigkeit, der sich über die Tischplatte ergoss und ein nasses Rinnsal hinterließ. Die Hände in die Seiten gestemmt, baute sie sich neben der Weinenden auf, um sie auf den Dreck aufmerksam zu machen. Doch als das Mädchen nicht reagierte, bewegte sie ratlos die Lippen. Sie hatte eben ein zu weiches Herz. Wäre es nicht so, würde sie der Kummer anderer nicht immer hilflos machen. Meistens dauerte es nicht allzu lange, und sie heulte einfach mit. Doch diesmal gab sie sich einen Ruck und legte die schwielige Hand beruhigend auf Sandras Schulter. „Mit Heulen erreichst du gar nichts“, sagte sie und erwartete eine Antwort. Aber Sandras Schultern wurden nur von stärkeren Weinkrämpfen geschüttelt.

Nervös geworden, blickte die Wirtin zur Uhr über dem Tresen, gleich würde es in der Kantine voll werden. „Ihr jungen Dinger macht alle denselben Fehler“, fuhr sie ungeduldig fort, „du willst, dass er den ersten Schritt macht und zu dir kommt. Und wenn das nicht so läuft, wirfst du gleich die Flinte ins Korn und heulst. Wir leben doch nicht mehr im Mittelalter, wo du darauf warten musst, bis du gefreit wirst. Zeig ein bisschen Initiative oder lass ihn sausen, Mädchen. Es gibt noch genügend andere Kerle und du bist noch so jung.“ Richtig stolz war sie auf ihre Worte und hoffte, Sandra damit ein wenig aufgemuntert zu haben.

Tatsächlich hob Sandra den Kopf und schaute sie aus verheulten Augen an. „Glaubst du wirklich, ich kann so einfach zu ihm gehen?“, fragte sie ungläubig und stellte das Weinen ein.

„Na klar! Er ist auch bloß ein Mann“, erwiderte die Wirtin, sich überzeugend in die Brust werfend. „Wer sollte besser über die Männer Bescheid wissen als ich.“

Sie half der torkelnden Sandra auf, gab ihr ein Taschentuch, damit sie sich die verlaufene Schminke vom Gesicht wischte und hielt den Augenblick für gekommen, ihre Erfahrungen in Bezug auf Männer an die Frau zu bringen. „Du bist doch nicht hässlich“, stellte sie fest, zog Sandra die Mütze vom Kopf, sodass ihr die roten Locken auf die Schultern fielen. Dann meinte sie anerkennend: „Jeder Mann würde sich seine zehn Finger nach dir lecken. Warum soll Viktor eine Ausnahme bilden? Gegen einen Boxer kannst du allemal antreten. Überhaupt, einen Hund so zu lieben ...“ Bei der Vorstellung verzog sie das breite Gesicht. „Schmeiß das Vieh aus seinem Bett und leg dich selbst rein. Nur so wird ein Schuh daraus.“ Ein weiterer Blick zur Tür und sie schob Sandra rasch vor sich her zum Ausgang, wo sie die ersten Stimmen vernahm, und flüsterte ihr zum Abschied ins Ohr: „Die Vorstellung ist zu Ende. Am besten, du gehst jetzt zu ihm, bevor er seinen Wagen aufsucht und legst dich, wie Gott dich schuf, in sein Bett. Alles Weitere wird sich finden.“

Nachdem die Tür hinter Sandra zugefallen war, atmete sie befreit auf und begann mit sich zufrieden, die unterbrochene Arbeit wieder aufzunehmen.

Sandra stieg die Stufen hinab. Benommen vom Alkohol überquerte sie den Zirkusplatz. Die frische Luft tat ihr gut und ordnete ihre Gedanken. Mittlerweile war die letzte Vorstellung beendet. Die Lichter, die den Zeltplatz kurz zuvor noch in bunte Helligkeit getaucht hatten, waren erloschen. Jetzt hoben sich die Wagen und Zelte wie riesige Gespenster von der Dunkelheit ab. Ein paar versprengte Artisten und Zeltarbeiter kreuzten zwischen den Zelten ihren Weg, aber sie nahm niemanden wahr. Tief in ihren wirren Gedanken versunken, taumelte sie zwischen ihnen hindurch. Lediglich, als vor ihr die kleine Gruppe Artisten auftauchte, die sich auf dem Weg zur Kantine befand, blickte sie kurz auf, weil sie glaubte, Viktor unter ihnen erkannt zu haben.

Angekommen an ihrem Wohnwagen, schien es, als wenn die Vernunft sich noch einmal einschaltete. Sie wollte nur noch in ihr Bett. Doch als sie die Türklinke herunterdrückte, drangen Geräusche aus dem Inneren an ihr Ohr und sie vermutete die Hochseilartistin noch wach. Sie verspürte keine Lust, sich mit ihr zu unterhalten. Die Mitbewohnerin war ihr zu streitsüchtig und zu sehr auf ihre Karriere fixiert.

Unsicher sah sie sich um, und während sie überlegte, ob sie wieder zur Kantine zurückgehen sollte, entdeckte sie in Viktors Wagen noch Licht. Der Alkohol in ihrem Blut machte sie mutig. Zudem hatten sich die Worte der Wirtin in ihr Hirn eingenistet und drängten sie die wenigen Schritte, die sie noch von seinem Wagen trennten, endlich zu überwinden. Noch focht sie mit sich einen Kampf aus und zweifelte, ob es richtig war, was sie vorhatte. Letztendlich beruhigte sie das aufkommende Gewissen und vertraute den Worten der

Wirtin. Schließlich hatte die ältere Frau viel mehr Erfahrung in Liebesdingen wie sie. Also konnte ihr Rat nicht verkehrt sein, Viktor in dieser Nacht ihre Liebe zu gestehen. Eine Ausrede legte sie sich dennoch zurecht, sollte er wütend werden. Die Sehnsucht nach ihrem Boxer hätte sie zu diesem Schritt verleitet.

Viktors Tür war nicht verschlossen. Als sich auf ihr zaghaftes Klopfen niemand meldete, trat sie mit klopfenden Herzen ein. Eine runde, gläserne Wandlampe über dem Bett brannte und gab dem kleinen Raum einen warmen, gemütlichen Schein. Zaghaft blieb sie an der mit farbigen Fotos beklebten Tür stehen und sah mit gemischten Gefühlen auf Paco, der bei ihrem Eintreten seine Jagd auf eine Hummel unterbrach und ihr neugierig entgegenblickte. Schon viel zu lange hatten sie sich nicht gesehen. Bei ihrem Anblick fiepte er leise und rollte zur Begrüßung die Hummel mit dem Maul über den Teppich vor ihre Füße. Dann patschte er mehrmals mit der Pfote nach dem Insekt, um Sandras Aufmerksamkeit auf den Eindringling zu lenken. Der Boxer hatte sie erkannt und wackelte freudig mit dem Stummelschwanz.

Sandra vermutete, dass Viktor jeden Moment auftauchen könnte, da er Paco nie lange allein ließ. Auf Pacos Spiel ging sie nicht ein, auch nicht, als er sie jetzt mit seinen großen Augen bittend ansah und sein Hinterteil anfing, in spielerischer Erwartung zu zucken. Unschlüssig verharrte sie in der Tür und ignorierte ihn. Früher hätte sie sich über die freundschaftliche Aufforderung gefreut. Aber nun unter dem Einfluss des Alkohols, betrachtete sie ihn als Verräter. Schließlich hatte er ihr den Mann und seine Liebe gestohlen. Zudem befürchtete sie, dass der Boxer ihr Vorhaben mit seiner fordernden Art vereiteln könnte. „Lass mich in Ruhe. Du bist nicht mehr mein Freund“, tadelte sie ihn. „Hast mich schändlich verraten. Also halte mich nicht davon ab, mir das zurückzuholen, was du mir genommen hast.“

Ohne weiter auf ihn zu achten, begann sie sich hastig ihrer Kleidung zu entledigen, bis sie splitternackt im Wagen stand. Zufällig fiel ihr Blick auf ihr Spiegelbild im Spiegel über dem Schminktisch, und sie lächelte sich anerkennend zu. Begeistert von ihrer vollendeten Figur malte sich in Gedanken aus, wie hingerissen Viktor von ihren Reizen sein würde, und kroch rasch unter die seidene Steppdecke. Das Bettzeug fühlte sich kühl an auf ihrer nackten Haut. Doch als sie so still dalag und ängstlich mit klopfendem Herzen auf die Geräusche von draußen lauschte, begann sich erneut ihr Gewissen zu melden. Sie fragte sich, wie Viktor auf ihre Anwesenheit reagieren würde? Ob er sie in seine Arme reißen oder nackt in die Dunkelheit jagen würde. Schließlich kannte sie Viktors Temperament und traute ihm durchaus zu, dass er sie kompromittieren würde. Je länger und ängstlicher sie lauschte, umso mehr rebellierte ihr Gewissen. Der Alkohol verflüchtigte sich mehr und mehr und sie vermochte wieder klar zu denken. Letztendlich erhob sie sich wieder und unternahm den Versuch zurück in ihre Kleider zu schlüpfen. Aber sie hatte nicht mit Paco gerechnet.

Der Boxer rächte sich für die Missachtung seiner Hundepersönlichkeit und versperrte ihr den Weg zu dem Stuhl, auf dem ihre Sachen hingen. Der Wagen war schmal, er glich einem Schlauch. Sie hätte über den Schminktisch steigen müssen, um an dem Hund vorbeizukommen. In seinen Augen stand jetzt der Schalk, und es sah ganz so aus, als wollte er sich auf sie stürzen. „Was willst du von mir?“, fragte sie ihn den Tränen nahe. „Denk doch an unsere alte Freundschaft. Du wirst mir doch nichts tun?“

Ihre Furcht erübrigte sich. So etwas hätte Paco nie vorgehabt. Der Boxer hatte unter Viktors Erziehung sein Selbstvertrauen wiedergewonnen und litt nur unter Langeweile. Sie sollte sich doch nur ein wenig mit ihm beschäftigen. Pfiffig behielt er ihre Kleider im Auge. Sobald sie nach der Unterwäsche angelte, war er schneller und sprang dazwischen. Spielerisch setzte er die Vorderpfoten auf den Stuhl oder er entriss ihr ein Stück und lief damit durch den Wagen. Nach mehreren erfolglosen Versuchen gab sie den Versuch auf, an ihre Kleider zu kommen. Schweren Herzens entschloss sie sich ins Bett zurückzukehren, mit der Hoffnung, dass er sie dann in Ruhe lassen würde. Doch Paco schien das neue Spiel Spaß zu bereiten. Denn sein Interesse konzentrierte sich jetzt auf das Bett mit seinem Inhalt. Vielleicht kam ihm die Angelegenheit auch nur merkwürdig vor und er wollte Sandra aus Viktors Bett vertreiben. Denn sofort begann er, unter der Bettdecke nach ihren Füßen zu angeln. Dass Sandra sie ihm hastig entzog, machte ihn nur noch wilder. Er sprang auf die Bettdecke, kratzte und wühlte in den Kissen, bis er einen ihrer Füße mit seinem Schlabbermaul erwischte und kräftig daran zog. Gott weiß, wo die Rangelei noch hingeführt hätte, wenn nicht plötzlich Viktor in der Tür erschienen wäre.

Entgeistert blickte er auf die Szene vor sich im Bett. Paco ließ sofort von Sandra ab und hopste ihm freudig schniefend entgegen. Doch Viktor lobte Paco nicht für sein Verhalten, wie der es von ihm gewohnt war. Auch die abendliche Begrüßungszeremonie zwischen ihnen schien auszubleiben. Es gab keine besonderen Leckerbissen, keinen freundschaftlichen Rüffel, und auch das liebevolle Kraulen hinter den Ohren blieb aus. Denn Viktor starrte zu keinem Wort fähig an ihm vorbei auf das Mädchen, das vor Schreck die Bettdecke bis unter die Augen gezogen hatte. Nie würde Sandra wohl erfahren, was in diesem Moment hinter Viktors Stirn vorging, als er enttäuscht den Blick von ihr wendete, die Kleidungsstücke vom Stuhl sammelte und diese, ohne sie eines Blickes zu würdigen, zu ihr auf das Bett warf. Stumm drehte er ihr den Rücken zu und setzte sich vor den Schminktisch. Während sie leise schluchzend in ihre Kleider schlüpfte, sprach er kein Wort. Erst als sie an ihm vorbei den Wagen verlassen wollte, sagte er leise, aber bestimmt: „Versuche so etwas nie wieder. Sonst könntest du es bereuen. Jetzt will ich noch einmal darüber hinwegsehen. Aber bei noch so einem Vorkommnis fliegst du!“

Sein Blick war krampfhaft auf den Spiegel gerichtet, während sie selbst nichts spürte. In ihr war plötzlich nur noch Leere, eine grenzenlose Leere. Sie fühlte sich wie eine hölzerne Marionette ohne Seele. An der Tür verharrte sie einen Moment, streckte ihm hilflos die Arme entgegen, als wollte sie um Verzeihung bitten, ihm sagen, dass sie ihn liebe, aber seine Miene blieb kalt und abweisend. Ein letztes Mal sah sie zu Trull, so als suchte sie bei ihrem Freund um Hilfe. Doch der Boxer hatte nur Augen für Viktor. Da stolperte sie hinaus in die stockdunkle Nacht. Es wehte ein kalter Wind.

Doch das schien sie nicht zu stören. Ziellos irrte sie zwischen den Zelten und Wagen umher, bis sie sich auf einmal auf einer von Fahrzeugen und Nachtschwärmern belebten Straße wiederfand. Hastig lief sie weiter, immer weiter, vorbei an beleuchteten Geschäften und Mädchen, die sich vor den Bars und Hotels unter grellbunter Reklame prostituierten. Sie bemerkte weder die Blicke der Männer, die auf der Suche nach Abenteuer durch die Nacht bummelten, noch den drohenden Schatten, der ihr heimlich folgte.

Irgendwann wurden die Häuser grauer und die Wege unbelebter. Zwischen Abfalltonnen und parkenden Autos streunten ein paar Katzen auf der Suche nach etwas Essbarem. Verliebte Pärchen drückten sich in unbeleuchteten Ecken herum, während mehrere kleinere, noch offene Kneipen zum Einkehren einluden.

In eine dieser Vorstadtkneipen trat Sandra ein, als ihre Füße sich weigerten, sie weiterzutragen. Die Abscheu, die sie sonst gegen solche abenteuerlichen Stätten hegte, mit ihren schmutzigen Klos, den beschmierten Wänden, dem Erbrochenen auf den Gängen und dem Grölen der Betrunkenen, war wie weggeblasen. Sie verspürte weder Ekel noch Angst, als sie sich durch den halbdunklen, dunstigen und verqualmten Raum an den zechenden Männern vorbei schlich, um sich an einem der freien Tische erschöpft niederzulassen. Sie wollte nur vergessen und etwas trinken. Es dauerte auch nicht lange, bis der Wirt, ein kräftiger Mann im Unterhemd und einer um die Hüften gewundenen Schürze, an ihrem Tisch erschien und nach ihrem Begehr fragte. Sie bestellte einen doppelten Schnaps und schaute an dem Wirt vorbei, der Mitleid mit ihr hatte und sie auf die Gefahr hinwies, der sich ein so junges Mädchen wie sie gerade aussetzte. Als er sie kopfschüttelnd verließ, um ihr den Wunsch zu erfüllen, legte sich plötzlich eine schwere Hand auf ihren Arm. Es war Karl, der sie nicht einen Augenblick aus den Augen gelassen hatte und ihr bis hierher gefolgt war. Diesmal wich sie nicht zurück vor ihm, entzog ihm auch nicht ihre Hand. Sie schaute durch ihn genauso hindurch wie durch alles, was um sie herum geschah. Er redete auf sie ein, aber sie hörte ihm nicht zu. Erst als das erste scharfe Getränk durch ihre Kehle rann, begann sie wieder aufzuleben. Sie nickte ihm dankbar zu, als er sie einlud, mit ihm gemeinsam zu trinken und als sie mehrere Schnäpse hinunter gekippt hatte, Schnäpse, die sie nicht mehr zählte, fand sie seine kalten, grauen Augen gar nicht mehr so kalt und fing an, seine starken Muskeln zu bewundern. Irgendwann nahm sie von seinen angebotenen Zigaretten und rauchte das Gift, was sie bis dahin nicht gekannt hatte, bis sie glaubte, auf Wolke sieben zu schweben. Sie fand sich in einer anderen, viel schöneren Welt wieder, in der alles viel leichter und unkomplizierter war. Spät in der Nacht, nahm sie dann wie durch einen Schleier das düstere Zimmer wahr, in dem er ihren Zustand schamlos ausnutzte, ihr gierig die Kleider vom Leibe riss und sie brutal auf das Bett stieß, um sich hemmungslos an ihr zu vergehen. Eine schwache Stimme in ihr wehrte sich und befahl ihr wegzulaufen, aber die Wirkung des übermäßigen Alkoholgenusses und der ungewohnten Droge machten sie unfähig, sich zu bewegen, um den starken Mann abzuwehren, der immer und immer wieder in sie drang.

Am nächsten Morgen erwachte sie mit einem schweren Kopf in einem fremden Bett in einer ihr unbekannten Umgebung. Sie blinzelte mit schmerzenden Augenlidern und versuchte sich zu erinnern. Das Erste, was sie wahrnahm, waren schmutzig graue Wände, eine Glühbirne ohne Lampenschirm, ein eisernes Bettgestell und ein kleines Dachfenster, durch das ein winziger Sonnenstrahl auf ihren nackten Körper fiel. Sie erschrak über ihre Nacktheit und erhob sich rasch. Ein Schmerz, der ihren Körper wie ein Messer durchzog, verursachte ihr Übelkeit. Taumelnd tastete sie sich an der Wand entlang auf eine halbgeöffnete Tür zu, hinter der sie die Toilette vermutete. Vor einem schmutzigen Waschbecken stand Karl und bürstete sich die roten Haare. Sie versuchte ihn in ihrem noch vernebelten Gedächtnis unterzubringen und schaute ihn verständnislos an.

Karl hatte nur ein spöttisches Grinsen für sie, als er sah, in welchem Zustand sie sich befand. „Nimm das, dann geht es dir wieder besser“, sagte er, ohne seine augenblickliche Tätigkeit zu unterbrechen, und reichte ihr eine kleine Kapsel mit einem hellen Pulver darin.

„Was ist das?“, fragte sie und griff sich an den schmerzenden Kopf.

„Ein Pülverchen, das dich wieder auf die Beine bringt“, bekam sie zur Antwort. Er lief an ihr vorbei, zurück in das Zimmer und sammelte die verstreut herumliegenden Kleider ein. Dann warf er sie ihr vor die Füße und befahl ihr, sich anzuziehen, wobei er sie ziemlich schroff darauf aufmerksam machte, dass sie schon längst im Zirkus sein müsste. „Wenn die dumme Gans aus dem Zirkus geschmissen wird, macht sie mir noch alles kaputt“, redete er ärgerlich zu seinem Spiegelbild.

Die Strapazen der letzten Nacht forderten ihren Tribut. Allmählich kehrte Sandras Erinnerung zurück, wenn auch nur undeutlich, und sie sank bitterlich weinend an der Wand hinab. Als Karl ihr das Glas abnahm, um das Pulver für sie aufzulösen, wich sie ihn mit den Händen abwehrend vor ihm zurück. Darauf schlug er ihr mit der freien Hand kräftig ins Gesicht. Ihr Kopf krachte hart gegen die Toilette. Doch er erlaubte ihr nicht, die Besinnung zu verlieren. „Trink das Zeug“, fuhr er sie an, „und dann zieh dir endlich die Klamotten an! Ich habe nicht den ganzen Tag für dich Zeit.“ Wie durch einen Schleier bemerkte sie, dass er einen tadellosen Maßanzug trug, der so gar nicht zu dem abstoßenden Gesicht mit den pomadisierten Haaren passte.

Taumelnd und mit zittrigen Fingern zog sie sich an und folgte ihm durch das düstere Treppenhaus hinaus auf die belebte Geschäftsstraße. In den tiefen Polstern eines schneidigen Sportwagens kam sie wieder etwas zu sich. Vage erinnerte sie sich an Viktor und an ihren geschmacklosen Auftritt bei ihm. Doch die Wirkung von Karls Pülverchen ließ nicht lange auf sich warten. Sie fing an zu kichern und zu lallen. Irgendwann signalisierte ihr krankes Hirn, dass ihr weiteres Schicksal von nun an in Karls Händen lag. Sie begehrte nicht mehr auf, als ihr Peiniger ihr unverblümt erklärte, dass sie jetzt ihm gehöre und alles für ihn tun müsse, was er von ihr verlange. Wenn nicht, wüsste sie ja, was sie erwarte, grinste er und hob zur Abschreckung die geballte Faust.

Er redete ihr ein, dass Viktor ihre Rache verdient hätte. Seine Worte untermauerte er mit drei kleinen Beuteln, gefüllt mit weißem Pulver, die er ihr in die Hand drückte. Als sie ihn unverständlich ins Gesicht blickte, befahl er ihr, das Pulver dem Bären an drei aufeinanderfolgenden Tagen jeweils vor der Vorstellung unter das Futter zu mischen.

Sie protestierte schwach, weil sie den Bären gern hatte. „Der Bär wird doch nicht daran sterben?"

Karls Ausrede darauf war, dass das Pulver nicht dem Bären schaden würde, sondern Viktor. „Es macht den Bären aggressiv", erklärte er ihr. „Das heißt Viktors Nummer, auf die er sich solange vorbereitet hat, ist geschmissen."

Woher sollte sie mit ihrem benebelten Hirn auch ahnen, worum es Karl wirklich ging. Dass er längst in zwielichtige Geschäfte verwickelt war, in denen Viktors Tiere eine Rolle spielten. Um sie sich gefügiger zu machen, zeigte er Mitgefühl und legte den Arm um ihre Schulter. „Sollte der Bär seine Aggressivität erst in der Manege zeigen, wäre es besser, die Hunde vor ihm in Sicherheit zu bringen. Würdest du das in die Hand nehmen?", schnurrte er und leckte ihr die Tränen ab. „Die willst doch nicht, dass sie sterben?"

Erschöpft lehnte Sandra ihren Kopf an Karls Schulter, das Zeichen für ihn, dass sie bereit war. Sein schändlicher Plan, den er ihr jetzt in allen Einzelteilen darlegte, erreichte kaum noch ihr Gewissen. Alles lief wie in einem Film vor ihr ab, in dem sie nur Zuschauer war. Ein einziges Mal noch bekam sie so etwas wie einen Lichtblick. In diesem Moment wollte sie aus dem Auto springen, um mit ihrem Tod allem Elend ein Ende zu bereiten. Doch Karl war auch diesmal rasch zur Stelle, um es zu verhindern.

Die nächsten Tage waren für Sandra eine einzige Marter. Im Zirkus hatte man sie eiskalt empfangen. Insgeheim hatte sie gehofft, Viktor würde sie rausschmeißen. Immerhin war sie dem Zirkus einen Tag und eine Nacht ferngeblieben. Doch Viktor wies sie lediglich vorwurfsvoll darauf hin, sich endlich um ihre Tiere zu kümmern. Ihrem Körper ging es schlecht. Der Entzug der Droge machte sich bemerkbar. Doch wieder einigermaßen klar im Kopf, riss sie sich zusammen und beschloss dem Bären das Pulver nicht unterzumischen. Zumindest solange Karl nicht in ihrer Reichweite war. Das Bärenfutter ließ sie von einem Tierpfleger zubereiten. Doch ihrem Schicksal und ihrem Peiniger entging sie nicht. Am nächsten Morgen, als sie die Erste am Arbeitsplatz war, lauerte ihr Karl auf und prügelte sie solange durch das Zelt, bis sie klein beigab und dem Bären die Droge unter den Brei mischte. Da sie im Zirkus keine Freunde hatte, denen sie sich anvertrauen konnte, suchte sie erneut Vergessen in dem weißen Pulver, von dem Karl immer etwas bei sich hatte. Um an den Genuss der begehrten Droge zu kommen, wurde sie immer mehr zu seinem willenlosen Werkzeug und fügte sich seinen Anordnungen, bis sie dem Bären am Tag vor der Galavorstellung den Rest des Giftes verabreichte.

Der Sonntag mit seinem strahlend blauen Himmel versprach einen regen Besucherstrom. Viktor rechnete mit wenigstens zweitausend Zuschauern. Dennoch vermochte er sich nicht zu freuen. Stattdessen fieberte er dem Ende dieses Tages nervöser entgegen als sonst. Für seine Unruhe gab es einen ernsthaften Grund. Bereits zur Tierschau, die gern von den Kindern besucht wurde, musste er ausgerechnet seine Attraktion, den Bären Leopold, vor den Besuchern wegsperren. Seit zwei Tagen schien mit dem Tier eine Veränderung vor sich zu gehen, die ihm Kopfzerbrechen bereitete. Der Bär zeigte sich plötzlich seltsam aggressiv und angriffslustig.

Viktors erste Reaktion war, dass Leopold krank sein könnte. Er dachte dabei an eventuelle Spätfolgen früherer Tierquälereien und zog den Tierarzt zurate. Doch der konnte nichts Verdächtiges feststellen.

Auf der letzten Probe vor dem Auftritt brachte Leopold Unruhe in die Fußballmannschaft der Boxer. Das Training am Vormittag musste abgebrochen werden, weil der Bär eine Hündin angriff und den darauf zu Hilfe eilenden Tierpfleger mit einem Hieb seiner mächtigen Tatze im Gesicht verletzte. Jeder im Zirkus war über den Vorfall erschüttert, am meisten Viktor. Trotzdem wollte er die Nummer mit Leopold und Paco am Abend unbedingt durchziehen. Nach diesem letzten großen Auftritt hatte er den Umzug in eine andere Stadt geplant. Zeit für den Bären, sich wieder zu erholen.

Nun saß er schon seit Stunden vor dem Bärenkäfig, Paco neben sich, und beobachtete Leopold, der die ganze Zeit über vergnügt auf seinen dicken Hinterbacken saß und laut schmatzend an der Honigwabe lutschte. Er zeigte keinerlei Veränderungen, verhielt sich wie immer. Nur ab und zu blickte er mit seinen kleinen Äuglein von seiner Leckerei auf und brummte den beiden vor seinem Käfig freundlich zu.

„Was denkst du, ob er heute Abend auch so friedlich ist?“, fragte Viktor Paco nachdenklich.

Trull hob den Kopf von seinem Knie und blickte fragend zu ihm auf, als hinter ihm die Stimme des Clowns erklang.

„Das wird er nicht!“ Der Artist war unbemerkt eingetreten. Der Verletzte am Vormittag war sein Bruder gewesen. Deshalb versuchte er Viktor noch einmal davon zu überzeugen, die Nummer nicht aufzuführen. „Der Bär wird wieder angreifen“, warnte er ihn. „Warte auf das Ergebnis der Blutuntersuchung. Wir dürfen nichts riskieren. Weder Menschen noch Tiere.“

Doch Viktor schüttelte den Kopf. „Was versprichst du dir denn davon?“

„Vielleicht den Nachweis eines Giftes oder einer Droge“, mutmaßte der Clown und spielte mit einem winzigen Tütchen, das er vom Erdboden aufgehoben hatte und an dem er nachdenklich schnupperte, bevor er es in der Hosentasche verschwinden ließ.

Viktor hob den Kopf. In seinen Augen standen Überraschung und Zweifel. „Wer sollte einen Bären unter Drogen setzen und warum?“, fragte er und suchte eine Erklärung in den grauen Augen des Freundes. Doch der zuckte mit den Schultern, obwohl er einen bestimmten Verdacht hegte, ihn aber nicht beweisen konnte. Er wies Viktor lediglich darauf hin, sein Personal besser im Auge zu behalten.

Auf seine Tierpfleger ließ Viktor nichts kommen. Er vertraute ihnen genauso wie seinen Tieren, anders wäre eine Zusammenarbeit auch nicht möglich. Zudem fand er, dass Leopold wieder tadellos in Form war. Auch bei den Bären gab es eine Zeit, die sogenannte Bärenhochzeit, in der die männlichen Tiere besonders reizbar reagierten. Da Leopold in der Vergangenheit selbst in solchen kritischen Zeiten nie irgendwelche Veränderungen in seinem Wesen gezeigt hatte, vertraute Viktor auf sein Glück und beruhigte sein Gewissen damit, dass Leopold entweder überfordert oder eifersüchtig auf Paco war. Nach der Vorstellung nahm er sich vor, wollte er sich wieder mehr um Leopold kümmern.

Als er abends, eine Stunde vor Vorstellungsbeginn an seinem Schminktisch saß, mit geübten Griffen die Augenbrauen nachzog, kamen die Zweifel wieder. Seltsamerweise erinnerte er sich gerade jetzt an Sandras nächtlichen Auftritt in seinem Wagen. Längst tat es ihm leid, wie er sie behandelt hatte und er hätte sich gern mit ihr ausgesprochen. Er wurde das Gefühl nicht los, dass sie seitdem jede Begegnung mit ihm mied. In den letzten Tagen wirkte sie auffällig unkonzentriert, war blass und verweint. Auf die Idee, dass Leopolds Verhalten etwas mit ihr zu tun haben könnte, kam er nicht. Sie hatte das Tier immer gut gefüttert und keinen Anlass zur Beschwerde gegeben. Nein, mit Sandra hatte die Wesensveränderung des Bären nichts zu tun. Entschlossen erhob er sich und sagte zu Paco, der bereits ungeduldig an der Tür hechelte. „Ich komm schon, mein Großer! Ich weiß ja, dass du die Uhr besser kennst als ich."

Beim Verlassen des Wagens, kamen die Zweifel zurück. Um sich abzulenken, beugte er sich über den Boxer und strich ihm zärtlicher als sonst über das weiche Fell. Er nahm den hübschen Hundekopf in die Hände und schaute ihm in die großen, klugen Augen. Mit einem schwermütigen Gefühl, das er sich nicht erklären konnte, drückte er sein Gesicht in das Fell des Boxers. „Du bist doch auch der Meinung, dass es gut geht?“, fragte er ihn besorgt und suchte in Pacos Augen, als finde er dort eine Antwort.

Trull brummte leise, öffnete den Fang, stieß die Luft durch die Nase und drückte sanft die Schnauze in seine Armbeuge, bis die schwarzen Lippen und die kleine, feuchte Nase eins wurden, was seinem Gesicht einen schelmisch liebenswürdigen Ausdruck verlieh. Seine Augen blickten ruhig und klar zu ihm auf. In ihnen standen so viel Liebe, Treue und Zuversicht, dass Viktor ungewollt eine Träne über die Wange lief. „Ich will dich nie verlieren“, flüsterte er, küsste ihn auf die Nase und griff entschlossen nach der Leine. Im selben Moment schüttelte er die traurigen Gedanken ab wie lästige Wassertropfen und forderte den Boxer entschlossen auf: „Komm Paco, es geht los! Auf zum letzten Gefecht. Danach gönnen wir uns eine lange Pause.“

In der Manege brachen Beifallsstürme los, als Viktor und Paco im Rampenlicht erschienen. Leopold erwartete sie bereits auf seinem Hocker in der Mitte der Manege, eine große, rote Schirmmütze zwischen den kurzen Ohren. Er wackelte bei ihrem Eintreffen zufrieden mit dem breiten Kopf und brummte leise. Bei dem friedlichen Bild schalt sich Viktor einen Narren für seine schwarzen Gedanken und schickte Paco los, die Mütze zu holen. Alles schien hervorragend zu laufen. Paco sauste mit seiner Beute los und drehte, bevor er sie zu Viktor brachte, seine Runde in der Manege, dem Bären dicht auf den Fersen. Zur Freude des Publikums führte er dabei lustige Sprünge auf. Als er auf Viktor zukam, um sie vor ihm abzulegen, geschah es. Aus irgendwelchen Gründen verharrte er eine Sekunde zu lange in seiner Stellung beim Ablegen. Viktor, anstatt den Bären im Auge zu behalten, blickte auf seinen Hund. Im gleichen Moment wurde Paco von dem Raubtier durch die Luft geschleudert. Ein Aufschrei ging durch die Reihen der Zuschauer. Vom Zelteingang eilten die Tierpfleger mit Stangen und Wasserwerfern zu Hilfe. Doch der wütende, hoch aufgerichtete Leopold war nicht mehr zu bremsen.

Viktor sah Paco blutend im Sand liegen und wollte seinem Hund zu Hilfe eilen. Doch ein furchtbarer Prankenhieb traf ihn ins Gesicht und riss ihm das Fleisch vom Augenlid der rechten Gesichtshälfte bis zum Kinn herunter. Durch die Wucht stürzte er rücklings und verlor das Bewusstsein. Als er noch einmal zu sich kam, sah er durch sein unversehrtes Auge, wie Paco an der Schulter blutend breitbeinig über ihm stand und den völlig außer Rand und Band geratenen Bären mit den Zähnen davon abhielt, ihn restlos zu zerfleischen.

Inzwischen hatte man Stangen und Wasserschläuche auf das Tier gerichtet und das Zelt von den in Panik geratenen Zuschauern geräumt. Viktor sammelte seine letzten Kräfte und unternahm einen schwachen Versuch, Leopold mit Worten zu beruhigen, doch sie gingen in dem rasenden Gebrüll und dem Geschrei der Mitarbeiter unter.

Nachdem er seinen Herrn verletzt am Boden liegen sah, hatte Trull sofort erkannt, dass dies nicht mehr zu der Schau gehörte, sondern dass aus dem Spiel blutiger Ernst geworden war. Seinem Beschützerinstinkt folgend, versuchte er mutig, die Gefahr abzuwehren. Trotz seiner Verletzung flog er wie ein Blitz auf das ihm zugekehrte Hinterteil Leopolds zu, um sich darin zu verbeißen. Doch Leopold hatte ein dickes Fell. Der außer Kontrolle geratene Bär schüttelte den Boxer ab und erwischte ihn mit der Tatze. Trull kam wieder auf die Beine und gebärdete sich nun ebenfalls wie eine Furie. Er war bereit, seinen Herrn mit seinem Leben zu verteidigen.

Die herbeigeeilten Tierpfleger und Statisten waren inzwischen nicht untätig gewesen und trieben den brüllenden Bären mit Stöcken und Wasser zum Ausgang, wo sie ihn mit Hilfe eines Netzes einfingen und in seinen Käfig sperrten.

In der allgemeinen Verwirrung war keinem der große Mann im Zuschauerzelt aufgefallen, der mit einem zufriedenen Grinsen auf dem Gesicht die Szene verfolgte. Besonders der mutige Eingriff des Hundes schien ihn zu fesseln. Vor Begeisterung begannen seine Augen unter dem breitkrempigen Hut wie im Fieber zu glänzen. Erst als sich ein Arzt und zwei Artisten um den bewusstlosen Viktor bemühten, verließ der Mann zufrieden das Zelt. Auf dem Weg zum Hundezelt vergewisserte er sich noch einmal, dass die Zirkusleute sich alle in der Manege befanden.

An seinem Ziel angekommen wurde er bereits von Sandra und seinem Kumpel in einem dunklen Lieferwagen erwartet. „Habt ihr die Hunde?“, fragte er, und Sandra nickte zur Bestätigung. „Dann nichts wie weg hier! Auf was wartet ihr noch?“, zischte er und lief sich rasch noch einmal vergewissernd in das Hundezelt zurück. Am Zelteingang traf er zufällig auf einen Tierpfleger. Ein kurzer Handkantenschlag ins Genick und der Zirkusmitarbeiter war außer Gefecht gesetzt. Er kippte wie ein lebloser Sack ins Stroh.

Den Bären hatte man wieder zurück in den Käfig gebracht. Aufgeregt brüllend lief er in seinem Käfig auf und ab. Das Tier schien Schmerzen zu haben und rannte mit dem breiten Schädel immer wieder gegen die harten Wände seines Gefängnisses. Karl, sah dem Tier einen Augenblick bei seinen Qualen zu. Dann zündete er sich eine Zigarette an, zog genüsslich an ihr, bis sie zur Hälfte abgebrannt war, und warf sie im hohen Bogen in einen Heuhaufen. Er wartete, bis die erste Flamme züngelte, dann winkte er seinem Kumpel mit dem Wagen rückwärts ins Zelt zu fahren. Rasch verschloss er die Vorderklappe des Bärenkäfigs, rastete die Anhängerkupplung am Lastkraftwagen ein und gab das Zeichen, den Motor zu starten. Als die ersten Flammen aus dem Zelt schlugen, fuhren sie mit dem Bären im Schlepptau los.

Ein paar Kilometer weiter, auf einem stillgelegten Betriebsgelände vor einer Garage ähnlichen Einfahrt, hielten sie an. Karl stieg bei laufendem Motor aus, klopfte zweimal lang und einmal kurz gegen das heruntergelassene Blechtor, worauf es leise quietschend hochgezogen wurde. Entsprechend seiner Anordnung sollte Sandra die Hunde von drei vermummten Gestalten am Hinterausgang in ein fremdes Fahrzeug verladen lassen. Doch einer fehlte.

„Wo ist der Gestromte?“, raunzte er sie jetzt an.

„Ich denke, du bringst ihn mit?“, entgegnete Sandra erstaunt.

„Wenn man nicht gleich alles alleine macht“, zischte er ärgerlich zurück. „Alles wegen diesem Köter und jetzt ist er nicht dabei!“

Wütend stieß er sie zur Seite, sodass sie strauchelte und leuchtete selbst ärgerlich in das als Kühlwagen getarnte Fahrzeug in der Garage, in dem die verschreckten Hündinnen dicht aneinandergedrängt in der hintersten Ecke hockten. Als er den Rüden nirgendwo entdecken konnte, schubste er Sandra vor sich her zurück zum Wagen, von dem gerade der Bärenkäfig abgehängt wurde. „Wir müssen noch mal zum Zelt zurück“, erklärte er ihr, „und wehe dir, wir finden ihn nicht. Dann mach dich auf etwas gefasst.“ Den Protest seines Kumpels ignorierte er. Stattdessen gab er ihm Anweisungen, wohin er die Hunde und den Bären zu bringen hatte. Dann sprang er ins Auto und fuhr mit Sandra auf Umwegen zum Zirkus zurück.

Trull irrte winselnd durch die Nacht. In der allgemeinen Aufregung um Viktor hatte man ihn, der sich so tapfer für seinen Herrn eingesetzt hatte, völlig vergessen. Als man Leopold wegführte, war er es gewesen, der seinen Herrn das Blut vom Gesicht geleckt und seine Schnauze unter seine Hand geschoben hatte, um ihn zum Aufstehen zu bewegen. Er wollte es nicht begreifen, dass die Hand, die zärtlichste Verbindung zu seinem Menschen, sich nicht bewegte und ihn nicht wie sonst sanft für seinen selbstlosen Einsatz lobte.

Stattdessen wurde er zur Seite geschubst, getreten und als er sich nicht abweisen ließ, vom Clown an die Leine genommen und hastig zu Viktors Wagen gebracht.

Aber der Clown hatte vergessen, dass Boxer Türen öffnen können. Also lauschte Trull, bis die Schritte im Sand verklangen, und sprang dann auf die Türklinke, bis sie nachgab. In Freiheit wollte er sofort zurück zu seinem Herrn laufen. Doch auf dem Weg durch die Wagen hob er plötzlich witternd die Nase. Völlig verunsichert begann er sich mehrmals im Kreis zu drehen. Ein unbekannter Geruch signalisierte ihm, dass sein Herr sich in Gefahr befand. Wie vom wilden Affen gebissen, galoppierte er los und hechtete in langen Sätzen dem beißenden Geruch hinterher, bis er ihn zum Niesen reizte. Dann stoppte die vom Feuer aufgeheizte Luft seinen Lauf.

Die Flammen hatten inzwischen auf mehrere Tierzelte übergegriffen und drohten auch die am nächsten stehenden Wohnwagen zu erfassen. Aus einem der Zirkuswagen züngelten bereits die ersten Flammen. Trull wurde langsamer, blickte um sich und begann erregt zu schmatzen. Wo sollte er hin? Überall Schreie, Hitze und Qualm. Als er zu dem Wagen blickte, dessen Dach gerade in Flammen aufging, entdeckte er auf dem Fensterbrett hinter der geschlossenen Scheibe etwas kläglich auf und ab hopsen. Das herzzerreißende Jaulen erinnerte ihn an Trixi. Neugierig machte er ein paar Schritte auf den Wagen zu. Doch das Feuer zwang ihn wieder zurück. Instinktiv presste er sich jetzt fest an den Boden und versuchte auf dem Bauch zur Wagentreppe zu kriechen. Dabei wich er geschickt umherfliegenden Holzscheiten und Stofffetzen aus. Angekommen versuchte er am Fenster hochzuspringen. Er wiederholte es mehrmals, doch vergeblich. Die einstürzende Holztreppe versperrte ihm den Weg ins Wageninnere. Sein Herr fiel ihm wieder ein und er blickte in die Richtung des Zirkuszeltes, vor dem sich eine Traube Menschen gebildet hatte. Er sah den Krankenwagen, in den gerade die Trage mit Viktor geschoben wurde. Alles in ihm trieb ihn zu ihm, während Trixis Jaulen in ein ersticktes Kreischen überging. Wie sollte er sich entscheiden? Die Hitze wurde unerträglich und sein Schmatzen lauter und erregter. Da entschloss er sich zu springen. Mutig kroch er ein paar Schritte zurück, machte einen riesigen Satz und flog über die glimmende Treppe hinweg auf den Türöffner zu. Durch den heftigen Aufprall wurde die dünne Holztür aus ihren Angeln gerissen. Durch den plötzlichen Luftsog ergriffen die Flammen Besitz vom Inneren und Trixi wurde herausgeschleudert. Das rettete ihr das Leben.

Ihr vierbeiniger Retter aber lief eilig weiter. Er hatte weder den Aufprall noch die Verbrennungen gespürt. Ihn quälte nur noch ein einziger Gedanke, zurück zu seinem Herrn. Hechelnd und japsend kam er dem Manegezelt näher. Nur noch wenige Meter trennten ihn von Viktor. Doch instinktiv spürte er, dass etwas Ungewöhnliches vorgefallen sein musste. Denn sein Herr kam ihm nicht entgegen, um ihn endlich zu liebkosen. Stattdessen bereiteten ihm die Menschen Angst, die zwischen den ausbrechenden Tieren laut schreiend umherliefen, während das blaue Licht und die Sirene des fremden Autos ihn vollends verunsicherten.

Sein Körper wurde jetzt lang und länger, als er über den Erdboden flog, zu der Stelle, wo das Wagenungetüm mit seinem Herrn wegfuhr. Hechelnd mit weit geöffnetem Maul, sein Herz pochte schmerzhaft gegen die Rippen, hechtete er hinter dem Fahrzeug her, bis er ermattet zurückfiel und die Rücklichter des Wagens in der Dunkelheit verschwanden.

Alleingelassen und verwirrt bemerkte er, dass er den Zirkus weit hinter sich gelassen hatte und er sich nun auf einer breiten Straße zwischen hupenden Autos und riesigen Furcht einflößenden Betonbauten befand. Auf einmal fühlte er sich so hilflos, dass er sich auf die Hinterbacken setzte und kläglich zu heulen begann.

Aber die Straße war gnadenlos, sie ließ ihm keine Zeit nachzudenken. Sie hüllte ihn in Benzinwolken, die ihm den Atem nahmen und versetzte ihn mit ihrem Lärm in Angst und Schrecken. So entschied er sich, zum Zirkus zurückzulaufen, um dort auf seinen Herrn zu warten. Mit großen Sprüngen das Letzte aus sich herausholend, rannte er den Weg zurück, den ihm der Wind und das Feuer wiesen.

Als er ausgepumpt und hechelnd sein Ziel erreichte, erwartete ihn ein verbrannter Platz. Da, wo einst bunte Zelte und Wagen standen, schwelte es zwischen verkohlten Holz, Stangen und Zeltresten. Flammen züngelten vereinzelt aus der Erde, aber sie fanden keine weitere Nahrung, um sich auszubreiten. Den Zirkus Ramini gab es nicht mehr. Unbarmherzig hatten die Flammen in kurzer Zeit alles zerstört. Das letzte Feuerwehrfahrzeug fuhr gerade weg, während einige wenige Artisten müde zwischen den Trümmern nach unverbrannten Habseligkeiten oder verschütteten Tieren suchten. Nur ein Platz schien unversehrt, der Ring der Manege, in dem er Abend für Abend an Viktors Seite die Zuschauer belustigt hatte. Im verbliebenen Sand wurde er fast magisch von einem rötlichen Fleck angezogen. Immer deutlicher zeichnete er sich vom verkohlten Boden ab. Hier hatte ihn sein Herr zuletzt berührt. Sein Herz schlug schneller. Sicher hatte Viktor sich nur versteckt und erwartete ihn bereits. Also lief er los, immer vorsichtig darauf achtend, dass er sich nicht die Pfoten in der glühenden Asche verbrannte. Dann schnupperte er freudig erregt an dem Fleck mit seinem Geruch und wartete. Als sein Herr nicht erschien, legte er sich auf die Stelle in der Hoffnung, er würde gleich zu ihm zurückkehren. Die Erde dampfte vom Feuer und vom Löschwasser. Irgendwann verspürte er Durst und die Wunde an der Schulter begann zu schmerzen, aber er wartete immer noch geduldig, den Kopf auf die Pfoten gebettet. Denn warten hatte Trull gelernt.

Spät in der Nacht bekam er unerwartete Gesellschaft. Unter einer umgekippten Badewanne bewegte sich etwas. Es schabte und kratzte, bis ein winziges Näschen, wirre Haarbüschel und ein rotes Schleifchen zum Vorschein kamen. Das Haarknäuel tastete mit dem Näschen vorsichtig die Gegend ab, schnupperte, und als es fand, dass ihm keine Gefahr mehr drohte, quetschte es sich unter der Wanne hervor. Freudig kam das Fellbündel auf Trull zugelaufen. Es war Trixi, die das Feuer überlebt hatte und glücklich der glühenden Hölle entkommen, sich sofort an ihren Freund Paco schmiegte, der ihr freundschaftlich einen Platz zwischen seinen Pfoten gewährte.

Karl hatte in sicherer Entfernung sein Auto geparkt, und von einer Anhöhe aus dem Raub der Flammen zugesehen. Während Sandra zum Auto zurücklief, die Hände vor dem Gesicht, um nicht mit ansehen zu müssen, wie sich die Flammen von Wagen zu Wagen fraßen, hatte Karl gelangweilt eine Zigarette nach der anderen geraucht und mit gleichgültiger Miene das Schauspiel zu seinen Füßen verfolgt. Als der Morgen graute, löste sich Karl von seinem Beobachtungsposten und kehrte zufrieden zum Wagen zurück. „Ich hab ihn entdeckt“, sagte er zu Sandra, während er den Motor anließ. „Ich fahr jetzt hinunter, und du wirst ihn irgendwie anlocken. Dich kennt er und zu dir wird er eher kommen als zu mir“, bemerkte er und bog in den Weg ein, den am Tag zuvor noch die Besucher benutzt hatten. Er führte zur Manege. Hinter den Trümmern eines Zirkuswagens brachte er das Fahrzeug zum Stehen. Sandra, noch immer die Hände vor dem Gesicht und durch das Unglück wieder klarer im Kopf, bemerkte mutig: „Ich kann das nicht tun. Du verlangst von mir Unmögliches. Bisher habe ich dir gehorcht. Doch jetzt ist genug der Grausamkeiten.“

Widerspruch war das, was Karl am meisten reizte. Wütend riss er ihr die Hände vom Weinen verquollenem Gesicht und bemerkte bissig: „Musst du immer erst auf einem Trip sein, um meine Wünsche zu respektieren?“

Sandra kroch in sich zusammen. Unruhig begann ihr Blick zu flackern, Speichel lief ihr aus dem Mundwinkel. Plötzlich war er wieder da - der Wunsch nach Vergessen, der Wunsch nach dem für sie so lebenswichtigen Pulver. Verlegen wich sie seinem Grinsen aus und nickte zaghaft. „Ja, Karl, ich brauche etwas. Nur ein ganz Kleines bisschen“, bettelte sie leise, obwohl sie spürte, dass sie sich ihm mit diesem Geständnis erneut auslieferte. „Ich steh das sonst alles nicht durch“, weinte sie, Karl ängstlich im Auge behaltend und fügte reumütig hinzu. „Ich wollte Viktor doch nur ein wenig seine Gefühllosigkeit heimzahlen. Aber das hier habe ich nicht gewollt. Ich fühle mich so schuldig an dem Unglück der Menschen und Tiere hier.“

Großspurig winkte Karl ab, murmelte „Weiber" und drückte ihr einen Strick in die Hand: „Du bekommst etwas“, versprach er ihr, um sie bei Laune zu halten. Aus Erfahrung wusste er, dass sie jetzt alles für ihn tun würde, um in den Besitz der Droge zu kommen. „Aber erst wenn du mir den Boxer gebracht hast“, fügte er schärfer hinzu und wies in die Richtung, wo das Zirkuszelt gestanden hatte. „Da habe ich ihn gesehen. Er sieht ganz harmlos aus. Also hab dich nicht so, geh hin, leg ihm den Strick um und bring ihn zu mir!“

„Was willst du denn mit ihm? Du hast doch die anderen Boxer.“, wand sie kleinlaut ein. In ihrer Einfalt hoffte sie, dass er ihr das Pulver auch dann geben würde, wenn sie etwas nett zu ihm war. Für Viktor, den sie tief in ihrem Herzen immer noch liebte, schlang sie ihre weichen Arme um Karls Hals und schnurrte: „Überlass den Hund Viktor. Paco ist das Letzte, was ihm geblieben ist. Du hast versprochen, die Tiere zu retten. Geben wir ihm diesen einen Hund, den er so liebt, zurück.“ Doch damit hatte sie den Bogen endgültig überspannt.

Karl, der Weibergeschwätz auf den Tod hasste, befreite sich empört aus ihrer Umklammerung und riss die Wagentür auf. Unsanft schubste er sie hinaus und begann wie ein Ventil Luft abzulassen: „Dein Viktor wird sowieso verrecken, und hinter dem Köter bin ich schon seit Jahren her. Was glaubst du, warum ich das alles hier inszeniert habe? Etwa deiner hübschen Fratze wegen?“ Blitzschnell sprang er ihr hinterher, beugte sich mit rot angelaufenem Gesicht über sie und riss sie brutal auf die Beine. Dann stieß er sie mit der Faust in den Rücken und prügelte sie vor ihm her in die Richtung des Boxers.

Sich vor den Schlägen schützend, kämpfte Sandra gegen die Schmerzen an und gegen das mahnende Gewissen, das Karl nichts Gutes mit dem Hund vorhatte. Insgeheim verfluchte sie ihre Sucht nach dem Pulver, das sie gefügig machte für seine Pläne. Er hatte ihr versprochen, die Tiere zu schonen. Doch jetzt ohne dem Einfluss der Droge, glaubte sie ihm nicht mehr, dass er die Boxerhündinnen und den Bären auf einem Gnadenhof unterbringen würde, wie er es versprochen hatte. Eher hatte er irgendwelche kriminellen Geschäfte mit ihnen vor. Seine Schläge wurden weniger, je näher sie Paco kamen, bis er ganz zurückblieb und sie beobachtete.

Der Boxer hatte ihr das Hinterteil zugekehrt, aber sein Ohrenspiel verriet ihr, dass er sie längst wahrgenommen hatte. Sie machte ein paar Schritte auf ihn zu, als sie Trixi bemerkte, deren wuscheliger, kleiner Kopf zwischen seinen Pfoten hervorlugte. Mein Gott, die armen Tiere, dachte sie, und ihr Herz krampfte sich zusammen. Tränen liefen ihr über das Gesicht, und zum letzten Mal der Vernunft gehorchend, befahl sie ihnen leise, so leise, dass Karl es nicht hören konnte: „Lauft weg, ihr armen Hunde!“

Trull hatte sich bei dem bekannten Tonfall aufgerichtet. Er schaute ihr mit gespanntem Körper entgegen. Seine großen runden Augen fragten: „Wo hast du meinen Herrn gelassen?“ Trixi stand jetzt neben ihm und ließ ihr helles Stimmchen ertönen.

Sich ängstlich nach Karl umschauend, wiederholte Sandra ihre Aufforderung nun mit mehr Nachdruck. Sie hegte immer noch die Hoffnung, dass die Hunde sie verstehen und weglaufen würden. Aber Karls wuchtige Gestalt hinter ihr im Lichtkegel des parkenden Autos, mahnte sie, sich zu beeilen. So nahm sie all ihren Mut zusammen, lief schnell auf den Boxer zu und legte ihm, als er ihr vertrauensvoll den Kopf hinhielt, das Halsband an. Sie versuchte Trixi, die an ihr hochklettern wollte, wegzuschieben, aber das Tierchen ließ sich nicht abzuschütteln, und so führte sie schweren Herzens beide Hunde dem Manne zu, der ihr weiteres Schicksal bestimmen sollte.

In den Klauen des Satans

Der Raum war kalt und unpersönlich. Die weiß getünchten Wände und der saubere, helle Parkettfußboden prägte der Stempel der Sterilität. Auch die mit den Lehnen aneinandergestellten Plastikstühle und die bunten Zeitschriften auf den Tischen davor vermittelten nur keimfreie Langeweile. Eduard begann nervös mit den Fingern zu trommeln und hinterließ an der geschlossenen Scheibe Geräusche, als liefen Mäuse darüber hinweg. Es sollte dazu dienen, die steife Dame mit dem weißen Häubchen hinter dem Fenster auf sie aufmerksam zu machen. Aber entweder registrierte die Frau ihn und Melissa absichtlich nicht oder sie hörte schwer. Jedenfalls blätterte sie seelenruhig weiter zwischen ihren Karten, als existierten die beiden Besucher vor der Anmeldung nicht. Während sie gezwungen waren zu warten, stellte Melissa sich vor, wie angenehm ein paar Blumen und Pflanzen das kahle Vorzimmer verändern würden. Immerhin war es bereits das vierte Krankenhaus, das sie nach dem Dompteur Viktor Ramini absuchten. Sollte sein Name auch in dieser Einrichtung unbekannt sein, blieb ihnen nichts weiter übrig, als unverrichteter Dinge nach Hause zu fahren.

„Ich versteh das nicht“, brummte Eduard und drehte sich zu Melissa um. „In jeder Zeitung wurde von ihm berichtet, aber in welches Krankenhaus sie ihn gebracht haben nicht?“

„Vielleicht hat es einen gewichtigen Grund?“, wagte Melissa zaghaft einzuwenden. „Vielleicht ist er ja auch bereits seinen Verletzungen erlegen ...?“

Sie erinnerte sich, wie sie am Morgen hoffnungsvoll von ihrem Hotel aus aufgebrochen waren. „Diesmal finden wir ihn“, hatte Eduard ihr zuversichtlich zugeredet, obwohl sie schon längst nicht mehr davon überzeugt war, den Mann jemals zu finden. Jetzt dunkelte es bereits und sie hatten weder etwas über Viktor Ramini, geschweige denn über Trulls weiteren Verbleib in Erfahrung bringen können.

Eduard trommelte ein letztes Mal gegen das Fenster. Als wieder keine Reaktion von der Schwester kam, sondern ein Schild mit dem Hinweis ‚Keine Besuchszeit‘ wählten sie den direkten Weg zu den Stationen.

Unsicher, wohin sie ihre Schritte lenken sollten, starrten sie durch die gläserne Flügeltür den Gang hinunter, bis eine Schwester in weißer Schwesterntracht rasch auf sie zukam. „Sie dürfen hier nicht herein“, sagte sie und wies freundlich auf das Verbotsschild über der Tür.

Aber Eduard ließ sich nicht abweisen. Er war ein gut aussehender Mann und vertraute auf seinen unwiderstehlichen Charme. Mit einem äußerst gewinnenden Lächeln erreichte er, dass sie ihnen zumindest die Tür öffnete. Ein weiterer charmanter Augenaufschlag, und die junge Schwester gab sich geschlagen. Sie überlegte kurz und verschwand im Zimmer der Stationsschwester. Von dort erschien sie nach einer Weile mit einer Liste unterm Arm und fragte Eduard, ob sie beide verwandt mit besagtem Viktor wären. Obwohl Melissa Eduard Vorgehen skeptisch verfolgt, schlug ihr Herz jetzt bis zum Hals, denn ihr Tierarzt lächelte galant und log, „ich bin der Bruder“, was den Herzschlag enorm beschleunigte.

Die Schwester betrachtete ihn einen Moment skeptisch. Irgendwie schien er sie nicht überzeugt zu haben. Doch ein weiterer verführerischer Blick zeigte endlich Wirkung. Sie führte sie rasch zu einem Fahrstuhl, der sie zwei Stockwerke höher brachte, und zeigte auf eine weiße Doppeltür. „Aber nur fünf Minuten“, himmelte sie Eduard an, seine Begleitung höflich übersehend.

Leise traten Melissa und Eduard ein. In dem verhältnismäßig großen Zimmer befand sich nur ein einziges Bett. Es stand verdeckt von einem weißen Plastikvorhang in der Nähe des Fensters. Leise Fieptöne und verhaltenes Glucksen der lebensspendenden medizinischen Geräte am Kopfende des Bettes und das schwere Atmen des Mannes verrieten ihnen sofort, wie ernst es um den Dompteur stand. Geblendet vom Neonlicht verharrten sie unsicher in der Nähe der Tür. Der Geruch von Desinfektionsmittel und Äther reizt Melissas Magennerven. Immer wenn sie ein Krankenzimmer betrat, beschlich sie so etwas wie Ehrfurcht vor dem Tod und der Hilflosigkeit ihm gegenüber. Sie dachte an Trull, ihren Hund, der sich als Welpe in der gleichen Situation befunden hatte und dessen weiteres Schicksal so ungewiss für sie war. Sie musste endlich etwas über seinen Verbleib erfahren. Mutig trat sie an Viktors Krankenlager. Eduard, einen Kopf größer, zog über ihr vorsichtig den Vorhang zur Seite und griff, um ihr Sicherheit zu geben, nach ihrer Hand.

Von dem Mann vor ihnen unter der Decke, war nur der bandagierte Kopf zu sehen, mit Öffnungen für die Augen, die Nase und den Mund. Er besaß nur noch eine Hand. Sie hielt auf der Bettdecke mittels dünner Schläuche die Verbindung zu den Geräten aufrecht. Schweigend verharrten sie einige Sekunden vor dem Bett, bis Melissa sich mutig über ihn beugte und ihn fragte, ob er Viktor Ramini sei. Wieder verrieten nur die schweren Atemzüge, dass sich noch Leben in dem Körper befand. Doch dann regte sich etwas hinter den schwarzen Öffnungen. Viktor öffnete die Augen und seine Pupillen erschienen hinter den Augenöffnungen von einem solchen Blau, dass Melissa eine Vorstellung davon bekam, welchen faszinierenden Einfluss dieser Mann auf seine Tiere und Verehrerinnen gehabt haben musste. Sie sah, dass er etwas sagen wollte und beugte sich über ihn. Leise, kaum hörbar vernahm sie: „Ja, ich bin Viktor Ramini."

Vor Freude sank sie an Eduards Brust, als sie im gleichen Augenblick Viktors zitternden Finger an ihrem Handgelenk spürte. Rasch wand sie sich ihm wieder zu. Mühsam formten seine Lippen einen Namen. Sie beugte sich tiefer und hörte ihn ‚Paco' röcheln. Schulterzuckend tauschte sie einen weiteren Blick mit Eduard. „Was meint er?", fragte sie ratlos.

„Vielleicht fantasiert er", erwiderte Eduard, als Viktor den Namen wie eine Frage wiederholte.

In diesem Moment betrat die Schwester mit einem Tablett mit Medikamenten das Zimmer. Sie sah die Ratlosigkeit zwischen Melissa und Eduard und erklärte ihnen: „Es ist sein Hund, nach dem er verlangt. Das geht nun schon seit seiner Einlieferung so. Er spricht von nichts anderem. Ich habe das Bild des Boxers auf einem Plakat vom Zirkus gesehen. Ein sehr schönes Tier. Er muss ihn sehr lieben, denn gewöhnlich sprechen die Männer eher von ihren Frauen", kicherte sie wie über einen Witz.

Melissa und Eduard sahen sich vielversprechend an. Bei diesem Hund konnte es sich nur um ihren Trull handeln. Voller Hoffnung berührte Melissa erneut die Hand des Dompteurs. „Hören Sie, genau dieses Boxers wegen sind wir hier. Ich vermute, dass Ihr Paco unser Trull ist, der bei Ihnen ein schönes Zuhause gefunden hat und nach dem wir seit Monaten erfolglos suchen. Helfen Sie uns bitte", flehte sie und hatte das Gefühl, dass er sie verstand. „Sie sind unsere letzte Hoffnung. Geben Sie uns ein Zeichen, wenn Ihnen das Sprechen schwerfällt. Ich muss wissen, ob er noch lebt. Es ist sicher auch in ihrem Interesse." Ihre Augen sogen sich an seinen Lippen fest. Doch vergeblich wartete sie auf eine Antwort, bis Eduard sie sanft vom Bett wegzog und niederschmetternd meinte: „Es hat keinen Sinn, er versteht dich nicht. Wir versuchen es woanders. Trull ist stark, er hat den Brand bestimmt überlebt."

Als sie dem Krankenlager den Rücken kehrten, um das Zimmer zu verlassen, kam plötzlich Leben in den kraftlosen Körper. Die Hand auf dem Bett verkrampfte sich im Laken, der Brustkorb hob sich schwer und der bandagierte Kopf bewegte sich zur Seite. Melissa stürzte auf den Dompteur zu, der Anstrengungen unternahm, sich aufzurichten und versuchte ihn zu stützen. Hoffnungsvoll wartete sie auf dass was er ihnen mitteilen wollte. Doch seine Lippen waren ausgetrocknet. Er benetzte sie mit der Zunge und blickte bittend zum Wasserglas auf dem Nachttisch. Rasch füllte Eduard das

Glas mit klarem Wasser, und Melissa hielt es ihm vorsichtig an den Mund.

Als Viktor sich erfrischt hatte, röchelte er: „Sandra, finden Sie Sandra. Sie allein weiß, wo sich Paco befindet. Mein Boxer lebt …“ Kraftlos mit einem leisen Seufzer auf den Lippen ließ er sich in die Kissen zurückfallen, „ich spüre, dass er lebt.“

Melissa hätte gern mehr über diese Sandra erfahren, doch erschöpft gebot er ihnen zu gehen. Eduard kritzelte rasch etwas auf ein Stück Papier und legte es Viktor auf den Nachttisch. „Ich habe Ihnen unsere Adresse aufgeschrieben“, sagte er. „Für den Fall, dass Sie Hilfe benötigen oder Nachricht von Ihrem Hund erhalten.“ Die Schwester steckte den Kopf durch die Tür und mahnte sie nun dringlich zu gehen. Auf der Schwelle drehte sich Eduard noch einmal nach dem Dompteur um und sagte: „Ich verspreche Ihnen, wir melden uns wieder, wenn wir ihn gefunden haben.“

Sandra stieg übernächtigt aus dem Wagen. Sie musste sich für einen Augenblick am Kotflügel festhalten. Alles um sie herum begann sich zu drehen. Sie blinzelte vor sich hin und kämpfte gegen Übelkeit und Kopfschmerzen, bis Karl sie anherrschte: „Steh nicht so herum, du dumme Ziege, pack gefälligst mit an!“ Er war bemüht, eine niedrige, in den Boden gelassene Stahltür zu öffnen, die zu einem schmutzig grauen Betonbunker gehörte.

Unschlüssig, wie sie ihm helfen sollte, orientierte sie sich an der neuen Umgebung. Karl war mit ihr und dem Boxer weit über das Land gefahren. Ihr neues Zuhause, wie er ihr grinsend erklärte, war ein richtiger Bauernhof. Es gab ein Wohnhaus mit kleinen Fenstern und Blumen davor sowie eine riesige Scheune mit links und rechts davon abgehenden Stallungen. Sie wunderte sich nur, dass die niedrigen Gebäude keinerlei Fenster aufwiesen. Dafür gab es knapp über der Erde eng aneinandergereihte Verschläge, die wie kleine Gefängnisse aussahen. Das gesamte Gehöft war von einem hohen Stacheldraht umgeben und mit einer Alarmanlage versehen. Ja, selbst ein Aussichtsturm, ähnlich einem Jägerhochsitz, fehlte nicht und auch nicht Karls Kumpan mit dem Fernglas zwischen zwei großen Scheinwerfern. Da sie ohne das zweite Fahrzeug unterwegs waren, fragte sie sich, auf welchem Weg der Mann so schnell hierhergekommen war und ob der Bär und die Boxer sich auch hier befänden. Doch sie fand keine Antwort darauf. Stattdessen wurde sie von einem Hundezwinger neben dem eisernen Eingangstor abgelenkt, hinter dessen Eisenstäben ein schwarzbrauner Bullterrier neugierig zu ihnen herübersah. Es war ein herrlicher Vertreter seiner Rasse, kräftig und untersetzt, mit glänzendem Fell und einem ausdrucksstarken Kopf.

Auf dem Hof hatte man sämtliche Bäume sowie das Grün entfernt. Dafür gab es einen runden Platz mit Spänen, ähnlich der Manege, der Sandra erneut Rätsel aufgab. Doch Karl forderte erneut ihr Interesse. Er hatte die Bunkertür aufzubekommen und kratzte nun auf den Knien rutschend in der dunklen, viereckigen Öffnung herum, die gerade mal groß genug war, dass höchstens ein Hund darin Platz fand.

Von einer bösen Vorahnung erfasst, blickte Sandra hinüber zum Auto, in dem Trull und Trixi warteten. Beim Anblick ihrer Gesichter hinter der Autoscheibe wurde ihr Kopf für einen Moment ganz klar. Mit Entsetzen fragte sie sich, was Karl nun wieder vorhatte. In der Hoffnung, dass es nicht die beiden Hunde im Auto betraf, sprach sie ihn auf das finstere Loch an. Doch der anschließende Scherz, mit dem sie ihre Angst übertünchen wollte, blieb ihr abrupt im Halse stecken.

Karl erhob sich aus seiner unbequemen Stellung und blickte sie wie immer zweifelnd an ihrem Verstand an, bevor er sie ärgerlich anblaffte. „Na was denkst du wohl für wen?“, und nahm ihr die nächste Frage vorweg: „Für deinen vierbeinigen Freund natürlich, damit endlich ein richtiger Hund aus ihm wird, du kluges Kind ...“ Das aufflackernde Entsetzen in ihren Augen gab ihm wohl zu denken. Weniger grob fügte er hinzu: „Der Köter wird schon nicht gleich daran verrecken.“

Die panische Angst um den einzigen Freund, der ihr geblieben war, gab Sandra ihren Mut zurück. Sie vergaß ihr eigenes Elend und schrie zurück: „Nein, diesmal mach ich da nicht mit. Das ist Tierquälerei. Glaub nicht, ich bin blöd. Auch wenn du mich mit deinen Drogen vollstopfst, weiß ich von den Methoden, Hunde gefügig zu machen. Schließlich habe ich einmal für den Tierschutz gearbeitet. Was du mit Paco vorhast, ist mir noch schleierhaft. Aber mir schwant etwas Schlimmes. Deshalb geh ich zur Polizei!“

Wütend ließ sie die Vorsicht außer Acht und kroch vor Karl in das tonnenförmige Gefängnis, das weder ein Fenster, geschweige denn einen Spalt aufwies, wo hätte Licht eindringen können. Fassungslos wühlte sie in dem vertrockneten Hundekot, der überall verstreut auf dem feuchten Lehmziegelboden herumlag. „Nicht einmal vom Schmutz hast du dieses Verlies befreit. Wie viele der armen Hunde haben hier drinnen ihr Leben gefristet? Ich melde das dem Tierschutz. Das schwöre ich dir, Tierquäler!“, schrie sie, Brunhilde vor Augen und die bis aufs Blut gequälten Hunde, deren weiteres Leben von der Polizei und Tierschützern in ihre Hände gelegt wurde.

Karl hörte ihr mit Verwunderung zu. Doch kaum hatte sie geendet, keimte die Wut erneut in ihm auf. Mit einer Hundepeitsche in den Händen pflanzte er sich hinter ihr auf und entgegnete lauernd: „Du willst also zur Polizei? Dann geh doch! Aber bedenke, dass du selbst bis zum Hals im Dreck steckst. Auf wessen Konto geht denn das mit dem Zirkus? Glaubst du wirklich, dass sie dich anhören? Dich mit deinen vom Hasch verdrehten Augen. Wenn Viktor stirbt, bist Du seine Mörderin!“ Die Wirkung seiner Worte genießend, fuhr er fort, ihr ein schlechtes Gewissen einzureden: „Mich hat niemand gesehen und niemand im Verdacht. Aber du hattest Streit mit Viktor, das weiß jeder im Zirkus. Weil er dich abgewiesen hat, als du dich ihm wie eine Nutte an den Hals geworfen hast. Das ist ein Tatmotiv“, grinste er, während sich seine Augen zu schmalen Schlitzen verengten. Plötzlich verzog er das Gesicht zu einer hässlichen Grimasse und fügte mit einer deutlichen Warnung für sie hinzu: „Aber es könnte auch passieren, dass dein Gesicht nach deinem gemeinen Verrat nicht mehr so hübsch ist wie jetzt. Überlege dir also gut, was du tust", drohte er ihr. „Ich lass mir von niemanden und schon gar nicht von so einer Drogenschlampe wie dir meine Geschäfte kaputtmachen. Für einen Hungerlohn den Buckel krumm machen, das habe ich hinter mir. Jetzt bin ich am Zug und zwar mit den Hunden. Sie sind meine Zukunft und mein Kapital. Sie geben mir Macht und Geld, ohne mich dabei abzuwracken — und wehe dem, der mich jetzt aufhalten will!"

Noch nie hatte Sandra eine derart lange Rede von ihm gehört und wie von Karl beabsichtigt, zeigte seine Einschüchterung sofort Wirkung bei ihr. Die Angst vor ihm kehrte zurück, wie das Verlangen nach der Droge, wenn es ihrer Seele schlecht ging. Sie bereute ihre unbedachten Worte und blickte von seinen staubigen Stiefeln furchtsam auf die leicht schwingende Hundepeitsche in seinen Händen. Aus Furcht vor seinen Schlägen suchte sie Schutz in der Hundehöhle. Aber Karl wusste dies zu verhindern. Blitzschnell packte er sie an den Füßen und zog sie zurück auf den Kies.

Sie erwartete nun einen Hagel von Schlägen und krümmte sich, die Hände zur Abwehr über dem Kopf. Doch Karl war ein Mensch, dessen Reaktionen nie einzuschätzen waren. Als besinne er sich, beugte er sich zu ihr hinab, reichte ihr die Hand zum Aufstehen und sagte: „Komm, ich will dir was zeigen!" Er lief mit ihr über den Hof und führte sie zu einem der fensterlosen Stallgebäude, dessen Inneres im Aufbau an einen Schweinestall erinnerte.

Ihren Augen bot sich ein langer, niedriger, schwach beleuchteter Gang, an dessen Längsseiten niedrige, gemauerte Boxen grenzten, die nach oben zu mit Gittern abgesperrt waren. In diesen kleinen, im Innenbereich gekachelten Käfigen befanden sich Hunde, die bei ihrem Eintreten heftig zu bellen anfingen. Ein Blick genügte, um zu erkennen, dass es allesamt kräftige Kampfhunde waren, die in diesen unwürdigen Behausungen dahinvegetierten. Als sich Sandra unvorsichtigerweise über einen dieser Käfige beugte, schnellte der sich darin befindende Bullterrier mit geöffnetem Fang in die Höhe und verbiss sich mit seinen dolchartigen Zähnen in den Stäben des Gitters. Karl lachte, packte Sandra im Genick und hielt ihren Kopf sekundenlang über dem geifernden Fang, bevor er ihn wieder losließ und sie darauf hinwies, dass sie sehr aufpassen müsste. „Diese Tiere sind Bestien. Jederzeit bereit, sich auf alles Fremde zu stürzen. Ich bilde diese Hunde zu Kampfhunden aus", erklärte er ihr nicht ohne Stolz, wobei er mit der Hand in die Runde wies. „Sie alle gehören mir. Hier bin ich Herr über Leben und Tod. Jeder Einzelne dieser Hunde ist ein Vermögen wert."

Gern hätte Sandra etwas Bissiges entgegnet. Doch am Ende des Ganges kamen sie zu einer weiteren Tür, die sie auf einen kleinen Platz führte, auf dem sich zwei seltsame Geräte befanden, deren bloßer Anblick Sandra einen Schauer über den Rücken jagte. Es war zum einen ein schräges Laufband, über das der zu trainierende Hund zwischen zwei Holmen festgebunden bis zu einer vollen Stunde ohne Pause zu laufen hatte, wie Karl ihr fachmännisch erklärte. Der Zweck dieser Folter, so meinte er, wäre die Ausdauer des Hundes zu fördern sowie sein Herz und seine Lunge zu stärken. In dem anderen Folterinstrument befand sich gerade ein weißer Bullterrier eingespannt. Sein birnenförmiger Kopf mit der weit heraushängenden Zunge stak in einem dicken Halsband, das an einer Holzstange befestigt war. Das Grausame daran war die Stange vor ihm, an die Karl eine Katze und ein Kaninchen hatte binden lassen, hinter denen der Hund hechelnd und schnappend herjagte.

Irgendwie erinnerte Sandra dieses grausame Spiel an den Klöppel alter Wasserbrunnen, um den einst die Esel und Stiere pausenlos im Kreise liefen, um Wasser aus dem Brunnen zu pumpen. Sandra litt qualvoll mit den Tieren, vor allem mit der Katze, die vor Angst wie ein kleines Kind schrie. Den furchtbaren Anblick nicht mehr ertragend, wand sie sich ab. Dabei zitterte sie innerlich um Paco und Trixi.

Vom Hof her erscholl jetzt Lärm, der Karl zum Wagen zurückzukehren ließ. Zwei Männer, ein großer Blonder und ein kleiner drahtiger Chinese, versuchten gerade den sich wehrenden, stark verängstigten Boxer aus der Fahrerkabine zu zerren. Die kleine Trixi war ihnen entschlüpft. Als sie Sandra sah, kam sie rasch auf sie zugelaufen. Ihr kleines Körperchen zitterte vor Angst, als Sandra sie auf den Arm nahm und sie schützend unter der Jacke verbarg.

„Das ist doch nicht etwa dieser berühmte Boxer?“, grinste der Blonde, dem zwei Schneidezähne fehlten. „Das ist ja eine Memme. So einen willst du kämpfen lassen?“ Er hob den Zigarettenstummel auf, der ihm beim Gerangel mit Trull heruntergefallen war und drückte ihn dem Boxer in die Flanken, bis es zischte und nach verbranntem Fleisch roch. Trull mit einem Drahtgestell um den kräftigen Fang, bäumte sich heftig schniefend auf und kroch gleich darauf am ganzen Körper zitternd auf Sandra zu, die sich dem Fremden mit einem Schrei in die Arme warf und ihm mutig die Leine entriss.

Im gleichen Moment wurde ihr das Lederband von Karl wieder aus der Hand genommen. Dennoch war sie ihm zum ersten Mal dankbar für seine Worte. Denn der schnauzte den Blonden an und drohte ihm: „Solche Methoden exerziere gefälligst bei deinen Hunden. Das ist mein Boxer und der soll ohne Narben und gesund in den Kampf gehen!“

Karl kümmerte sich nicht weiter um den Tierquäler, entnahm ein Stück rohes Fleisch aus dem Beutel an seinem Gürtel und warf es in den Bunker. Trull noch immer auf dem Bauch und schon lange ohne Futter, kroch vorsichtig schnuppernd hinein. Rasch verschloss Karl hinter ihm die Eisentür. „Das ist meine Methode“, meinte er zu dem Mann, der ihm gefolgt war. „Vier Wochen Dunkelhaft und viel rohes Fleisch werden ihn schon in eine reißende Bestie verwandeln.“

Sandra drückte die kleine Trixi unter ihrer Jacke an ihre Brust, während ihr die Tränen über die Wangen liefen. Sie überlegte krampfhaft, wie sie dem Boxer helfen könnte und vergaß dabei sogar ihr Verlangen nach der Droge. Sie verlegte sich aufs Bitten, den Boxer doch wenigstens in einer würdigeren Unterkunft unterzubringen, da diese Rasse keine Kälte vertrug und Paco ihm dann nichts mehr nütze, wenn er nierenkrank würde. Doch wie erwartet stieß sie bei Karl auf taube Ohren. Die Männer lachten sie aus und der Chinese, der sich im Hintergrund gehalten hatte, meinte mit seiner hellen Stimme: „Hübsches Pferdchen hast du da in deinem Stall, Kall. Ist sehr temperamentvoll. Bist du sicher, dass Pferdchen keinen Ärger macht? Sonst du müssen Pferdchen zähmen!“

Unter seinem schmierigen Grinsen lief es Sandra kalt den Rücken herunter. Sie verglich den Chinesen mit einem listigen Kojoten und nahm sich vor, ihn im Auge zu behalten. Immerhin hatte sie begriffen, dass sie mit Bitten die Hunde nicht retten konnte und sich nur selbst in Gefahr brachte. Da der Boxer aber nur von ihr Hilfe erwarten konnte, ging eine Verwandlung in ihr vor. Sie nahm sich vor, für Paco zu kämpfen, ohne Drogen und entschloss sich, das gefährliche Spiel mitzuspielen, in der Hoffnung, dass sich so eher die Möglichkeit einer Rettung für sie und den Boxer ergab. Sie lächelte zurück, und der Chinese, den Karl abwechselnd Lu oder ‚Chinamann’ rief, kniff ihr aufmunternd in die Wange, wobei er ganz nebenbei in gebrochenem Deutsch bemerkte, dass sie eine willkommene Bereicherung in seinem Stall wäre. Sie begriff nicht gleich, was er damit meinte. Doch als die anderen obszön über die Bemerkung lachten und anzügliche Bemerkungen über ihren weiblichen Körper von sich gaben, fiel es ihr wie Schuppen von den Augen. Zu ihrem Glück verloren die Männer alsbald das Interesse an ihr und kamen auf das unterbrochene Thema Hundekampf zurück. Sie sprachen leise, mit zusammengesteckten Köpfen über Organisation und Ablauf der nächsten Kämpfe, wobei Karl immer wieder auf seinen Boxer Trull zu sprechen kam. Es kostete ihm einige Überredungskünste, die Männer davon zu überzeugen, dass der Boxer nicht auf der Strecke bleiben würde und sie dadurch keine Geldeinbußen hätten. Der Chinese riet ihm, den Hund lieber mit den anderen Boxern auf den Transport nach Übersee zu geben, dann würde er wenigstens die Speisekarten in China um eine Köstlichkeit mehr bereichern. Aber Karl hielt beharrlich an der Vorstellung fest, der Boxer würde jeden Hund ins Jenseits befördern. Als Krönung wollte er ihn seinem Bullterrier ‚Killer' , gegenüberstellen, der bereits einige erfolgreiche Kämpfe überstanden hatte und zurzeit der absolute Champion in seinem Stall war. Dieser Kampf sollte ihm einen Riesengewinn einbringen. Da ihm beide Hunde gehörten, war es kein Verlust für ihn, wenn einer von ihnen starb. Seiner Vorstellung nach würden die Wetten auf das bloße Gerücht hin, dass ein in Russland gezogener Bulldog einen Bären bezwungen hatte, auf sagenhafte Summen ansteigen. Sie einigten sich auf den großen Kampf in vier Wochen, wobei der Chinese heimlich frohlockte, denn wenn der Hund bis dahin nicht beißen würde, ginge er mit auf sein Schiff. Die Boxerhündinnen hatte er Karl bereits abgekauft und in vier Wochen sollte das Containerschiff nach China auslaufen.

Nachdem sich die Tür seines Gefängnisses hinter ihm geschlossen hatte, drückte sich Trull ängstlich mit dem Bauch an den feuchten Boden. Er begriff nicht, was mit ihm geschah. Seine Augen gewöhnten sich nur langsam an die Dunkelheit. Solange er noch Stimmen vernahm, verharrte er zitternd in der unbequemen Stellung, in der Hoffnung, dass sich die Tür gleich wieder öffnen und sein Herr kommen und ihn herausholen würde. Aber nichts dergleichen geschah. Irgendwann verklangen die Stimmen, der Motor des Fahrzeuges jaulte auf, Schritte entfernen sich und lähmende Stille umgab ihn.

Wieder war er allein. Minuten vergingen, dann ließ er ein leises Fiepen hören, aus dem rasch ein lang gezogenen Jaulen wurde, das irgendwann zu einem heiseren Bellen anschwoll. Als der erhoffte Erfolg ausblieb, begann er mit Vorderpfoten und Nase zugleich japsend ein tiefes Loch in den feuchten Lehmboden zu graben, in der Hoffnung, vielleicht damit seinem dunklen Gefängnis entfliehen zu können. Aber die Tür war zu tief in die Erde eingefügt. Nach vielen vergeblichen Bemühungen gab er ermattet auf, rollte sich zusammen, leckte die schmerzenden Wunden und schlief, ohne das Fleisch angerührt zu haben, ein. Er träumte in dieser Nacht von seinen Freunden, der kleinen Trixi mit ihrer Wärme, die er durch seinen feuchten Pelz spürte, von Viktor, der ihm zärtlich mit beiden Händen das kräftige Genick kraulte, während er ihm dankbar mit der langen roten Zunge über das Gesicht schleckte, und von Sandra, deren Finger immer nach etwas Schmackhaftem rochen und die ihm einen großen, fetten Rinderknochen vor die Schnauze hielt, bis ihm im Schlaf der Geifer tropfte.

Irgendwann nach Tagen hörte er Schritte auf sein Gefängnis zukommen und sein Herz klopfte heftig in freudiger Erwartung. Als jemand an seiner Tür rüttelte und sie sich darauf öffnete, sprang er blind vor Freude ins Freie und lief geradewegs in die Schlinge, die seinen ungestümen Lauf stoppte.

Sie schloss sich so fest um seinen Hals, dass sie ihm die Luft zum Atmen nahm. Vor Anstrengung quollen ihm die Augen aus den Höhlen. Alles um ihn herum begann sich zu drehen, er sah nichts mehr und erbrach sich. Er spürte noch, wie er über den Erdboden geschleift wurde. Vor einer Betonwand lockerte sich endlich der Druck auf seinen Kehlkopf. Langsam kam er wieder zu sich. Er blinzelte und bemerkte Karl, der sich vor ihm aufpflanzte, den Chinesen und auch Sandra, die im Hintergrund heulte. In einem Weidenkorb vor ihren Füßen saß Trixi. Der Anblick seiner kleinen Freundin ließ ihn den eben erlebten Schmerz vergessen, sodass er erneut vorwärts stürmen wollte, um sie zu begrüßen. Diesmal traf ihn ein furchtbarer Peitschenhieb, der ihn an die Wand zurückwarf und vor Schmerz laut aufjaulen ließ. Mit irrem Blick schaute er in die Runde, ohne zu verstehen, was mit ihm geschah. Trotz des Schmerzes nahm er noch einmal Anlauf, um zu Sandra zu gelangen. Wieder sauste die Peitsche auf ihn herab und traf ihn am empfindlichen Maul. Ein höllischer Schmerz durchzuckte seinen Körper und trieb ihm das Blut in die Augen. Erschöpft gab er auf und verharrte zitternd am Boden. Als es eine Weile ruhig blieb, hob er vorsichtig den Kopf und begann seine Umgebung abzutasten. Er bemerkte etwas in Karls Händen, was er als die Ursache seiner Schmerzen einordnete.

Darauf hatte Karl nur gewartet. Als er sah, dass Trull ihn fixierte, holte er erneut zum Schlag aus. Der Boxer sah, was er vorhatte und rollte sich in seiner Verzweiflung auf den Rücken, um seinem Peiniger zu signalisieren, dass er der Schwächere war. Doch das war es nicht, was Karl wollte. Er fühlte sich sowieso als der Stärkere. Für ihn bedeutete Schwäche bei seinen Hunden Geldeinbuße. Deshalb mussten die natürlichen Instinkte aus ihnen herausgeprügelt werden. Die Peitschenhiebe prasselten jetzt förmlich auf Trull herab. Zum Schluss folgten noch ein paar wütende, kräftige Fußtritte, die den ersten Trainingstag damit beendeten, dass der Boxer erschöpft, blutend und halb tot geprügelt am Erdboden liegen blieb. Man begoss ihn mit eiskaltem Wasser und warf ihn dann zurück in sein Gefängnis. Die feuchte Erde tat seinem geschundenen Körper wohl, und so blieb er hechelnd liegen, bis etwas an seiner Tür kratzte und eine vertraute Stimme ihn leise bei seinem Namen rief. Es war Sandra. Sie hatte sich aus einer der Kneipen, in denen Karl und der Chinese beim Kartenspiel über ihre unsauberen Geschäfte redeten, heimlich weggestohlen, um ihrem gemarterten Freund Trull Trost zu spenden. Insgeheim hegte sie die unsinnige Hoffnung, dass Karl vergessen haben könnte, die Tür zu seinem Bunker abzuschließen. Sie wollte Trull die Freiheit zurückgeben, um wenigstens etwas Leid wiedergutzumachen. Aber Karl hatte an alles gedacht und die Tür mit einem Schloss versehen, was all ihren Bemühungen, es zu öffnen, standhielt. So blieb ihr nichts weiter übrig, als leise mit ihrem Freund zu reden, ihn zu beruhigen, um ihn die furchtbare Lage, in die er durch ihre Schuld geraten war, ein wenig vergessen zu lassen. Das leise Fiepen, das als Antwort aus der Höhle zu ihr drang, zeigte ihr, dass er noch lebte. Sie nannte ihn zärtlich Paco, weil er für sie immer noch Paco und nicht Trull der Kampfhund war. Dabei dachte sie an ihr eigenes schweres Schicksal, das sie sich durch ihre unglückliche Liebe zu Viktor selbst geschaffen hatte, und schüttete dem Hund ihr Herz aus. Als sie fürchtete, dass Karl sie vermissen könnte, verließ sie den Boxer. Auf dem Weg zurück schwor sie sich, Paco aus seiner Hölle zu befreien, selbst wenn es ihr das Leben kosten sollte, was ihr sowieso ziemlich egal war. Doch nach dem furchtbaren Erlebnis am Tag war ihre Seele so verletzt, dass sie unbedingt eine Betäubung brauchte. Nur ein einziges Gramm, um ihrem Vorsatz treu bleiben zu können. Dabei hasste sie sich selbst für ihre Schwäche, von der sie wusste, dass sie danach wieder zu einem willenlosen Werkzeug Karls werden würde.

Karl ließ Trull keine Zeit, sich von seinen Schmerzen zu erholen. Tags darauf begann die gleiche Zeremonie von vorn, die sich solange wiederholte, bis aus dem Schmerz des gequälten Tieres Gleichgültigkeit wurde, die eines Tages in tödlichen Hass auf seinen Peiniger umschlug. Sein geschundener Körper wurde mit der Zeit unempfindlich gegen jeglichen Schmerz, und die ständige Finsternis hatte sein Herz gebrochen. Er wurde zu dem, was Karl aus ihm gemacht hatte, zu einer willenlosen Bestie. Doch die Bestie kehrte sich nur dann in ihm hervor, wenn er Karl gegenüberstand. Dann trachteten all seine Sinne danach, sich seines Peinigers zu entledigen. Aber je mehr er wütete, geiferte und spuckte und sich in der Peitsche verbiss, umso mehr lachte Karl. Seine Kumpane feuerten ihn grölend zu noch mehr Aggressivität an. Karl war sehr zufrieden mit seiner Arbeit, sodass er es für angebracht hielt, nun mit dem Lauftraining zu beginnen.

Trull wechselte eines Morgens aus der Dunkelhaft in den Schweinestall und wurde zweimal täglich neben der sich ständig wiederholenden Prügelei auf das Laufband geschnallt. Dabei benötigte Karl trotz der langen Stange mit der Schlinge, in der Trull röchelnd hing und sich wie rasend gebärdete, drei Männer zur Unterstützung. Mithilfe von Holzknüppeln trieben sie den Boxer vor sich her, um ihn über dem Laufband festzuschnallen. Das Laufen bekam Trull gut nach dem anfänglichen Bewegungsmangel. Er lief die Luft tief in die starken Lungen saugend, als gelte es, den Erdball zu umrunden. Doch Karl ließ ihn solange in dem Geschirr rennen, bis er mit weit geöffnetem Fang wie ein lebloses Bündel über dem Laufband hing.

Selbst der Chinese schüttelte manchmal seinen Kopf und meinte bedenklich: „Du machen Hund tot. Er tauge danach nicht einmal mehr für Speisekarte."

Doch Karl ließ sich nicht beirren. Er wusste genau, wie weit er zu gehen hatte. Denn äußerliche Verletzungen wies Trull nach solchen Prozeduren nie auf. Karl war darauf bedacht, ihn psychisch fertigzumachen, aber nicht körperlich. Denn Trulls Körper war ja sein Kapital. Er bekam nach dem Training das beste Futter, viel Eiweiß, Proteine, rohes Fleisch, warmes Blut und Gemüse.

Auch Spaziergänge im Freien waren ihm erlaubt, allerdings niemals ohne Karl und niemals ohne die notwendigen Sicherheitsmaßnahmen: Beißkorb, zwei Leinen und die unentbehrliche Fangschlinge. Da Karl Sandra nun nicht mehr benötigte, hatte er sie kurzerhand beim Kartenspiel an den Chinesen verspielt. Sie wechselte den Besitzer und war nun eines von Lu's ‚Pferdchen', das für ihn Geld auf dem Nuttenstrich vor der Kneipe verdiente, Abend für Abend grell geschminkt und leicht bekleidet.

Als sie nun eines Abends müde von der Arbeit in die verräucherte Kneipe zurückkehrte und sich heimlich am Spieltisch vorbeischlich, um zu ihrem Zimmer im ersten Stock zu gelangen, vernahm sie mit Entsetzen von dem bevorstehenden Hundekampf zwischen dem Pitbull ‚Gangster' und Trull, der auf den kommenden Sonntag festgelegt wurde. In ihrer Angst um den Boxer verzichtete Sandra auf ihr Bett und setzte sich honigsüß lächelnd an den Spieltisch, in der Hoffnung, etwas mehr über den Kampf zu erfahren. Aber sie wurde grob weggeschickt. Es war nicht üblich, Frauen in solche Geschäfte einzubeziehen. Das würde nur die Polizei auf das Vorhaben aufmerksam machen. Zudem gaben die Männer genauere Instruktionen immer erst vor dem Spektakel bekannt. Unverrichteter Dinge musste sie wieder abziehen. Allerdings war ihr unmissverständlich klar geworden, dass sie handeln musste, wollte sie verhindern dass Trull in der Arena zerrissen wurde. Dieser Gedanke gab ihr Kraft und beschleunigte ihren Puls. Doch auf den Stufen zu ihrem Zimmer überfiel sie wie immer das Verlangen nach Karls Pulver. Mit zusammengebissenen Zähnen kämpfte sie dagegen an. Aber die Droge war stärker. Für die kleine Trixi, die sie schwanzwedelnd vom Bett aus begrüßte, hatte sie keinen Blick mehr. Schnurstracks lief sie zu der kleinen Kommode, wo sie einer der Schubladen ein winziges Spritzbesteck entnahm. Mittlerweile musste sie sich, um ihr Leben zu ertragen, das Gift in die Adern injizieren. Erregt wiegte sie die Spritze in der Hand und betrachtete sie wie etwas Fremdes nicht zu ihr Gehörendes. Minutenlang focht sie diesen Kampf mit sich aus. Jede Faser ihres Körpers verlangte nach dem Gift. Ihre Seele schrie förmlich danach. Doch dann schob sie es entschlossen in die Lade zurück. Sie holte mehrmals tief Luft und versuchte gegen die aufkommende Angst und das Zittern in den Händen anzukämpfen. Doch ihr Körper peinigte sie weiter. „Morgen“, nahm sie sich vor, „morgen hörst du damit auf“ und holte das Spritzenbesteck erneut hervor. Nach langem Ringen setzte sie sich die Spritze und schlief, zusammengerollt wie ein Kind glückselig ein.

Als die helle Mittagssonne mit ihren Strahlen durch das kleine runde Fenster schien und ihr sanft über das Gesicht strich, erwachte sie. Trixi lag neben ihrem Kopf und leckte ihre Pfötchen und ihre Wange, als gelte es, den neuen Tag blitzsauber zu beginnen. Sandra fühlte sich elend und ausgelaugt, wie immer, wenn das Gift seine Wirkung verlor. Taumelnd erhob sie sich. Ihr Körper hechelte sofort nach einer neuen Spritze. Doch diesmal ertrug sie die Schmerzen, die wechselnden Hitzewellen und die Angstzustände. Sie schlurfte ins Bad, steckte den Kopf unter das eiskalte Wasser und aß einen Löffel Zucker, um den Körper zu überlisten. Der Gedanke an Trull gab ihr die Kraft. Noch wusste sie nicht, wie sie ihm helfen sollte. Deshalb setzte sie Trixi erst einmal in einen Einkaufskorb, um sich auf der Straße etwas Essbares zu besorgen und die Hündin ihr Geschäft erledigen zu lassen. In der Kneipe, ebenso auf dem Flur, war es um diese Zeit still. Es roch nach abgestandenem Bier und Zigaretten. Auf den schmutzigen Tischtüchern standen leere Flaschen, umgekippte Gläser und übervolle Aschenbecher. Die gelblichen Vorhänge waren noch zugezogen, sodass kein Sonnenstrahl nach innen drang. An der Tür begegnete sie der Putzfrau, die wie immer über die Unordnung schimpfte und ihr mit einem seltsamen Blick hinterher sah. Sandra kannte diese Blicke. Sie hatte es gelernt, sie zu ignorieren und begab sich zur Markthalle an der Ecke, wo sie billig einkaufen konnte. Trixi hatte es nicht eilig. Gelassen beschnupperte sie jeden Pfahl. Besonders die Hausecken hatten es ihr angetan. „Du wirst noch unters Auto kommen, wenn du so weitermachst“, murmelte Sandra, während sie drängelte und Höllenqualen litt.

Als sie das nächste Mal ungeduldig nach ihr pfiff, hörte sie plötzlich einen Aufschrei in ihrem Rücken und sah einen alten Mann auf die Hündin zustürzen. Der Fremde nahm das Hündchen auf den Arm, drückte sein Gesicht in das dichte Fell und stammelte immer wieder „Trixi, Trixi, meine kleine Trixi!“

Erschrocken wollte sie dem Mann die Hündin entreißen. Doch als sie wütend auf ihn zulief, erkannte sie, wen sie vor sich hatte. Denn als er den Kopf hob, blickte sie in die vor Freude tränennassen Augen des Zirkusclowns Dolly.

Trixi hatte ihren alten Herrn sofort wiedererkannt. Sie schmiegte sich überglücklich an seine stoppelige Wange und trocknete seine Tränen flink mit ihrer kleinen Zunge. Sandra wusste nicht, wie sie sich verhalten sollte. Zuletzt hatte sie jeder im Zirkus gemobbt, auch der Clown. Zudem hatte sie nicht vor, Trixi wieder herzugeben. Das kleine Wesen gab ihr, was ihr das Leben vorenthielt, Wärme und Liebe.

Auch der ehemalige Zirkusartist hatte Sandra wiedererkannt, und er schien ebenso überrascht, sie hier zu treffen. „Ist das eine Freude, ich kann es immer noch nicht fassen“, murmelte er und wischte sich mit einem Taschentuch über die Augen. „Wie kommst du denn nur hierher, und wie kommst du zu meinem Hund?“

Er hatte durch den Brand schlohweißes Haar bekommen und trug ihr offenbar nichts nach. Die Freude, nicht nur auf seinen Hund, sondern auch eine Überlebende zu treffen, löschten allen vergangenen Zwist. Lediglich ihr Anblick schien ihn zu verwundern, denn er fragte, während er in ihrem Gesicht forschte: „Geht es dir gut, Sandra? Du bist so dünn geworden.“

Sandra setzte umständlich zu einer Erklärung an. Doch ihre Worte verloren sich im Autolärm und den zahlreichen Menschen, die mittlerweile in Scharen die Straße bevölkerten. Dolly wusste Abhilfe und zog sie am Ärmel die Straße hinunter in ein gemütliches Café, wo sie bei einer Tasse Kaffee und einem Stück Sahnetorte wieder zu sich fand. Dabei brach das Eis und beide hatten sich eine Menge zu erzählen. Sandra hielt sich mit der Wahrheit nicht zurück und erzählte ihm alles über Paco und Trixis Rettung. Sie war so glücklich, sich endlich einmal alles von der Seele reden zu können. Denn der lebenserfahrene Dolly hörte ihr zu, bis er sie unterbrach. Einen alten Mann täuschte sie nicht. Ihr eigenes Schicksal hatte sie ihm vorenthalten. Das machte ihn nachdenklich. Er sah ihr tief in die Augen und fragte: „Aber was ist mit dir, Mädchen? Du bist nicht mehr dieselbe? Du siehst aus, als würdest du Hilfe brauchen.“

Darauf senkte Sandra verschämt den Blick. Sie begriff, dass er sie durchschaut hatte. Fieberhaft suchte sie nach Ausflüchten. Doch plötzlich, ohne dass sie es verhindern konnte, liefen ihr die Tränen über das Gesicht. Unter Schluchzen begann sie sich nun auch den Rest von der Seele zu reden. Als sie geendet hatte, blieb es eine ganze Weile still zwischen ihnen.

Nach ein paar Minuten räusperte Dolly sich verlegen und sagte: „Ich bin dir nicht böse. Du bist jung und Jugend macht Fehler. Aber irgendwie habe ich es immer geahnt, dass sich das Drama um Viktor und seine Hunde so abgespielt haben musste. Doch nun ist es geschehen, und wir können es nicht mehr rückgängig machen. Jetzt kommt es darauf an, Viktors Tiere zu retten."

Bei der Erwähnung von Viktors Namen hob sie überrascht den Kopf. „Man sagte mir, er wäre tot?"

„Nein, da hat man dir etwas Falsches berichtet", antwortete Dolly. „Viktor lebt. Allerdings in einer Klinik, an Seele und Körper verwundet. Ich glaube, er wird nie wieder arbeiten können. Mit dem Untergang vom Zirkus zerbrach nicht nur sein Stolz, sondern auch sein Lebensmut. Der Zirkus und die Liebe zu Paco waren alles, was er besaß."

Als Dolly sah, was in ihr vorging, dass sie mit ihrem Gewissen kämpfte, ergriff er mit seiner warmen Hand ihre zitternden Finger und redete leise beschwörend auf sie ein: „Wenn du ihn wirklich geliebt hast, Sandra, dann darfst du ihn in dieser Situation nicht allein lassen. Jetzt ist der Zeitpunkt gekommen, wo er deine Liebe dringender braucht denn je. Viktor ist sehr einsam. Nur die Hoffnung, Paco noch einmal wiederzusehen, hält ihn am Leben." Er begann in den Hosentaschen nach etwas zu suchen und brachte einen stark vergilbten, gefalteten Zettel zum Vorschein. „Diese Adresse bekam ich von ihm bei meinem letzten Besuch im Krankenhaus. Er gab ihn mir mit dem Wunsch, nach seinem Hund zu suchen. Im Grunde genommen hat er jeden, damit beauftragt, der ihn besucht hat. Du musst wissen es war nicht leicht, von dem Versicherungsgeld und dem Ersparten der verbliebenen Artisten ein neues, kleineres zirzensisches Unternehmen aufzubauen. In den nächsten Tagen gehen wir auf unsere erste Tournee. Darum fehlt mir die Zeit, diese Leute aufzusuchen, deren Namen hier auf dem Zettel steht. Es sollen die einstigen Besitzer des Boxers sein. Wenn du Paco also vor einem grausamen Tod bewahren möchtest, dann wende dich an sie. Sicher wirst du von ihnen die Hilfe erhalten, die du brauchst."

Die Zeit war schnell vergangen und mahnte nun zum Aufbruch. Vor der Tür des Cafés verabschiedeten sie sich voneinander. Der Clown dankte ihr zum Abschied für Trixis Rettung und gab ihr den gut gemeinten Rat, ihr junges Leben nicht sinnlos wegzuwerfen, sondern sich aus eigener Kraft von Karls Einfluss zu befreien und den Drogen abzuschwören, bevor es zu spät sei. Er zwinkerte ihr ein letztes Mal aufmunternd zu, als er mit Trixi unterm Arm die Straße hinablief. Am Straßenende, bevor er in eine Seitengasse einbog, drehte er sich noch einmal nach ihr um, hob die Hand und rief: „Vergiss nicht, das Leben kann auch schön sein!"

Es war der letzte Tag vor dem Kampf. Etwas verhalten saß Sandra in der geräumigen Vorhalle der Privatklinik von Herrn Doktor Baumeier. Sie wirkte nervös. Einmal, weil ihr Körper nach dem Gift der Droge verlangte und zum anderen, weil sich auf ihren Brief, den sie noch am gleichen Tag nach dem Gespräch mit dem Clown an die besagte Adresse abgeschickt hatte, niemand gemeldet hatte. Nun wartete sie zwischen künstlichen Palmen, tiefen Sesseln und dekorativ gestalteten Wänden auf den Psychiater Doktor Baumeier. Das Herz schlug ihr bis zum Hals, die Knie zitterten und die Hände waren eiskalt, so sehr machte ihr die Begegnung mit Viktor Kopfzerbrechen. Das Gewissen und die Angst, dass er ihr nie verzeihen würde, aber auch die Liebe, die sie trotz allem noch für ihn empfand, bereiteten ihr Probleme. Zugleich erhoffte sie sich mit ihrem Besuch bei ihm eine letzte Chance, Trull vor dem Kampf zu retten.

Nach endlosen Minuten der Angst kam der Arzt durch die Glastür des Vestibüls und winkte ihr ihm zu folgen. Der Mediziner war von großer Statur. Sie musste sich beeilen, um mit seinen langen Beinen Schritt zu halten. Während sie neben ihm herlief, warf er mit lateinischen Ausdrücken um sich, von denen sie nichts verstand. Manchmal schaute er sie mit gerunzelter Stirn kritisch von oben herab an. Egal was er von ihr dachte, sie hatte sich als eine Verwandte Viktors ausgegeben und das hatte gewirkt.

Vor der Tür holte sie noch einmal tief Luft, bevor sie eintrat. Schüchtern blieb sie mitten im Raum stehen, unfähig noch einen Fuß vor den anderen zu setzen. Sie bemerkte zwei Sessel, einen runden Tisch, auf dessen wollener Tischdecke eine

Vase mit frischen Blumen stand, einen kleineren Schrank, ein modernes Holzbett und ein riesengroßes Fenster, das auf eine blühende Terrasse hinausführte. Viktor saß mit dem Rücken zu ihr in einem hohen Lehnstuhl. Er schien sie nicht gehört zu haben und verhielt sich regungslos. Erst als sie sich räusperte, bewegte er den Kopf lauschend in ihre Richtung. Sie musste sich zurückhalten, um nicht auf ihn zuzustürzen und ihn in ihre Arme zu schließen, als sie seine pechschwarzen Locken sah und seine Stimme hörte, die leise fragte, "wer ist da?"

Noch immer festgewachsen auf der gleichen Stelle, kämpfte sie jetzt mit den Tränen. So schlimm hatte sie sich ihr Wiedersehen nicht vorgestellt. Viktor drehte sich jetzt langsam, soweit es seine Verletzung zuließ, zu ihr um. Starr und ohne Leben blickte er durch die Schlitze seiner Kunststoffmaske auf sie, ohne sie wahrzunehmen. Sie dagegen konnte den Blick nicht von den fingerdicken Narben an seinem Hals wenden und dem rechten Hemdsärmel der leer an ihm herabhing. Dies alles war ihr Werk. Verzweifelt biss sie sich auf die Unterlippe. Wie oft hatte sie davon geträumt, dass er sie eines Tages in die Arme nehmen und liebevoll küssen würde. Nun hatte die Pranke des Bären diesen Traum für immer zerstört. Die Hand des noch verbliebenen Armes zuckte nervös auf seinen Knien. Was hätte sie in diesem Moment dafür gegeben, ihm die Gesundheit und das Leben zurückzugeben.

Sandra fühlte sich so ohnmächtig im Angesicht dessen, was sie angerichtet hatte und brachte erdrückt von der Last ihrer Schuld kein Wort über die Lippen, sondern verließ leise wie sie gekommen war den Raum. Noch lange saß sie danach auf einer Bank unterhalb der Terrasse im Park der Klinik und schaute auf den Mann, der regungslos von seinem Lehnstuhl aus durch die Scheiben blickte. Verzweifelt suchte sie nach einem Ausweg, und je länger sie danach suchte, umso hilfloser kam sie sich vor. Morgen würde der Hund in der Pit um sein Leben kämpfen und vielleicht sterben. Der Mann, den sie liebte, würde ewig in seinem Stuhl vor sich hindämmern, und sie wahrscheinlich würde irgendwann an irgendeinem Ort an einer Überdosis Drogen sterben. War es das alles wert gewesen?

Doch das Schicksal war nachsichtig mit ihr. Auch sie hatte noch eine zweite Chance verdient. Denn was Sandra nicht ahnen konnte war, dass der Tierarzt in der Zwischenzeit vor dem vergitterten Tor des zweifelhaften Bauernhofes energisch um Einlass bat. Nachdem er den Brief von ihr erhalten hatte, war er sofort in sein Auto gestiegen und losgefahren. Über den Absender nachzudenken, fehlte ihm die Zeit. Zu viele Umwege musste er fahren, um die Adresse ausfindig zu machen, die Sandra ihm in ihrer Angst, entdeckt zu werden eilig aufgeschrieben hatte. Melissa hatte er sicherheitshalber im Hotel zurückgelassen. Sie hatten ausgemacht, dass sie die Polizei einschalten sollte, wenn er bis Mittag nicht zurück war. Denn das Milieu, in das er sich nun begab, schätzte er als sehr gefährlich ein. Die Mündung eines Gewehres, die vom Turm gezielt auf ihn gerichtet war, bestätigte sein Gefühl, es hier mit Verbrechern zu tun zu haben. Doch so schnell ließ sich Eduard nicht verjagen. Er war nicht ängstlich und wusste, dass dies nur eine Warnung war, mit der man unliebsame Besucher abschrecken wollte. Dennoch zog er seinen Wagen als Deckung vor. Es dauerte auch nicht lange, und Karl erschien in der Begleitung des Chinesen auf dem Hof. Eduard war erstaunt, ihn wiederzusehen. Allerdings auch nicht völlig überrascht. Insgeheim hatte er so etwas erwartet. Karl dagegen stand die Überraschung deutlich ins Gesicht geschrieben. Aber schnell hatte er sich wieder in der Gewalt und setzte sein altbewährtes Grinsen auf. Höhnisch fragte er Eduard, was ihm die Ehre seines Besuches verschaffe. Eduard kam ohne lange Vorrede geradewegs auf den Boxer zu sprechen und forderte Karl auf, das Tier an ihn herauszugeben. Dabei verschwieg er ihm, woher er seine Information hatte, um die Schreiberin des Briefes nicht zu gefährden. Er erkannte sofort, dass Karl sich nicht geändert hatte und dass er damit rechnen musste, dass sein Gegenüber vor keiner Gemeinheit zurückschrecken würde. Auf dem Weg hierher hatte er einmal kurz darüber nachgedacht, die Polizei einzuschalten. Doch bis jetzt sah er dafür keinen Grund. Für die Ordnungshüter brauchte es mehr als einen verschwundenen Hund. Der Bauernhof wies bis auf das Gewehr nichts Verdächtiges auf. Selbst das weiße Schild am Tor mit dem Hinweis auf eine anerkannte Bullterrier-Zucht war nicht zu beanstanden. Dennoch blieb er wachsam.

Karl spielte den Ahnungslosen und äußerte sogar sein Bedauern darüber, dass Trull noch immer nicht gefunden worden war. Doch Eduard ließ sich von ihm nicht täuschen und hielt weiter an seiner Forderung fest, den Boxer zu sehen. Da Karl mitten in den Vorbereitungen für den morgigen Kampf steckte, ersann er eine List, um den lästigen Tierarzt loszuwerden.

Er zeigte sich plötzlich einsichtig, bat Eduard, einen Moment zu warten, verschwand in einem der Stallgebäude, aus dem er gleich darauf mit einem stämmigen Hund wieder herauskam. Eduard glaubte seinen Augen nicht zu trauen. Es war Trull. Nur hatte er sich in den Jahren verändert. Dieser Boxer war nicht mehr der verspielte Hundeteenager, wie er ihn kannte. Gern hätte er Trull bei seinem Namen gerufen. Doch je näher Karl mit dem Hund dem Tor kam, umso misstrauischer wurde Eduard. Irgendetwas stimmte mit dem Boxer nicht. Vorsichtshalber wich er einen Schritt vom Eingang zurück. Er kannte den Ausdruck in Karls Gesicht, der ihm verriet, dass der nichts Gutes im Schilde führte. Zumal Karl jetzt grinsend auf der anderen Seite des Tores mit dem Boxer an der Leine stehen blieb und ihn aufforderte: „Da ist er! Du kannst ihn haben, wenn du ihn noch willst.“

Wie Eduard vermutet hatte, zeigte Trull mit keiner Faser seines Körpers, dass er ihn wiedererkannt hatte. Stattdessen starrte er ihn regungslos aus tückischen Augen an. Schaumiger Geifer rann ihm von den Lefzen. Dennoch wagte Eduard mutig einen Schritt auf ihn zu, um ihn seinen Geruch aufnehmen zu lassen. Darauf hatte Karl nur gewartet. Blitzartig umschloss er mit den Händen die Brust des Boxers, riss ihm den Beißkorb herunter und gab ihm einen leisen Befehl, worauf Trull wie ein Pfeil lautlos auf das Tor zuschoss. Spuckend und gurgelnd verbiss er sich in den Gitterstäben und machte Anstalten, darüber hinwegzusetzen. Erschrocken wich Eduard zurück und unternahm aus sicherer Entfernung einen letzten Versuch, das tobende Tier mit leisen, vertrauten Worten zu beruhigen. Doch vergeblich. Diese beißwütige Kreatur schien nichts mehr mit dem lustigen, einst so liebenswerten Trull gemein zu haben. Jenes gedrungene, kraftstrotzende Muskelpaket mit dem mächtigen Fang und der wulstigen, schlecht verheilten Narbe an der fleischigen Schulter wies kaum noch eine Ähnlichkeit mit dem herrlichen Boxer auf, an den Eduard sich noch erinnerte. Diese Killermaschine glich eher einem jener gefährlichen Bulldoggen aus früheren Zeiten, deren kurzes Leben ausschließlich auf den gnadenlosen Kampf ausgerichtet war.

Trull war zum Opfer jenes Mannes geworden, der triumphierend dem Schauspiel zusah und der es fertigbrachte, selbst im friedlichsten Hund den Killer zu wecken. Karl hatte gewonnen. Aufgrund seiner jahrelangen Erfahrung mit Hunden sah Eduard ein, dass es zwecklos war, den Boxer mit einem weiteren Versuch zu bekehren. Zu sehr hatte man sein Wesen verändert, sodass nur noch ein Wunder hätte helfen können.

Niedergeschlagen lief Eduard zum Wagen zurück. Er ließ den Motor an und dachte traurig an Melissa, die fest damit rechnete, dass er Trull mitbrachte. Sicher hatte sie schon alles für die Ankunft des Boxers vorbereitet.

Am nächsten Morgen - es versprach, ein grauer, wolkenverhangener Tag zu werden - ging auf dem einst so idyllischen Bauernhof das Kampffieber um. Selbst Sandra, die sich heimlich im Kofferraum von Karls schwarzer Limousine versteckt hatte, spürte die Aufregung des bevorstehenden Spektakels bis in die Fingerspitzen. Sie hatte einen unbeobachteten Moment genutzt und war kurzerhand in den offenen

Kofferraum geschlüpft, um ihrem vierbeinigen Freund, für den sie nun nichts mehr tun konnte, in seiner schwersten Stunde nahe zu sein. Obwohl sich das Wesen ihres Schützlings durch die harte, grausame Schule, durch die er tagtäglich von Neuem ging, im Laufe der Zeit immer mehr veränderte, setzte sie trotzdem weiterhin auf sein Vertrauen zu ihr. Solange noch ein Fünkchen des alten Pacos in ihm schlummerte, dachte sie nicht daran, ihn aufzugeben. Selbst auf die Gefahr hin, dass er sie angreifen könnte, behielt sie ihre nächtlichen Besuche bei ihm bei, um ihm Mut zuzusprechen und seine Wunden zu kühlen. So war sie nun von all den Menschen, die ihn enttäuscht hatten, am Ende die Einzige, die sich ihm gefahrlos nähern durfte und die sich durch ihre selbstlose Liebe den Zugang zu seiner gemarterten Seele erschlich. Diesen Vorteil nutzend, harrte sie im Kofferraum aus, in der Hoffnung, dass sich eine Gelegenheit finden würde, Trull zu entführen. Sie hörte die Anhängerkupplung einrasten und wusste, dass es nun so weit war und Trull in den als Campinganhänger getarnten Tiertransporter verladen wurde. Unzählige Autos hatten sich an diesem Morgen auf dem Hof eingefunden. Es waren teure Luxuslimousinen und alte Abwrackwagen darunter. Nach und nach hörte sie, wie sie das Gehöft wieder verließen. Die Männer mit ihren teuren Wagen waren ihr unbekannt. Doch an ihren Gesichtern hatte sie ablesen können, dass sie alle nur ein Ziel kannten — den Hundekampf, dessen Austragungsort aus Sicherheitsgründen nur zwei Männern bekannt war: Karl und dem Chinesen. Doch die ließen sich Zeit mit Geldzählen. Es ging schließlich bei diesem Geschäft um sehr hohe Summen und teure Wetten. Karl hatte im Erdgeschoss des Wohnhauses ein provisorisches Wettbüro eingerichtet und bereits die ersten Wetten auf die beiden Favoriten Gangster und Trull abgeschlossen. Zufrieden lächelnd stieg er in den Wagen. Vorher hatte er schnell noch einige versiegelte Briefchen, die den Austragungsort des Kampfes und die Fahrtroute enthielten, an die Fahrer der Fahrzeuge verteilt, wobei jeder ebenfalls aus Sicherheitsgründen einen anderen Fahrtweg vorgezeichnet bekam.

Die Limousine fuhr leise und schnell. Trotzdem spürte Sandra jede Unebenheit der Straße an den empfindlichsten Stellen ihres Körpers. Sie war heilfroh, als das Fahrzeug nach einer unendlich langen Fahrzeit geräuschlos anhielt. Mit klopfendem Herzen wartete sie, bis die Stimmen der Männer verklangen und es still wurde, so still, dass sie ihren eigenen Atem hören konnte. Ihr Glück war, dass keiner der Männer auf die Idee gekommen war, in den Kofferraum zu sehen. Sie wagte sich nicht vorzustellen, was dann passiert wäre. Denn Karl hätte sie nie sie zu solchen Kampfspielen mitgenommen. Das war gegen seine Prinzipien. Vorsichtig hantierte sie mit dem mitgebrachten Werkzeug an dem Hebel, den sie die ganze Fahrt über im Auge behalten hatte. Als sie endlich wieder Boden unter den Füßen spürte, atmete sie tief die frische Waldluft ein, die der leicht böige Wind von der nahen Waldschneise zu ihr herüberwehte. Ihre Füße versanken im schmutzigen Schlamm einer Pfütze.

Sie befand sich auf einem ausgetretenen Platz mit Autospuren und tiefen Schlaglöchern. Hinter dem aufgewühlten Staub der Autokolonne erhob sich die Silhouette einer alten, mit Moos bewachsenen Scheune mit einem roten, löchrigen Ziegeldach. Vorsichtig bewegte sie sich zwischen den parkenden Autos bis zu dem offen stehenden Holztor. Aus dem Inneren der Scheune erklang leises Geraune. Sie duckte sich hinter einem Giebel und beobachtete ängstlich die Gegend, bis sie zufrieden feststellte, dass sich keine Menschenseele mehr außerhalb der Scheune befand. Leere Hundetransportkisten neben dem Tor verrieten ihr, dass sie sich auf der richtigen Spur befand.

Offenbar waren sich die Veranstalter des Hundekampfes ihrer Sache sehr sicher. Zumindest entdeckte sie keinerlei Wachposten. Vielstimmiges Männergegröle aus dem Inneren beleidigte jetzt ihre Ohren. Sie vermutete, dass ein Kampf begonnen hatte und suchte nach einer Möglichkeit, sich unbemerkt hineinzuschleichen. Das Tor schien ihr nicht geeignet dafür, deshalb lief sie einmal um das Gebäude herum, bis sie ein Loch im Mauerwerk entdeckte, durch das ihr schlanker Körper gerade so hindurchpasste. Nach einigen Mühen fand sich im Halbdunkel wieder in einer Ecke zwischen Spinnweben und vermoderten Heuballen. Leise richtete sie sich aus ihrer unbequemen Haltung auf. Von ihrem Versteck aus blickte sie zwischen Strohballen hindurch direkt in die Scheune, deren Mittelteil von einer an einem Balken hängenden Laterne ausgeleuchtet wurde. Die Funzel spendete der aus Strohballen errichteten, ungefähr drei bis vier Meter großen ringförmigen Pit sparsames Licht. Im Halbdunkel ringsherum standen oder hockten die Zuschauer. Es waren nur Männer. So viele, dass sich die in der letzten Reihe auf die mitgebrachten Stühlen stellen mussten, um von dem Kampf etwas mitzubekommen.

Die Atmosphäre war düster und drückend. Die vom Nikotin geschwängerte und von menschlichen Ausdünstungen angereicherte Luft reizte die Augen und Schleimhäute, aber niemand begab sich ins Freie, alle Augen starrten wie gebannt auf die Kampfszene vor ihnen im Ring. Sandra setzte alles auf eine Karte. Sie musste wissen, was für Hunde sich da unten gegenüberstanden. Mutig zog sie den zur Tarnung mitgebrachten Trenchcoat über, unter dessen weiter Kapuze sie ihr hübsches Gesicht verbarg. Dann richtete sie sich auf und schlenderte lässig, die Hände wie ein Mann in den Taschen, durch die Menschenmenge. Ihr Herz klopfte dabei zum Zerspringen und ihr war übel vor Angst. Doch das Glück war auf ihrer Seite und sie erreichte unbehelligt die Bande aus Stroh, die von Hundebesitzern mit ihren Hunden belagert wurde. Gierig, ohne einen Funken Mitleid für die Hunde, waren die Augen der Männer auf die beiden kämpfenden Hunde in der Mitte der Pit gerichtet. Ihre eigenen Hunde am Rand des ringförmigen Rondells keuchten vor Nervosität und starrten sich einander böse an. Vorsorglich nutzte Sandra einen breiten Holzbalken zur Deckung. Sie hatte Karl mit Trull an der Hand entdeckt, nur wenige Meter vor ihr. Gerade wurde einer der beiden Hunde blutüberströmt an den Vorderpfoten aus der Kampfarena gezogen, als auch schon der nächste Kampf ausgerufen wurde. Es war Trulls großes Debüt. Sandra schossen die Tränen in die Augen, als sie sah, wie er von Karl in den Ring geführt wurde. Sein Fell glänzte sauber. Man hatte ihn vorher nach alter Tradition gewaschen, worauf er von einem neutralen Assistenten abgeleckt wurde, um zu vermeiden, dass in seinem Fell Gift versteckt wurde, das den Gegner lähmen oder töten könnte. Er war mit über dreißig Kilogramm der schwerste Hund, dem gewichtsmäßig ein ebenbürtiger Gegner gegenübergestellt werden musste. Der kampferfahrene, sehr wendige Bullterrier ‚Gangster', schon etwas älter und sagenhafte achtundzwanzig Kilogramm auf die Waage bringend, schien als geeigneter Gegner für ihn vorgesehen. Auf diese beiden Hunde, den sieggewohnten Kampfhund und den Neuling der Szene, dessen Ursprung zwar auf eine Ahnenreihe von Kampfhunden verwies, der aber für diese Art zu kämpfen seiner angeborenen Gutartigkeit wegen ungeeignet schien, waren von den Beteiligten die höchsten Wetten hinterlegt worden. Man hatte die ‚Pit' dafür diagonal durch einen weißen Strich in zwei Hälften geteilt. Die ebenfalls weiß markierten Ecken wurden ausgelost, worauf sich Karl und der Blonde mit ihren Hunden, jeder in seine Ecke, mit den Köpfen zur Bande stellten. Sie nahmen die Tiere zwischen die Beine, befreiten die Hunde von der Leine und verschränkten angespannt die Arme. Als das Kommando „Wenden!" durch die Scheune schallte, drehten sie sich mit ihren Hunden langsam um. Die beiden Gegner sahen sich zum ersten Mal. Trull versuchte sich zu erinnern, und sein Fell sträubte sich im Nacken. Diesem weißen Muskelpaket, das eher einem rosaroten Schweinchen als einem Hund glich, schien er schon einmal begegnet zu sein. Das Kommando „Los!" konnte er kaum noch erwarten. Blitzartig rasten beide Hunde aufeinander los. Doch dicht vor seinem Gegner blieb Trull stehen. Er wollte ihn erst beschnuppern und dann umkreisen. Aber Gangster, dessen Instinkte seit Jahren auf den Kampf ausgerichtet waren, bewies ihm recht schnell, was für ein alter, listiger Kämpfer er war. Er biss und stieß den überraschten Trull in einer so fürchterlichen Weise durch den Ring, dass die Zuschauer vor Entzücken laut kreischten.

Gangsters Reißzähne tief in Trulls Fleisch vergraben, verursachten dem Boxer höllische Schmerzen. Doch kein Schmerzenslaut entrang sich seiner Kehle. Stattdessen weckten sie den uralten Kampftrieb in ihm. Er wehrte sich mutig. Aber Gangster fiel unter dem Beifallsgeschrei seiner Bewunderer immer schlimmer über ihn her. Trull hatte bereits eine klaffende Wunde am Hals, sein rechter Vorderlauf wurde von den Kiefern seines Widersachers gerade zermalmt. Da hörte Sandra Karl außerhalb des Ringes schreien: „Los, du Saukerl, reiß ihm den Kopf ab! Mach ihn fertig, zerfleisch den Bastard!“

Der Chinese im Hintergrund lächelte überlegen siegessicher. Es war klar abzusehen, wer von den beiden Hunden den Sieg davontragen würde. Keiner der Zuschauer kümmerte sich mehr um den Boxer, der unter den Männern sowieso nur wenige Anhänger besaß. Ihre Begeisterung richtete sich ausschließlich auf Gangster. In ihrer Euphorie waren die Männer kaum davon abzuhalten, selbst in die Kampfarena hinabzuspringen, um den blutbefleckten Bullterrier für diesen hervorragenden Kampf zu umarmen. Doch Trull, bereits am Boden mit Blut und Schmutz besudelt, vernahm die Stimme seines verhassten Peinigers und die ganze Qual der letzten Monate, der ganze aufgestaute Hass stieg in ihm hoch und schien seine Kräfte neu zu beleben. Mit einem heilen Auge, das andere blutverkrustet, fixierte er Karl, der wild mit den Armen gestikulierte und Anstalten machte, ihn mit Fußtritten zum Weitermachen zu bewegen. Mit letzter Kraftanstrengung erfasste er Gangster von unten an der Brust und setzte einen gut gezielten Kehlbiss an, der dem Kampf nun eine andere Wendung gab. Die Menge kreischte, zur Erfrischung wurde Dosenbier gereicht, während sich die beiden Hunde tödlich ineinander verkeilt durch den dreieinhalb Meter großen Ring wälzten. Gangsters erneuter Versuch, den Gegner am gebrochenen Vorderlauf zu packen, schlug fehl, denn Trull hatte sich fest in Gangsters Unterseite verbissen. Seiner Rasse getreu, ließ er das, was er einmal zwischen seinem gewaltigen Kiefer hielt, nicht wieder los. Stück für Stück arbeiteten sich die dolchartigen Zähne zu der empfindlichen Kehle hin. Gangster, nun am Boden liegend, zeigte sich längst bereit aufzugeben. Mit eingezogenem Schwanz, den Hals zum Teil aufgerissen, unternahm er letzte verzweifelte Anstrengungen, um dem mörderischen Griff zu entkommen. Nun war es die Aufgabe des Hundebesitzers, seinen halb toten Hund zu weiteren Kampfaktionen anzustacheln. Aber vergebens. Wie ein Schraubstock schloss sich Trulls Kiefer um die Kehle seines Gegners und ließ keine Gegenwehr mehr zu. Das blutige Spektakel schien beendet.

Die Zuschauer enttäuscht über den unerwarteten Ausgang, fluchten laut und beschimpften den Schiedsrichter, der den Kampf für unentschieden erklärte. Worte wie Betrüger und gekaufter Schurke wurden dem Mann entgegengeschleudert.

Es hätte nur eines winzigen Funkens bedurft, um unter den erhitzten Gemütern eine Schlägerei zu entfachen.

Karl hatte den Revolver gezogen und zielte auf den Kopf seines schwächer werdenden, aber nicht zum endgültigen, tödlichen Biss ansetzenden Boxers, während ein Assistent vergeblich versuchte, ihm mit einem Kantholz den Kiefer zu öffnen.

Den tödlichen Schuss musste Sandra verhindern. Leichenblass trat sie hinter dem schützenden Balken hervor. Sie wollte zu Trull, auch auf die Gefahr hin von Karl getötet zu werden. Dabei betete sie für ihren Freund und ihr Gebet wurde erhört. Fremde Autogeräusche vor dem Tor störten plötzlich die Szene. Der schrille Ton von Martinshörnern ließ alle Anwesenden erschrocken hochfahren. Dies war Trulls Rettung. Denn Melissa, die nach Eduards ausführlichem Bericht nicht gewillt war, das endgültige Schicksal ihres Boxers hinzunehmen, hatte kurzerhand die Polizei und den Tierschutzverein alarmiert. Mit Vertretern dieser beiden Instanzen und Eduard an ihrer Seite war sie zu Karls Gehöft gefahren, wo ihnen einer der zurückgebliebenen Wächter öffnen musste. Nach einer gründlichen Durchsuchung des gesamten Anwesens entdeckten sie im Sandboden einen von den besagten Zetteln, der Karl in der Eile aus der Tasche gefallen war und der sie zu dem Austragungsort des Kampfes führte. Die verbliebenen Männer wurden von den Hütern des Gesetzes mitgenommen und das Gehöft mitsamt den Hunden sofort beschlagnahmt.

Nun standen sechs bewaffnete Polizisten, Melissa sowie Eduard vor dem Eingangstor der Scheune, das sich beim kleinsten Anzeichen einer Gefahr automatisch verriegelte, und begehrten energisch Einlass.

Doch Karl war auf solche Zwischenfälle jederzeit vorbereitet. Er verfügte über eine große Anzahl wachsamer und geschulter Helfer, die in Sekundenschnelle eine Kampfarena in eine Hundeschau verwandeln konnten. Als er ihnen mit unschuldiger Miene das Tor öffnete, erwarteten die Polizisten anstelle eines blutigen Kampfes lediglich zahlreiche aneinandergereihte Käfige, in denen Welpen und junge Kampfhunde geduldig auf ihre Besitzer warteten. Diese promenierten gerade mit ihren Kampfhunden vor den kritischen Blicken von angeblichen Zuchtwarten im Ring. Karl hatte auf nichts vergessen. Nicht einmal die Silberpokale auf einem mit einem roten Tuch ausgeschlagenen Tisch. Zwischen den zu Sitzgelegenheiten aufgetürmten Strohballen saßen friedlich Limonade schlürfend, die eben noch vom Kampfgeschehen erhitzten Zuschauer.

Mit allem hatten Melissa und Eduard gerechnet, nur nicht mit einer Rassenhundeschau. Man sah es ihren Gesichtern an. Es wäre auch zu einfach gewesen. Anscheinend war ihnen Karl immer um Haaresbreite voraus. Was für ein schlauer Fuchs, der sich jedes Mal geschickt aus solchen Situationen herauswand. Eine Genugtuung aber sollten sie bekommen. Karl erhielt eine schriftliche Aufforderung in die Hand gedrückt, mit der er sich am nächsten Morgen auf dem Polizeirevier zu melden hatte. Seine hasserfüllten Blicke verfolgten sie bis zum Ausgang.

Nach der anonymen Briefschreiberin suchte Melissa vergeblich. Hundertmal hatte sie sich vorgestellt, wie sie wohl aussehen könnte und sich ein eigenes Bild von ihr gemacht. Sie hatte so gehofft, die Frau hier unmittelbar am Geschehen zu finden. Die Frau, die so eng mit dem Schicksal ihres Boxers verbunden war.

Während des Polizeieinsatzes hatte Sandra ihren Paco nicht aus den Augen gelassen und die allgemeine Verwirrung genutzt, um ihm unbemerkt zu folgen. Vorbei an der Polizei wurde der geschwächte Hund an den Hinterläufen durch einen Hinterausgang ins Freie gezogen und in das bereitstehende Fahrzeug geladen. Den verendenden Bullterrier schlug man einen Fleischerhaken in die Flanken und warf ihn in eine der herumstehenden Mülltonnen. Als der Fahrer auch die Tonne mit Gangster vor den Behörden in Sicherheit brachte, kletterte Sandra flink zu dem Boxer in den Wagen, wo sie sich mit ihm unter einer Zeltplane verbarg. Sie zitterte, als der Motor anlief, denn sie wusste nicht, wohin die Reise ging. Aber sie hatte den Chinesen etwas von einem Schiff reden hören und einer Hafenschenke mit einem Lagerschuppen, wo angeblich Tiere für die große Reise nach Übersee untergebracht wurden. Ihren geliebten Paco in den Armen, in einem Wagen mit einer auffälligen Werbung für Hundenahrung fuhr Sandra einem neuen, aufregenden und ungewissen Schicksal entgegen.

Flucht aus der Hölle

Es roch nach Seetang und faulem Fisch, als das Fahrzeug nach mehreren Stunden Fahrt endlich anhielt. Durch die dünnen Wände des Lastkraftwagens konnte Sandra das Rauschen der See hören. Sie war unter der Zeltplane eingeschlafen. Nun versuchte sie sich durch eine Ritze in der Wagenwand zeitlich zu orientieren. Es dunkelte bereits. Sie verspürte ein Brennen und Kribbeln im Leib, Kälte und leichte Fieberschauer begannen ihren Körper zu schütteln. Sie biss die Zähne zusammen. Ihr vergifteter Körper rebellierte gegen den schon viel zu lang andauernden Drogenentzug. Sie wusste, was für Höllenqualen sie erwarteten. Aber sie wollte nicht mehr zu Karl und den Drogen zurück, und wenn sie daran sterben würde.

Schritte stapften über knirschenden Kies und kamen näher. Sie schlüpfte erneut unter die Zeltplane und wartete auf einen günstigen Moment, um das Fahrzeug zu verlassen. Geräuschvoll wurde die Tür geöffnet und der grelle Schein einer Taschenlampe leuchtete Stück für Stück das Wageninnere aus. An dem leblosen Boxer blieb der Lichtschein hängen. „Da kutschiert man nun einen halb toten Köter durch die Welt, bloß damit die ihren Spaß haben, und unsereinem läuft zu Hause das Fußballspiel weg!“, hörte Sandra eine raue Männerstimme fluchen.

Trull wurde an den Läufen gepackt, ein schleifendes Geräusch war zu vernehmen, dann ein klatschendes, eine Tür quietschte, abermals ein Fluchen, und dann war es still. Diesen Moment nutzte Sandra, um aus ihrem Versteck hervorzukriechen und die Laderampe lautlos hinabzuspringen. Eine steife Brise zerwühlte ihr Haar und zerrte an ihrem Mantel.- Sie nahm sich nicht die Zeit, um sich umzusehen. In sicherem Abstand, halb kriechend hastete sie auf die geöffnete Holztür zu, hinter der wohl der Fahrer des Wagens mit dem Boxer verschwunden war. Ein allzu bekannter Duft strömte ihr entgegen. Schmerzlich erinnerte er sie an das Tierheim und Brunhilde. Dunkelheit umgab sie. Sie stolperte gegen etwas, was sich wie Autoreifen anfühlte und verhedderte sich in einem Netz.

Als die Taschenlampe erneut aufflackerte und Dielenbretter knarrten, verbarg sie sich halb ohnmächtig vor Angst und Schmerzen in der Takelage. Der Lichtkegel wurde schwächer, die Dielen hörten auf zu knarren. Dann wurde die Tür von außen kräftig zugeschlagen. Sie vernahm noch, wie ein Riegel vorgeschoben und der Motor des Fahrzeugs angelassen wurde. Bremsen quietschten — und dann war sie allein. Oder war sie es nicht? Als das Motorgeräusch verhallte, kam es ihr vor, als wäre der Raum um sie herum plötzlich mit Leben erfüllt. Sie lauschte angestrengt in die Stille. Das Rasseln von Ketten, das ununterbrochene Scharren von Hufen sowie die verschiedenen Laute, vom schnellen Hecheln bis hin zum leisen Wimmern, kamen ihr allzu bekannt vor. Sie war sich sicher, dass dies der Schuppen war, von dem der Chinese gesprochen hatte. Mit geschickten Fingern befreite sie sich aus der Takelage und tastete sich auf Händen und Füßen kriechend vorwärts. Dabei spürte sie rissige Bretter unter ihren Knien und kalten Betonboden. Sie dachte an das einzige Paar Strümpfe, das dabei nicht verschont blieb und stieß klirrend an einen im Wege liegenden Gegenstand, der sich nach eingehender Untersuchung als eine Sturmlaterne entpuppte. Ihr fiel ein, dass sich irgendwo in ihrer Manteltasche ein Feuerzeug befinden musste. Hastig begann sie sogleich danach zu suchen. Ein Stein fiel ihr vom Herzen, als sie es gefunden hatte. Etwas umständlich hielt sie das aufflammende Feuerzeug an den Docht der Lampe. Es wurde hell um sie herum. Der warme Schein gab ihr ein Gefühl von Sicherheit. Zuerst bemerkte sie Trull, der keinen Meter von ihr entfernt, ausgestreckt auf dem Bretterboden lag und wie sie erleichtert feststellte, noch atmete. Als Nächstes leuchtete sie in das traurige Gesicht eines kleinen Bären, dessen runde Knopfaugen erstaunt durch das Gitter seines Eisenkäfigs auf den späten Ruhestörer blinzelten. Sein rechtes Auge blutete. Er begann sofort zu grunzen und zu fauchen. Gleich daneben bemerkte Sandra einen weiteren Bärenkäfig, kaum größer als der Vorhergehende. In ihm befand sich ebenfalls ein Bär. Er war außerstande, sich zu bewegen. Die Größe seines Gefängnisses ließ das nicht zu. So hob er nur kurz den mächtigen Schädel von der kräftigen Pranke, um ihn sogleich wieder kraftlos fallen zu lassen. Sein Tatzenstummel hatte sich entzündet. Er war eitrig verkleistert und voller dicker, schwarzer Fliegen, die aufgeschreckt summend auf den Lichtschein zuflogen.

Sandra würgte es. Längst hatte sie den Bären Leopold erkannt. Doch sein Zustand bereitete ihr Kopfzerbrechen. Sein einst so schönes braunes Fell hing ihm am knochigen Körper. Es war mit Kot und Urin besudelt und an mehreren Stellen wund gelegen. Leopold tat ihr unsagbar leid, denn er war kein Killer und hatte ein solches Ende nicht verdient. Während sie ihn leise beim Namen rief, versuchte sie ihn durch das Gitter hindurch zu streicheln. Doch er erkannte sie nicht. Qualvoll wanderte sein Blick umher, und die einzige Antwort auf ihre Liebkosung war ein Wackeln mit dem kantigen Schädel. An der ausgetrockneten Zunge erkannte sie, dass er höllischen Durst litt. Sie hob die Lampe ein wenig an und leuchtete die kahlen Mauerwände ab in der Hoffnung, dort auf eine Wasserquelle zu stoßen. Dabei entdeckte sie einen größeren Bretterverschlag, hinter dem zwei Pferde, ein Rind und ein kleines schwarzbuntes Kalb mittels Eisenring eng aneinander an die Wand gekettet waren.

Sie trat vorsichtig näher, weil das Kalb zu blöken anfing und prallte vor dem Gestank, der ihr entgegenschlug, entsetzt zurück. Auch hier nur unsagbares Leid. Die Pferde, zwei mächtige Kaltblüter, standen bis zu den Fesseln in ihrem eigenen Exkrementen. Die kräftigen Beine mit den langen, dichten, stark verfilzten Behängen faulten bereits von unten herauf. Die Fliegen hockten in Scharen auf den eitrigen Wunden, in denen sie ihre Eier ablegten. Die Pferde mussten unsagbare Schmerzen erleiden. Apathisch standen sie vor der kahlen Wand und webten mit ihren schweren Köpfen hin und her. Das Kalb schien das einzige Tier in dem Raum zu sein, das ihr dank seiner unerfahrenen Jugend aufgeweckt entgegenblickte. Als sie sich zu dem Tier hinabbeugte und es mit der Hand am Kopf berührte, hielt es die warme Hand für die Milchquelle der Mutter und begann sofort laut schmatzend an ihren Fingern zu saugen. Seine Zunge fühlte sich rau an wie die eines Reibeisens. Der verdreckte Schwanz pendelte freudig. Das Kalb litt an Durchfall, was kein Wunder war, denn seine Mutter konnte es nicht mehr ernähren. Der kleine Bulle war, wenn nicht unverzüglich Hilfe kam, über kurz oder lang dem Tode geweiht, wie alles hier. Die Kuh hing an einer verrosteten Kette, die ihr in das Genick eingewachsen war. Ihre Vorderbeine schienen gebrochen, sie lagen verdreht unter ihr. Ab und zu hob sie den Kopf und stieß einen qualvollen Laut aus. Sie schob den edlen Kopf dabei weit vor und züngelte mit der trocknen Zunge nach dem Eisenring an der Wand. Sie schien wie alle anderen Tiere an brennenden Durst zu leiden. Sandra war ratlos.

Anscheinend fühlte sich niemand für diese Tiere verantwortlich. Noch nie hatte sie so viel Leid gesehen. Das war zu viel für ihr mitleidiges Herz. Keinen Winkel in der Halle ließ sie aus, auf ihrer Suche nach einem Wasserhahn, jede Ecke durchstöberte sie, hinter jedem losen Brett sah sie nach. Dabei stieß sie auf ein paar verschlossene Katzenkäfige, und erst ganz am Ende, in einer Nische unter einem Berg ölverschmierter Lumpen entdeckte sie endlich den gesuchten Wasseranschluss. Mit beiden Händen begann sie den Haufen Stofffetzen zur Seite zu wühlen, in der Hoffnung, vielleicht auch noch einen Schlauch oder irgendein Gefäß zu finden. Doch nichts dergleichen kam zum Vorschein, außer einem dunklen Fell, das ihr Interesse auf sich zog. Es fasste sich weich an, fast wie Samt und schien noch gut erhalten. Sie zog es unter dem Haufen hervor und hielt es ins Licht. Erstaunt und zugleich bis aufs Mark erschrocken betrachtete sie es. Es war Quasimodos Haut oder das, was von ihr noch übrig war. Sie schien zu ahnen, was für ein schreckliches Ende ihn ereilt hatte, und dachte wehmütig an Viktors Hündinnen, die vielleicht den gleichen Weg gegangen waren oder ihn noch vor sich hatten. Sie hoffte inständig, dass es für die Hündinnen noch nicht zu spät war, und während sie sich mühte, das verrostete Gewinde des abgebrochenen Wasserhahnes zu bewegen, dachte sie darüber nach, wie sie den Tieren noch helfen könnte. Als der Hahn endlich nachgab und ein dünner Wasserstrahl sich über den Betonboden ergoss, suchte sie nach einem brauchbaren Gefäß, um den Tieren das Wasser zu bringen. Doch ihre Suche blieb erfolglos. So entschloss sie sich die abgefahrenen Autoreifen für diesen Zweck zu nutzen. Brunhilde hatte sie gelehrt, dass sich Autoreifen für die Fütterung von Kleintieren nutzen ließen und ihr gezeigt, wie man sie in zweckentsprechende Behältnisse umformt. Ein scharfes Messer trug sie, seitdem sie Karl kannte, immer bei sich. Damit begann sie nun mühevoll die Reifen in zwei aufklappbare Hälften zu zerlegen, die sie dann nochmals teilte, sodass sie aus einem Reifen vier schmale Schalen erhielt. Diese füllte sie mit dem Wasser und brachte sie zu den Pferden und den Rindern, die gierig daraus schlürften. Sie musste sie mehrmals neu befüllen, bis die Tiere satt waren.

Danach begab sie sich zu den Bären. Raubtiere zu tränken erforderte schon etwas mehr Einfallsreichtum von ihr. Aber sie überlegte nicht lange, nahm einige von den Stofffetzen, tränkte sie solange im Wasser, bis sie sich vollgesogen hatten, und steckte sie zwischen die Gitterstäbe der Käfige. Dankbar wurden sie von den Bären angenommen und mit lautem Schmatzen bis auf den letzten Tropfen ausgetrunken. Mit dem Rest des Wassers ging sie zu dem Boxer, der noch immer ausgestreckt an der gleichen Stelle lag, wo man ihn hatte fallen lassen. Seine Augen waren geöffnet. Er zeigte Anstalten, seine Wunden zu lecken. Dabei hob er mehrmals den Kopf, ließ ihn jedoch gleich darauf wieder kraftlos auf den Boden zurückfallen. Nach eingehender Begutachtung seiner zahlreichen Verletzungen kam Sandra zu dem Schluss, dass ihm nur der gesplitterte Vorderlauf Beschwerden bereiten würde. Die anderen Wunden sahen zwar schlimm aus, schienen aber zum Glück nur oberflächlich zu sein, sodass ein Auswaschen mit klarem Wasser genügte, um ihre Heilung zu beschleunigen. Nach einigen Überlegungen entschloss sie sich, das gebrochene Bein durch eine Schiene zu ersetzen. Dazu schnitt sie die Stofffetzen in lange Streifen und schnitzte sich aus einem abgebrochenen Stuhlbein zwei Holzstützen. Es war eine recht mühevolle Arbeit, dem Hund in der Dunkelheit den behelfsmäßigen Verband anzulegen. Doch sie hatte geschickte Finger, und Brunhilde war eine gute Lehrmeisterin gewesen. So entstand unter ihren Händen ein Kunstwerk, das selbst ein Tierarzt hätte nicht besser machen können. Als sie zufrieden ihr Werk betrachtete und Trulls Wunden nochmals durch ein leichtes Abtupfen mit einem feuchten Tuch vom Wundsekret befreite, hielt plötzlich ein Auto vor der Tür. Die bekannten Stimmen ließen sie vor Angst erstarren. Doch ihr Wille zum Überleben war jetzt stärker als je zuvor. Ihr war bewusst, dass Karl, fände er sie hier keine Gnade kennen würde. Sie befürchtete, dass er längst herausgefunden hatte, dass sie hinter allem steckte und sich bereits auf der Suche nach ihr befand. Hastig band sie dem Boxer mit einem Tuch die Schnauze zu und schleppte ihn, halb gezogen und halb getragen zu den Reifen, die ihr als Versteck am sichersten erschienen. Die Tür wurde quietschend geöffnet, und Sandra hievte Trull schnell in einen riesigen Traktorreifen, der ihnen durch seine Breite ausreichend Schutz bot und von dem aus sie die Tür im Auge behalten konnte. Als die Halle in hellem Licht erstrahlte, schloss sie die Augen und betete zu Gott, dass er sie und den Hund vor Karl und seinen Kumpanen beschützen möge.

Der Chinese verschloss die Tür mit einem Riegel von innen, während der Blonde die Sicherungen der beiden Fenster mit den heruntergezogenen Rollläden überprüfte. Karl durchquerte inzwischen wie ein gereiztes Tier die Halle. Wütend trat er mit den Füßen gegen herumliegende Gegenstände, bevor er sich fluchend auf ein paar prall gefüllten Hafersäcken niederließ. Der Chinese zog aus seiner Jacke eine Flasche Whisky hervor, die sogleich glucksend von Mund zu Mund ging. Die drei rülpsten nacheinander kräftig, bis Karls Ärger sich in einem heftigen Fluchen entlud. Sandra hörte deutlich, wie er ihren Namen nannte, wobei er vor Wut Anstalten machte, als wolle er sie zwischen seinen dicken Fingern zerquetschen. Auch der Name Melissa fiel des Öfteren, bis der Chinese, der sich bis dahin ruhig verhalten hatte, das Wort ergriff. Er hegte die Befürchtung, dass die Polizei sehr bald auch dieses Versteck ausfindig machen würde, und unterbreitete den Vorschlag, das Schiff, das bereits vollgestopft mit Tieren nach Südost am Kai vor Anker lag, noch vor Einbruch der nächsten Nacht auslaufen zu lassen. Er sprach sehr langsam und deutlich, sodass Sandra jedes Wort verstehen konnte. Die Viecher, die sie in der Lagerhalle zurücklassen mussten, weil sie entweder zu schwach waren oder der Platz auf dem Schiff nicht ausreichte, sollte Karl später erschießen. Dabei deutete er missgestimmt auf den Bären, den er als zu heiß einschätzte, da seit dem Zirkusbrand nach ihm gesucht wurde. Sandra drückte Trull ängstlich an sich, als Karl nach etwas zu suchen begann. Er musste bemerkt haben, dass der Boxer fehlte.

Nervös leuchtete Karl mit der Taschenlampe den Boden ab. Da, wo Trull gelegen hatte, blieb er stehen, fuhr prüfend mit dem Finger über die Stelle. Er hatte das eingetrocknete Blut entdeckt. „Wo ist der Boxer?“, fragte er, während sich sein Gesicht zu einer ärgerlichen Grimasse verzog. Schnüffelnd durchkämmte er jeden Winkel der Halle, bis er mit den durchgeschnittenen Reifen und den feuchten Tüchern bei seinen Kumpanen erschien und sie ihnen vor die Füße warf. „Das Weib muss hier gewesen sein“, knurrte er und ordnete an, dass alle nach dem Boxer suchen sollten. Sofort schwärmten sie aus. Einmal kamen sie den Reifen sehr nahe, und Sandra hörte, wie Karl sagte: „Ich wette, sie ist mit dem Hund auf und davon. Ich wünsche ihr nur, dass sie mir nie über den Weg läuft. Denn das würde sie nicht überleben!“

Ihr lief es bei diesen Worten kalt über den Rücken. Zu ihrem Glück schienen die Reifen die Männer nicht sonderlich zu interessieren. Unter einem Berg von porösen Gummi vermuteten sie keinen verletzten Hund, geschweige denn ein verängstigtes Mädchen.

Der Chinese ging wieder zum geschäftlichen Teil über, löste eine Diele im Boden und zog mehrere kleine Tüten hervor, die alle jenes weiße Pulver enthielten, bei dessen Anblick allein Sandras vergifteter Körper erneut zu schmerzen begann. Er lief damit zum Bärenkäfig, gab Karl zu verstehen, dass der Bär ja an solche Dinge gewöhnt war und verstaute die Tüten in dem Käfig unter einem zweiten Boden. „Solange Zirkusbär lebt, vermuten keiner Heroin bei ihm, weil Bär viel zu gefährlich“, tröstete er den finster dreinblickenden Karl, der missmutig entgegnete: „Ich denke, das Vieh soll sterben.“

Doch der Chinese schüttelte mit dem Kopf. „Erst, wenn wir das Rauschgift auf dem Schiff haben.“

Die Männer verabredeten sich für den morgigen Tag in der Nähe der Lagerhalle, um die letzten Tiere auf das Schiff umzuladen. Der Chinese riet Karl, der immer noch vom großen Geschäft mit den Hundekämpfen träumte, seine Suche nach Trull einzustellen. „Der Hund bringt nur Unglück!“, sagte er und versprach Karl, einen würdigen Gegner für seinen letzten Hund Killer zu besorgen.

Ob Karl auf den Vorschlag einging, erfuhr Sandra nicht mehr, da es plötzlich alle drei sehr eilig hatten, den Schuppen zu verlassen. Als es still in dem Gebäude geworden war und von den Männern keine Gefahr mehr drohte, wagte Sandra sich aus ihrem Versteck hervor. Es war stockdunkel, und sie traute sich nicht noch einmal die Lampe anzuzünden. Da sie sich aber die Umrisse der einzelnen Gegenstände in dem Raum fest eingeprägt hatte, gelangte sie, ohne zu stolpern zur Tür. Doch diesmal war diese von außen fest verschlossen. Sie musste den Morgen abwarten, um bei Tageslicht eine Möglichkeit zu finden, ihrem unfreiwilligen Gefängnis zu entfliehen. Viel Zeit blieb nicht mehr, wenn sie verhindern wollte, dass das Schiff mit den Tieren auslief.

Mit schmerzendem Kreuz und blutigen Fingerknöcheln, ihren Paco in den Armen haltend, erwachte sie durch die ersten Sonnenstrahlen. Die Tür stand sperrangelweit auf. Die warme Morgensonne schien ihr direkt ins Gesicht. Blinzelnd rieb sie sich den Schlaf aus den Augen. Dem Boxer schien es besser zu gehen, er hatte den Kopf gehoben und knurrte leise. Die morgendliche Geschäftigkeit am Kai hatte auch vor dieser Lagerhalle keinen Halt gemacht. Motoren kreischten auf, Schiffssirenen übertönten das Brüllen der Rinder und die Flüche der genervten Hafenarbeiter, die hastig ankommende Tiertransporte entluden. Zwischen all dem neu erwachten Leben, dem Hundegebell, Pferdegewieher und Gequieke von Schweinen war ganz deutlich das leise Rauschen des Meeres zu vernehmen.

Sandra beruhigte Trull und kroch ein wenig hinter dem Reifen hervor, um das Geschehen im Schuppen besser verfolgen zu können. Zwei Männer im grauen Drillich banden die Pferde und das Kalb los. Eben noch in der süßen Erinnerung ihres nächtlichen Traumes, in dem sie neben Viktor auf einer Wiese gelegen hatte, ergriff das Entsetzen erneut von ihr Besitz. Einer der Männer versuchte, die Kuh mit einem elektrischen Viehtreiber auf die Beine zu bringen. Sie brüllte bei jedem Stromschlag qualvoll auf, während der magere Körper sich unter den Schlägen aufzubäumen begann. Dem Rohling entlockte das nur ein gleichgültiges Grinsen. „Die ist fertig. Hat keinen Sinn“, meinte er zu seinem Kumpel und Sandra bemerkte Tränen in den großen braunen Augen der Kuh, als die beiden mit den Pferden und dem Kalb den Schuppen verließen. Die Tür blieb offen, denn gleich darauf erschien ein muskulöser Afrikaner, der nacheinander Kisten auf seinen breiten Schultern hereinschleppte und sie dann reihenweise an der Wand stapelte. Diese Möglichkeit nutzte Sandra mit ihrem hinkenden Schützling, den Schuppen zu verlassen. Der Mann lief schwitzend zwischen dem Lastkraftwagen und dem Schuppen hin und her. Er schien mit dem Stapeln der Kästen beschäftigt, sodass sie lautlos an ihm vorbei schleichen konnte, ohne von ihm bemerkt zu werden. Ungesehen gelangte sie mit Trull nach draußen an das Ufer. Riesige Container, die am Kai auf ihre Entladung warteten, boten ihnen unvermutet Schutz vor neugierigen Blicken.

Am Ende der Kaimauer, hinter einem Mauervorsprung in Sicherheit, überlegte sie, wie sie das Auslaufen des Schiffes verhindern konnte. Trull legte sich derweil hechelnd zu ihren Füßen nieder. Während sie in den Taschen nach einem Stift und Papier zum Schreiben suchte, beobachtete sie das Frachtschiff, das von einem Lastkran beladen wurde. Der stählerne Arm packte gerade quietschend nach einem großen Käfig, den er von der steinernen Uferpromenade hoch durch die Luft über das Wasser schwenkte, um ihn sogleich krachend auf den Schiffsplanken abzusetzen. Ein mehrstimmiges, klagendes Winseln erklang. Der Wind trug es über den Kai.

Trull hob den Kopf, witterte kurz, und Sandra musste ihm die Schnauze zuhalten, damit er nicht mit in das Jaulen einstimmte. Die kläglichen Laute kamen von Viktors Boxerhündinnen, die in dem Käfig eingesperrt, nun ihren Weg nach China antraten, wo sie wahrscheinlich den Speiseplan eines chinesischen Nobelhotels bereichern würden. Sie brachte einen alten, zerknitterten Briefumschlag zum Vorschein. Er hatte sich tief in der Manteltasche vergraben und war an sie adressiert. Er gehörte zu jenen unzähligen ungelesenen Briefen, die Brunhilde vergeblich auf Antwort wartend an sie abgeschickt hatte. Ein abgebrochener Bleistift, ein Lippenstift und ein paar klimpernde Groschen schlossen die magere Ausbeute ab. Viel war damit nicht anzufangen, doch Not macht erfinderisch. Als sie in der Nähe der Mole eine kleine Hafenschenke entdeckte, kam ihr eine Idee. Unterhalb von Brunhildes Grüßen setzte sie mit dem Lippenstift einen Hilferuf an Eduard Tobias auf das Papier. Mit kurzen Worten schilderte sie die aussichtslose Lage der Tiere hier im Hafen und appellierte an sein tierliebendes Herz, sich der armen Kreaturen anzunehmen. Sie verwies auf Brunhildes Tierheim, wo die Tiere eine vernünftige Unterkunft finden würden, erwähnte aber mit keinem Wort ihre eigene unglückliche Situation. Hastig schrieb sie mit dem Bleistiftstummel Eduards E-Mail-Adresse auf dem Briefumschlag, die sie von Dolly wusste und forderte den Hund leise auf, ruhig sitzen zu bleiben. Dann überquerte sie rasch die Eichenbäume als Deckung nutzend das Ufer und betrat ängstlich das Lokal, das schon geöffnet hatte. Am Morgen war die Gaststätte noch leer und nur der Wirt, ein freundlich blickender älterer

Herr, war gerade mit Tischdecken beschäftigt. Als er nach ihrem Begehren fragte, drückte sie ihm hastig den Briefumschlag in die Hand und flehte: „Bitte helfen Sie mir? Wenn Sie einen Computer besitzen, geben Sie die Nachricht an diese Mailadresse weiter oder bringen Sie den Brief sofort zur Polizei. Bitte, Sie müssen mir helfen“, flehte sie noch einmal eindringlich, als sie in sein erstauntes Gesicht sah. Noch während er ihr antwortete, „Ich habe einen PC, aber was ist denn geschehen?“, hatte sie die Kneipe bereits wieder verlassen. Ein alter Mann in Fischerkleidung sah ihr kopfschüttelnd nach, als sie in der gleichen Weise den Weg zurücklief.

Trull erwartete sie vor der Mauer, das geschiente Bein weit vom Körper weggestreckt und blickte ihr erwartungsvoll entgegen. „Das hast du brav gemacht“, lobte sie ihn und tätschelte ihm die Brust zur Belohnung, als sie Karls Porsche vor der Hafenkneipe entdeckte. Trotz des Schreckens, den ihr sein Fahrzeug einjagte, dankte sie ihrem Schutzengel, der gerade schützend seine Hand über sie gehalten hatte. Sie wagte nicht daran zu denken, was passiert wäre, wäre sie Karl in die Arme gelaufen. Rasch nahm sie die Leine und forderte Trull zum Gehen auf. Ängstlich um sich schauend, verließen sie den Kai und ihr bisheriges Leben, das viel zu lange unter Karls Einfluss gestanden hatte. Wohin sie ihr Weg führen würde, stand in den Sternen. Aber sie war gewillt, ihr Leben zu ändern, egal, durch welche Hölle sie dazu gehen musste. Denn sie wusste einen treuen Freund an ihrer Seite, für dessen Wohlergehen sie ab jetzt die Verantwortung trug. Diese neue Aufgabe zwang sie stark zu sein, so stark wie ihr Paco, der trotz der schmerzenden Verletzung freudig neben ihr Schritt hielt.

Eine unverhoffte Wendung

Ein Jahr war es nun her, seitdem Sandra und Trull wie vom Erdboden verschluckt blieben. Zwar erzählte man sich von einer rothaarigen Frau, die in Begleitung einer hinkenden und von unzähligen Narben übersäten Bulldogge eine Zeit lang unter den Brücken geschlafen und von Abfällen gelebt haben soll, die dann aber genauso wie sie aufgetaucht auch wieder verschwunden war. Eduard, den Sandras E-Mail noch am gleichen Tag ihrer Flucht erreicht hatte, leitete sofort die Rettung der Tiere am Kai ein und gab in allen Zeitungen Suchanzeigen nach Sandra und Trull auf. Von Brunhilde, die inzwischen die von der Polizei konfiszierten Tiere ohne Bedenken aufnahm, hörte er nur Gutes über die mutige junge Frau, von der er nie verstanden hatte, warum sie mit dem Boxer nicht einfach zu ihm und Melissa gekommen war. Brunhilde, die Stein und Bein darauf schwor, dass Sandra nach ihren Irrwegen gesund und wohlbehalten zu ihr zurückkehren würde, erwartete sie jeden Tag mit einem Gedeck und einem frisch bezogenen Bett. Doch so sehr Eduard, Melissa und Brunhilde auch Nachforschungen nach dem Verbleib des Boxers und seiner Begleiterin anstellten, sie waren und blieben verschollen. Bis Eduard und Melissa eines Tages beim Einrichten ihrer gemeinsamen Wohnung auf das Werk einer unbekannten Künstlerin stießen, das sie eigenartig berührte. Es zeigte einen brennenden Zirkus, vor dem ein wunderschöner, kräftiger Boxer wehmütig in die Ferne schaute. Als sie sich freuten, endlich eine Spur gefunden zu haben und sich nach der Malerin des Bildes erkundigten, erfuhren sie, dass die Künstlerin sich Susanne Ross nannte und vom Leben zurückgezogen irgendwo im Norden auf dem Lande lebe. Doch noch ehe Eduard alle Hebel in Bewegung setzte, um den Aufenthaltsort der Malerin ausfindig zu machen, hinter der er die gesuchte Sandra vermutete, ereignete sich ein Vorfall, der für alle Beteiligten die entscheidende Wende herbeiführte ...

Eines Sonntagnachmittags im September entschlossen sich Melissa und Eduard zu einem ihrer zu einer lieben Gewohnheit gewordenen Besuche bei Viktor Ramini, der sich noch immer im Sanatorium befand. Sie holten dazu vorsorglich die Pferde von der Koppel, sperrten sie in den Ställen ein und sicherten diese von allen Seiten mit starken Riegeln und Schlössern. Das Gleiche taten sie im Haus, das extra mit einer Alarmanlage versehen war. Zu diesen Vorsichtsmaßnahmen hatten sie allen Grund. Denn Karl, dem Zugriff der Polizei abermals entronnen, ließ nichts unversucht, sich an den Menschen zu rächen, die er für sein eigenes Versagen verantwortlich machte. Da Sandra seiner Rache entkommen war, hielt er sich an Melissa und Eduard, die seinen Hass auf die schlimmste Weise zu spüren bekamen. Seit Wochen schon hielt er sich vorwiegend in der Nähe ihres gemeinsamen Anwesens im Süden Deutschlands auf. Jedes Mal, wenn sie von ihren Besuchen bei Viktor zurückgekehrt waren, hatte es auf dem Hof oder in den Ställen eine Katastrophe gegeben. Es fing an mit Marens Pony, das sie vergiftet in der Box vorfanden und dessen Tod sich anfänglich niemand erklären konnte. Eines Tages brannten die Ställe und Maren, die ihre Pferde retten wollte, kam in den lodernden Flammen um. Ihren Tod hatte Melissa lange nicht überwinden können. Tagelang lief sie wie apathisch umher und vermisste Maren überall. Als dann eines Tages Sokrates und zwei ihrer besten Zuchtstuten spurlos von der Weide verschwanden, wurde ihnen klar, wessen Handschrift dies war. Sie begannen ihr Gelände wie ein Gefängnis abzusichern und getrauten sich kaum noch aus dem Haus. Als es darauf ruhiger wurde und Karls Attacken eine Zeit lang ausblieben, wurden sie mutiger und gingen wieder ihrem gewohnten Leben nach.

So war es auch an diesem Tag. Sie fuhren unbesorgt in die Stadt, parkten den Jeep vor dem Eingang der Klinik, und während Eduard den sonnigen Herbstnachmittag im nahe gelegenen Park des Sanatoriums genoss, stieg Melissa die Stufen zum Krankenhaus hinauf, um Viktor einen guten Tag zu wünschen. Dem silbergrauen Porsche, der ihnen unbemerkt gefolgt war und nun von Bäumen und Sträuchern verdeckt, auf einem der Parkweg wartete, schenkten sie keine Beachtung.

Auf dem Fahrersitz lümmelte Karl, längst nicht mehr so protzig gekleidet wie einst, sondern in einem zerschlissenen, abgetragenen Jackett, ausgetretenen Turnschuhen und ausgeblichenen Jeans, den schwarzbraunen Bullterrier Killer neben sich auf dem Beifahrersitz. Er rauchte eine Zigarette nach der anderen und warf die leeren Schachteln achtlos aus dem Wagen. Sein krankhaftes Hirn ließ ihn nicht einen Moment zur Ruhe kommen. Da seine bisherigen Anschläge nicht den gewünschten Erfolg gebracht hatten, konzentrierte er sich nun auf Melissa. Für sie hatte er sich etwas Besonderes ausgedacht. Etwas, wobei sie leiden sollte. Schließlich war diese Frau der Ursprung all seines Übels. Er grinste, leckte sich die wulstigen Lippen und zog einen kleinen Revolver aus der Jackentasche, den er spielerisch durch die Finger gleiten ließ. Nein, nein, der war nicht für Melissa bestimmt. Eine Kugel fand er, war viel zu schade für so ein Flittchen.Dieses Mordinstrument hatte er für ihren Macker besorgt. Der würde nach ihr drankommen. Erst sollte er zusehen, wie die Schlampe langsam starb. Er tätschelte dabei den kräftigen Hals des Pitbulls, der ihn abwartend aus schrägen Augen anblickte. „Du bekommst gleich Arbeit, mein Kleiner. Ich hoffe, du machst sie gut!“, grinste er und spann sogleich seinen Faden weiter. Wenn alles so ablief, wie er es sich vorstellte, würde er Killer auf Melissa hetzen, sobald sie das Krankenhaus verließ. Um zu verhindern, dass der Hund Melissa mit seinem starken Gebiss tötete, wollte er notgedrungen auf das Tier zielen. Dabei konnte sich so eine Kugel auch mal verirren, die dann wie zufällig Eduard trifft. Er, Karl, wäre dann frei von aller Schuld. Ihm würde man sowieso nichts nachweisen können. Dazu war er viel zu geschickt. Der Köter wäre der Schuldige. Was kann er schon dafür, wenn der Hund aus seinem Auto herausspringt? Zwar war dem Hund danach der Tod durch die Nadel sicher und das Ordnungsamt würde ihn nerven, aber was wollten sie ihm schon. Er bezog Stütze von Staat und das armselige Leben des Köters war ihm sowieso egal, seitdem ihn niemand mehr für die Pit buchte. Als Krönung seiner Rache würde er sich die Schlampe Sandra vornehmen. Hatte das Miststück doch versucht, sich vor ihm zu verstecken. Er lachte hart auf bei dem Gedanken daran. Ausgerechnet vor ihm, vor dem sich nicht einmal eine Maus lange verstecken konnte. Er hatte das Dreckstück, das ihn an die beiden verraten hatte, längst ausfindig gemacht. Sie hätte eben keine Bilder malen sollen. Er grinste schadenfroh. Doch gleich darauf begann sich sein Gesicht zu verfinstern, als er sich erinnerte, wie knapp er durch ihren schändlichen Verrat der Polizei entkommen war. Die Tiere, das Schiff, das Heroin, alles hatten die Bullen beschlagnahmt. Sein ganzes Vermögen, seine glänzenden Geschäfte, die Freunde, die sich danach von ihm abgewandt hatten, weil sie entweder eingesperrt oder enttäuscht von ihm waren. Alles ihretwegen. Seitdem konnte er sich nirgendwo mehr sehen lassen. Selbst in der billigsten Kneipe nicht. Eine Zeit lang wurde er danach wie ein Schwerverbrecher gejagt. Sein Porträt grinste ihn von jeder Litfaßsäule herab an. Oh, wie er Sandra hasste.

Ein knackendes Geräusch riss ihn aus seinen Gedanken. Gespannt fixierte er die breite, gläserne Eingangstür des Krankenhauses. Doch die Tür blieb verschlossen, keine Melissa erschien auf der Freitreppe. Enttäuscht blickte er auf seine Armbanduhr. „Komm doch endlich!", zischte er und sah sich nervös um. Doch dichtes Buschwerk versperrte ihm die Sicht nach hinten. Hoffentlich vermasselt sie mir nicht noch alles, dachte er gerade, als Melissa endlich auf der Treppe erschien.

Sein Opfer verharrte einen Augenblick und schaute hinauf zur Veranda, wo sich das Fenster öffnete und ein Mann erschien, in dem unschwer Viktor Ramini zu erkennen war.

Sein Gesicht wirkte selbst nach mehreren Operationen noch wie gemeißelt. Man hätte es fast wieder schön nennen können, wäre da nicht die rote, wulstige Narbe vom Hals bis zur Wange, die ihn immer an die Handschrift des Bären erinnern würde. Er schirmte die Augen mit der gesunden Hand gegen die Sonnenstrahlen ab und lächelte Melissa zu. Wer aber Viktor kannte, dem wäre sofort aufgefallen, dass dies nicht mehr sein altes, charmantes Lächeln von früher war. Er lächelte für Melissa. Denn sie verdiente ein Lächeln von ihm. Auch wenn sie ihn nicht aus seiner Lethargie reißen konnte, so freute er sich doch jedes Mal über ihre sonntäglichen Besuche. Melissa und Eduard brachten ihm Informationen über Paco, auf dessen Rückkehr er noch immer mit der gleichen Halsstarrigkeit hoffte. Viktor war wieder ein vollwertiger Mensch, der ohne Weiteres ein neues Leben beginnen könnte, doch er lebte weiter in der Erinnerung. Seltsamerweise beschäftigte ihn immer öfter Sandra, die er lange aus seinen Gedanken verbannt hatte. Vielleicht war es auch sein Gewissen. Er warf sich vor, ihr nicht die Aufmerksamkeit entgegengebracht zu haben, die sie damals so dringend gebraucht hätte. Doch seitdem er sie als die Retterin Pacos und seiner Tiere wusste, war eine Veränderung mit ihm vorgegangen.

Auch Melissa unterließ nichts, um diese neu erwachte Leidenschaft zu schüren. Sie erzählte ihm oft von der berühmten Malerin mit dem außergewöhnlichen Boxer. Denn Viktors verzweifelte Suche nach seinen Paco hieß sie längst nicht mehr gut. Zuviel Zeit war inzwischen verstrichen. Oft fragte sie sich selbst, ob ihr Trull sie noch wiedererkennen würde. Ob er ihr heute noch mit der gleichen Liebenswürdigkeit von damals entgegenkommen würde. Melissa wusste Trull in Sandras Händen gut aufgehoben. Zumal ihr Verlangen nach ihrem Hund durch ihre Liebe zu Eduard mehr und mehr verblasste. In Eduards Nähe fühlte sie sich nicht mehr einsam. Er war ihre Zukunft, in der es keinen Platz mehr für andere große Gefühle gab.

Eduard riss sie aus ihren Gedanken. Sie hatte ihn entdeckt, versteckt zwischen grünem, fächerartigem Farn, auf einer weißen Parkbank im Garten. Sein Gesicht war der Sonne zugewandt, er genoss die Wärme der nachmittäglichen Sonnenstrahlen und ließ sich von ihnen bräunen. So viel männliche Eitelkeit entlockte ihr ein Schmunzeln. Sie nickte Viktor zum Abschied noch einmal zu und stieg die grauen Stufen des Krankenhauses hinab. Dabei kam ihr die Idee, Eduard den Vorschlag zu unterbreiten, noch gemeinsam ein verschwiegenes Lokal aufzusuchen, um diesen herrlichen Tag bei einem schönen Essen und einer Flasche Wein ausklingen zu lassen, als plötzlich ein dunkler Schatten auf sie zuflog und schwer gegen sie prallte. Sie verspürte einen scharfen Schmerz im Unterarm, verlor durch die Wucht des Aufpralls das Gleichgewicht und rollte die letzten drei Stufen hinab, wo sie auf dem Kiesweg kurz vor dem geparkten Wagen liegen blieb. Vom Sturz benommen, versuchte sie sich aufzurichten, um Eduard zu Hilfe zu rufen, als ihr der Ton im Halse erstarb. Quer über ihrem Körper stand ein großer kräftiger Boxerrüde. Melissa schlug das Herz bis zum Hals. War das ihr Trull? Sollte er zurückgekehrt sein? Überlegene Ruhe und wilde Entschlossenheit sprachen aus seinen Bewegungen.

Noch benommen von dem Sturz, spürte sie sofort, dass von ihm keine Gefahr für sie ausging, obwohl sie das tiefe Grollen in der mächtigen Brust beeindruckte und auch warnte. Ein solches Grollen aus dem Hals eines Hundes hatte sie noch nie gehört. So etwas sah man nur im Fernsehen. Sein dunkles Fell mit den leichten Aufhellungen darin, den ersten Anzeichen des nahenden Alters, hatte sich in der Erregung steil aufgerichtet, eine breite, gezackte Narbe verlief von der Schulter bis zum linken Vorderlauf, den er steif wie ein hölzernes Bein vom Körper abgestellte. Das mochte etwas linkisch und unbeholfen wirken, doch er stand fest, jeden Muskel seines Körpers gespannt auf seinen gesunden drei Beinen. Denn ihm gegenüber, nur wenige Meter von Trull entfernt, befand sich die Ursache ihres Sturzes, ein zweiter, ebenfalls sehr kräftiger Rüde, der den Boxer lautlos umkreiste.

Melissa erkannte an dem kräftigen Kiefer und dem untersetzten Körperbau sofort den Bullterrier und dass der Boxerrüde sie mit seinem Körper vor den Zähnen des angreifenden Pitbulls zu schützen versuchte. Ganz ruhig verfolgte sie jede seiner Bewegungen. Denn Trull, dessen war sie sich sicher, fixierte aufmerksam jede Reaktion des anderen mit seinen großen, braunen Augen, die sie einst so geliebt hatte. Er schien bereit jederzeit zuzupacken, falls der andere noch einen Schritt näher herankam.

Karl, der seinen Plan durchkreuzt sah, sprang aus dem Wagen. Er hatte sofort begriffen, wer sich seinem Killer in den Weg stellte. „Du verdammter Bastard, da sucht man dich eine Ewigkeit, und dann tauchst du auf, wenn man dich am allerwenigsten braucht!", zischte er und lief in rasender Wut alle Vorsicht außer Acht lassend auf die beiden Hunde zu. Aus der Ferne brüllte er: „Greif ihn dir, Killer! Mach ihn fertig!" Am liebsten hätte er sich selbst auf Trull gestürzt.

Killer, auf das Töten abgerichtet, ließ sich das nicht zweimal sagen und stürzte sich mit einem gezielten Sprung auf seinen Gegner. Doch Trull, durch Karls Schule gegangen und auf den Angriff vorbereitet, war ihm zuvorgekommen. Zwei gleichwertige Gegner prallten aufeinander und schnappten sofort nach der Schnauze oder dem Hals des Gegners, bis das Blut auf den Kies tropfte. Killer kämpfte lautlos, Trull mit einem gefährlichen Gurgeln in der Kehle. Als Trull Killer hinter dem Ohr zu fassen bekam und ihn zu Boden warf, stand Karl wie erstarrt auf der Stelle. Von der Kühnheit des Boxers wie früher fasziniert, murmelte er: „Du verdammtes Vieh, bist doch nur ein lausiger Boxer."

Melissa hatte sich von den Kämpfenden mit Eduards Hilfe entfernen können und folgte nun, an seine Schulter gelehnt, leichenblass dem schrecklichen Schauspiel. Bereits röchelnd am Boden, verbiss sich Killer von unten in Trulls Brust, konnte sich aber hier nicht richtig festhalten und bekam seinen steifen Vorderlauf zu fassen. Dieser schreckliche Schmerz schien in dem Boxer furchtbare Erinnerungen wachzurufen. Rasend vor Wut packte er Killer am Unterkiefer und verbiss sich fest darin. Als er seinen Griff ein wenig lockerte, war es auch mit der Tapferkeit des Pitbulls vorbei. Killer versuchte, feige wegzulaufen. Das gelang ihm auch. In wilder Flucht stürmte er auf Karl zu.

Trull ließ ihn laufen. Er war nicht zum Töten geboren. Melissas Geruch war es gewesen, der ihn angelockt hatte. Irgendetwas in seiner Erinnerung hatte ihm befohlen, Melissa in der Gefahr beizustehen. Der unvermutete Gegner hatte den Kampfhund in ihm zu neuem Leben erweckt. Als Killer sich ihm ergab, erlosch auch sein Interesse an ihm. Sein feines Gespür signalisierte ihm eine weit größere Gefahr — und diese Gefahr stand jetzt in der Gestalt seines einstigen Peinigers vor ihm.

Von dem Spektakel angelockt, hatten sich viele Neugierige hinter den Scheiben des Krankenhauses eingefunden. Sie schienen ebenso fassungslos wie Eduard und Melissa über das ungewöhnliche Schauspiel, das sich vor ihren Augen im Park abspielte. Karl allerdings ließ die ganze Angelegenheit kalt. Obwohl ärgerlich darüber, dass sein Plan misslungen war, hatte er den Kampf dennoch mit Genugtuung aufgenommen. Schließlich war sein Traum, diese beiden Hunde miteinander kämpfen zu sehen, doch noch in Erfüllung gegangen. Allerdings hatte er sich davon einen anderen Ausgang versprochen und war nun doppelt wütend. Er mochte keine Feiglinge, und so hob er die Hand mit dem Revolver und zielte auf den verletzten Pitbull, als der auf den Bauch auf ihn zukroch. Er war für ihn, wie so vieles in seinem Leben, zu einem nutzlosen Anhängsel geworden. Die Kugel zerriss die Stille und zerschmetterte Killers Kopf. Ohne einen Laut sank der tapfere Vierbeiner vornüber.

Diese schreckliche Tat empörte Melissa und Eduard so sehr, dass der Tierarzt sein Handy zückte, um die Polizei zu rufen. Auch einige mutige Insassen des Krankenhauses wagten sich die Treppe hinunter, um diesen Rohling für seine Kaltblütigkeit zur Verantwortung zu ziehen.

Karl sah die Leute auf sich zukommen und bekam es mit der Angst zu tun. Rückwärts wich er in Richtung seines Autos zurück. Aber noch ehe er seinen Fuß in den Porsche setzen konnte, wurde er im Genick gepackt und umgeworfen. Er lag bäuchlings im Sand und Trull über ihm, der ihn mit seinem ganzen Gewicht am Boden hielt. Heiser knurrend schlug er ihm die dolchartigen Zähne in den Nacken. Melissa schrie auf und rannte händeringend auf den wütenden Hund zu. „Trull!“, rief sie ihn leise beim Namen und lockte wie früher: „Komm mein Dickerchen. Ich habe was Feines für dich!“

Eduard dagegen hielt sich zurück. Aus Verachtung für diesen verhassten Menschen unternahm er nichts, um ihm zu helfen. "Überlass das der Polizei", war sein Kommentar, während er befriedigt dem Schauspiel zusah. Sein Verhalten rechtfertigte er vor sich mit einer höheren Schicksalsfügung, dass sich nun endlich eine von Karls gequälten Kreaturen zum Richter erhob.

Die vielen Gaffer und Neugierigen vermuteten einen tollwütigen Hund in dem Boxer und sahen ebenfalls, teils aus Furcht und teils aus Unentschlossenheit untätig zu, wie Trull dem röchelnden Karl den Garaus machte. Er riss an ihm wie an einem Stück Fleisch, und jede Abwehrbewegung Karls steigerte seinen Zorn noch mehr. Allein Karls dicke Lederjacke hielt den Boxer davon ab, ihn völlig zu zerfleischen.

Das Gesetz der Natur, den schwächeren, unterlegenen Gegner zu schonen, galt für Trull nicht mehr. Er hatte sich in diesem Moment über alle Gesetze erhoben und sich das Recht herausgenommen, den Menschen, der für ihn als unantastbar galt, zu töten. Denn in ihm erhob sich die gequälte Natur, die es als ganz normal empfand, sich für all die erlebten Grausamkeiten zu rächen.

Doch Karl hatte einen Schutzengel. Und der trat in dem Augenblick hinter den Büschen hervor, als er es geschafft hatte, sich auf den Rücken zu rollen. Gerade, als er den Hals des wütenden Boxers mit den Fingern umklammerte, um ihn vor einem Biss in die verletzliche Kehle abzuwehren, tauchte die rothaarige Frau auf. Für die Krankenhausinsassen wär sie längst keine Unbekannte mehr, da sie ihr oft unter Viktors Fenster begegneten. Energisch rief sie den Hund zurück und Trull ließ augenblicklich von seinem Opfer ab. Gehorsam, aber nicht unterwürfig, denn er war sich keiner Schuld bewusst, lief er auf sie zu. Brav setzte er sich neben sie und rieb seine blutige Schnauze freundschaftlich an ihrem Knie, als erwarte er eine Belohnung von ihr.

Karl blutete aus mehreren Wunden, die sich aber nicht als lebensgefährlich herausstellten. Er starrte auf Sandra wie auf eine himmlische Erscheinung, bevor er das Bewusstsein verlor und im Krankenwagen weggefahren wurde. Die eintreffende Polizei, erkannte in Karl den gesuchten Rauschgift- und Tierhändler, mit dem sie sich nach seiner Genesung ernsthaft beschäftigen würde. Die Menge löste sich auf, als es nichts mehr zu sehen oder zu fotografieren gab. Ein jeder ging wieder seiner Wege.

Nur ein Mann blieb auf der Treppe zurück. Es war Viktor. Er hatte das Schauspiel von seiner Veranda aus verfolgt. Sandra an diesem Ort wiederzusehen, gab ihm die Gewissheit, dass der Boxer, den er eben wie ein wildes Tier hatte kämpfen sehen, kein anderer als sein Paco war. Heimgesucht von schmerzhaften Gefühlen, blickte er Sandra stumm entgegen, unfähig ein Wort zu sagen. Doch Sandra hielt seinem Blick nicht stand und verschwand so plötzlich, wie sie aufgetaucht war in dem dichten Buschwerk des Parks.

Melissa, noch immer zitternd in Eduards Armen, sagte stolz: „Siehst du, das war mein Trull!“ und sah sich nach ihm um. Aber der Boxer Trull war nicht mehr in ihrer Nähe. In langen Sätzen war er Sandra gefolgt und verharrte nun für einen Augenblick, für alle sichtbar, auf einer kleinen Anhöhe, von wo aus er mit seinen großen dunklen Augen neugierig auf die Menschen zurückblickte. Für einen Moment schien es, als fiele ihm die Entscheidung schwer, für wen er sich entscheiden sollte. Ratlos und leise fiepend blickte er auf Sandra, die am Ende des Weges stehen geblieben war und wartete. Er hörte seinen Namen. Vernahm Viktors vertrauten Tonfall, Eduards und Melissas Lockrufe. Für den Bruchteil einer Sekunde lief sein bisheriges Leben vor ihm ab, und die Sehnsucht nach dem Reiterhof und Melissa schien die Oberhand zu gewinnen. Aber da waren noch der Zirkus, das Rampenlicht und sein geliebter Herr – alles das verwirrte ihn. Doch genau im richtigen Moment, als er vor Hilflosigkeit zu winseln anfing, erklang hinter ihm Sandras Stimme, leise und fragend. Sie wollte ihn nicht zwingen, mit ihr zu gehen, aber sie vermochte es auch nicht mit anzusehen, wenn er litt.

Dabei erging es ihr ähnlich wie dem Hund. Sie sehnte sich nach Viktor und hatte gleichzeitig Angst, sich vor ihm und den Menschen, denen sie so unsagbar viel Leid zugefügt hatte, verantworten zu müssen. Trulls Entscheidung dagegen schien von der reichen Erfahrung eines langen Hundelebens geprägt. Er war längst nicht mehr der junge, unerfahrene Boxer, den Melissa auf dem Reiterhof zurückgelassen hatte. Die Jahre und die harte Schule des Lebens ließen ihn beim Klang der vertrauten Stimme erkennen, wem sein Herz wirklich gehörte. Plötzlich machte er ein paar unbeholfene Schritte nach vorn in die Richtung der Menschen, die ihn ein Stück auf seinem Weg begleitet hatten, verharrte witternd und begann sich darauf wild im Kreis zu drehen, so als suche er nach etwas, bevor er sich auf seinem Hinterteil niederließ, sich reckte, bis die Muskeln und Sehnen hervortraten und den Kopf zum Himmel emporstreckte. Zum ersten Mal in seinem Leben ließ er ein lang gezogenes Heulen ertönen. Es kam aus tiefster Kehle, und es war wie ein Abschiedsgruß für die, die ihn liebten. Denn gleich darauf sprang er auf, seine Muskeln spannten sich ein letztes Mal, und er setzte in kraftvollen Sprüngen hinter Sandra her, die nun langsam dem Ausgang des Parks zustrebte.

Viktor wollte Paco nacheilen. Doch Eduard hielt ihn am Ärmel zurück. „Lassen Sie ihn gehen, Herr Ramini“, sagte er. „Er gehört zu ihr. Das Schicksal hat sie miteinander verbunden. Eines Tages, wenn sie ihren Weg gefunden haben, dann werden sie beide zurückkommen.“

Fünf Jahre später

Eduard erschien, einen großen Weidenkorb vorsichtig auf den Armen balancierend, in der von Girlanden geschmückten Tür. „Mein schönstes Hochzeitsgeschenk, für euch beide“, sagte er und trat damit feierlich auf das Brautpaar zu. Die zahlreichen Gäste auf der mit roten Rosen geschmückten Veranda des Tierheimes ‚Sonnenblick‘ applaudierten so laut, dass die sechs kleinen Boxerwelpen vor Schreck in ihrem Körbchen durcheinander purzelten. Sandra lächelte amüsiert und nahm aus Eduards Händen den Korb in Empfang. Ein langes weißes Spitzenkleid umspielte ihre kleinen Füße und der durchsichtige Schleier bewegte sich leicht im Wind, als sie mit dem Korb in den Garten lief und ihn vorsichtig im Gras absetzte. Die Kleinen, drei gestromte sowie drei rote, tapsige Welpen purzelten aus dem Körbchen, schnieften und schnüffelten und watschelten auf einen großen, kräftigen, schon ergrauten Boxerrüden zu, der schläfrig lang ausgestreckt im Gras lag und sich von der Sonne das Fell bescheinen ließ. Er hob den fast weißen, aber noch immer schönen Kopf und neigte ihn leicht zur Seite, um die Kleinen besser in Augenschein zu nehmen. Willig duldete er es, dass sie an ihm hochkletterten, an seinen Ohren zupften und sich zwischen seinen Pfoten versteckten.

Viktor im schwarzen Frack und weißen Schläfen trat zu Sandra, die überglücklich vor der kleinen Gruppe kniete und immer wieder vor Entzücken murmelte: „Ist das nicht niedlich!“ Er legte seinen Arm um ihre Schultern und zog sie sanft zu sich herauf. Sie lehnte ihren Kopf an seine Schulter und sagte, während sie ihm verliebt in die blauen Augen blickte: „Nun ist er schon Großvater geworden und immer noch der Alte.“

Inzwischen kamen auch Eduard und Melissa näher, die Sektgläser in den Händen, um den prächtigen Zuwachs gebührend zu feiern. Melissa zog einen Schmollmund. „Ich bin doch immer die Benachteiligte, wenn es um Trull geht. Das hier ist doch der Vater, den man gratulieren sollte“, sagte sie scherzhaft und wies auf den stattlichen Boxer an ihrer Seite, der mit ihr gemeinsam aus dem Haus gekommen war. „Nicht wahr, Max“, meinte sie und prostete ihm zu.

Der dunkle Boxer, der mit dem im Gras liegenden, bis auf die Farbe eine auffallende Ähnlichkeit aufwies, hob den schwarzen Kopf und blickte Melissa aus großen Augen fragend an. Eduard kniff sie aufmunternd in die Wange: „Trull ist nun mal der Stammvater unserer herrlichen Boxerzucht. Ihm gebührt der Dank. Ohne ihn gäbe es keinen Max, an dem du so viel Freude hast.“ Und zu Sandra und Viktor gewandt sagte er, das Glas auf ihr Wohl erhoben: „Ich trinke auf unsere Freundschaft, auf euer gemeinsames Glück, auf dass es ewig hält sowie auf das Tierheim ‚Sonnenblick‘, das mit dem heutigen Tag seinen Besitzer wechselt. Ich hoffe, dass es noch lange eine Heimstatt für die gequälten und herrenlosen Tiere bleibt, die unserer Hilfe bedürfen.“ Er hob das

Glas, worauf ein wahrer Beifallssturm unter den Gästen des ehemaligen Zirkus Ramini losbrach.

Trull hatte sich erhoben. Selbst im Alter bot er noch ein herrliches Bild, auch wenn seine Lefzen und Augenlider müde herabhingen, seinen großen, sprechenden Augen hatte das Alter nichts anhaben können. Etwas unbeholfen stakste er auf das Brautpaar zu, als wollte auch er sie zu ihrem Ehrentag beglückwünschen.

Sandra und Viktor beugten sich dankbar zu ihm hinab und nahmen ihn liebevoll in ihre Arme. Denn hätte es ihn nicht gegeben, dann wären sie sich wohl niemals begegnet und diese Geschichte hätte wahrscheinlich ein ganz anderes Ende gefunden. Die Hochzeitsgesellschaft verstummte gerührt beim Anblick des schönen Paares und des vertrauensvoll zu ihm aufblickenden alten Hundes.

Melissa traten vor Rührung die Tränen in die Augen. Erst das helle Lachen ihrer kleinen Maren auf Brunhildes Armen, die durch den Eisenzaun vor einem riesigen Parkgelände den Bären Leopold fütterte, brachte die Fröhlichkeit in die Hochzeitsgesellschaft zurück.

ISBN 978-3-7531-2754-5
00008
9 783753 127545
www.epubli.de